黒部の太陽

木本正次

JN126979

信濃毎日新聞社

黒部の太陽

目次

題字・挿絵　土井　栄

本書に登場する人物の肩書きは、すべて物語の内容当時のものです。本文中の表記・表現はオリジナルを尊重しました。

主な登場人物（抜粋）

【関西電力】

●黒四建設事務所

芳賀《はが》 公介《きみすけ》 次長（工事担当）

平井寛一郎 取締役所長

竹中 徳《ただし》 次長（工事担当）兼宇奈月支所長

岸田 幸一 庶務課副長

村山 功 土木課長

成瀬 大治 第三工区長

小倉 正司 第三工区長代理

●本社

太田垣士郎 社長

森 寿五郎 副社長（技術担当）

吉田 登《みのる》 建設部次長

和田 昌博 北支店長、労組大阪地区本部副議長

中務《なかつかさ》弥太郎 労組扇町地区執行委員長

【熊谷組】黒四建設作業所

船生《ふにう》 睦郎《ろくろう》 次長

大塚 本夫 工事課長

笹島 信義 笹島班班長（笹島組社長）

【間組】黒部大ダム建設所

神部満之助 社長兼所長

【佐藤工業】黒部出張所

中嶋 粂次 専務兼所長

稲垣 力松 次長

小町谷武司 計画課長

多田 清二 事務課長代理

林 庄二 専任安全管理者

高原 浩 導水路技術者

北村 守 黒部ルート技術者

山本 登 所員

【大成建設】黒部出張所

斎藤房次郎 常務兼所長

大熊 惇《つとむ》 工務部長

【芳賀家】

芳賀すぎ枝 妻

芳賀 由江《よしえ》 長女

芳賀 祥子《さちこ》 次女

芳賀 順子《よりこ》 三女

芳賀 雅子 四女

西山 静 順子の主治医

柴田 昌雄 順子の主治医

1 神話への出発

「だいぶ晴れてきましたなあ。芳賀《はが》さん、ぼつぼつ出かけますか――」

横に掛けていた、一行のリーダー格である本社建設部次長の吉田登《みのる》が、芳賀公介《きみすけ》を向いていった。

「そうですなあ。出かけましょう。でも何しろ足が痛うて……。川歩きなら馴《な》れてますが、何しろ山は、えらていかんですわ」

両手で足をさすりながら、芳賀公介は、お国なまりの名古屋弁まじりで答えた。

「もう三時間近くになりますなあ。山は天気の変わりようが激しいので、ガス（濃霧）もかかる時には忽《たちま》ちひどくなる代わりに、晴れるとなると、またアッという間ですわ。――そら、そこにもう立山《たてやま》が見え始めてますよ」

吉田はいって指さした。なるほど一面の白い雪原の上に、ごつごつした岩肌の立山が、はがねのような青黒い稜線《りょうせん》をのぞかせて立っている。ほんの先ほどまで、五メートル先も見えなかった濃霧は、嘘のように晴れて来て、いまは薄い半透明の紗《しゃ》のカーテンに似た、ゆるやかな風の流れに過ぎない。

「じゃあ行きますか。これからはもう下りでしょうなあ」

重い足をさすりながら立って、芳賀はよっこらしょとリュックを背負った。

昭和三十一年六月一日。

北アルプス、立山登山ルートの頂上に近い、標高二、四三八メートルの室堂《むろどう》小屋である。――時刻は正午ちょっと過ぎ。

一行は三十人ばかり。中に二人の外人と、十人ほどのボッカ（歩荷）をまじえている。ボッカとは、このあたりの言葉で強力《ごうりき》のことである。

「あと何キロくらいあるの？」

芳賀は表に出ると、勢揃いしているボッカの一人にたずねた。

「一ノ越《いちのこし》まで一キロ半、それから東一ノ越まで、尾根づたいにまた一キロ半だね。それから黒部川までは、下りだから楽だよ」

「じゃあ何時間くらいで着く？」

「さあ。でも旦那の足ではねえ……」

ひげづらの中年のボッカは、人の好さそうな顔だったが、

「まあ心配せんでも、へばったらおぶって上げるよ」

笑うばかりで、一向に何時間とも答えない。

（笑いごとじゃないぞ。これは、えりゃアところだ！）

芳賀は思った。きのうは富山を出て、天狗《てんぐ》小屋で一泊した。山麓の千寿《せんじゅ》ヶ原から美女《びじょ》平《だいら》まではケーブルで、美女平から追分までは、雪をブルドーザーで掻《か》きわけた道をジープで来たが、それから天狗平まで四キロほどは歩かされた。六月ともなると、高山とはいっても雪は緩んでいて、雪の穴に足を取られて、芳賀はそれだけで、もうへとへとに

疲れたのだった。――そしてけさはまた、天狗小屋から室堂まで四キロほどを歩いて、ガスに襲われたのである。

（黒部はまだまだ遠いようだ。こんな人里離れた高山の奥の、険しい深い谷底に、一体どんなにして資材を運び、どんなにして発電所を建てるというのだ――？）

しかも自分自身が、その土木工事の責任者を命ぜられているらしいのだ。――寒さのせいばかりではなく、芳賀は身ぶるいした。

一行は、黒部川の上流に新しく第四発電所を建設しようとする、関西電力の技術部隊だった。

富山から立山の鞍部《あんぶ》を越えて黒部の谷底に下り、御前沢《ごぜんざわ》の仮設宿舎に行こうとしているところだった。御前沢は、何年がかりかで日本で一番大きい、世界でも第四位という大アーチ・ダムを築こうとする現場で、そこにはすでに少数の調査隊員が、かなりの人数のボッカを連れて合宿している。むろん、まだほかには何もない『原始』の山峡《さんきょう》なのだ。

ボッカたちが先頭と後尾を守って、一行は道を東南に取った。

雪は、一面に白く、まだ一、二メートルも積もっている。所々に林があって、葉を落とし尽くしたダケカンバが、寒風に梢《こずえ》をふるわせている。

「もう一ノ越に来ました。やがて黒部川が見えますよ」

富山の北陸支社から来た技師の一人が、芳賀にいった。見上げると、稜線は雪はなく、青味がかった褐色の岩肌を露出して、すぐそこにあった。

稜線づたいに暫《しばら》く行くと、急に視界が開けて来た。立ち停まって下を見下ろして、芳賀はアッと息を呑《の》んだ。

――山が、けわしい傾斜で、一気に千何百メートルかを谷底に駈《か》け下りていて、細く青黒く、その底に糸のような黒部川が横たわっている。

正面を見ると、黒部川を隔《へだ》てた対岸の空にも、立山ほどもあろう高い山々が、雪に蔽《おお》われてそびえている。右を見ても左を見ても、こちら側も川の向こう側も、どちらを向いても高い山々の峰ばかりだった。それは目のとどく限り、ひしめき、重なり合い、視界の果ての雲のかなたにまで、まだも無限に続いている。

「この鞍部が標高二、七〇〇。ここを越えて、ボッカ便で一部の資材を富山から谷底まで運ぶんです。正面の山が針ノ木岳《はりのきだけ》、――二、八二〇です。針ノ木の左が赤沢岳、その左が鳴沢岳で、どちらも二、七〇〇近くあります。――これらの山の中腹に、長野県の大町市からトンネルをぶち抜くんですよ」

技師は一々指さして説明してくれる。

「赤沢のまだ左の方が鹿島槍《やり》で、唐松、鑓ケ岳《やりがだけ》、白馬岳《しろうまだけ》と連らなっています。反対の右側に連らなっているのが、蓮華《れんげ》、三ッ岳、赤牛《あかうし》、薬師岳なんかです。――いわゆる北アルプスの一団の山塊で、どれも二、七〇〇から三、〇〇〇メートル近い、日本最高級の山々ですよ。黒部川はこんな連山に分厚く囲まれて、まるで出口のない、すり鉢の底ですよ」

芳賀は足元の遥《はる》かな下に見える黒部川を見下ろしながら、なるほど大変なところで工事をするものだと、も一度うなった。

「この真下が黒部川の御前沢。――ダムを築く現場です。そこから右岸の地下を約十キロ、下流に向かって送水トンネルを掘って、その終点の地下に発電所を建てるんです」

技師の説明は行き届いていた。

「おや、あれは何だろう?」

芳賀が指さしてつぶやいた。その黒部川からの急勾配の雪の上を、何か細長い箱のようなものをかついだ男を中心に、二十人ほどのボッカが登って来るのが豆粒ほどに見える。

「ほんとに何でしょうかねえ」

芳賀の指さす方を見て、技師も首をひねった。ボッカの群も、口々に騒いでいるようだ。芳賀は何かしら不吉な予感を覚えた。

「あれは何だね?」

芳賀公介は、今度はボッカたちの方へ声をかけた。思わず高い声になっていて、それは金属性のやや甲高《かんだか》い声だった。芳賀は興奮したり大声を出したりすると、幾らかキイキイ声になる傾きがあるので、慕っている青年技師たちが『モズさん』と愛称を奉《まっ》っている。——が、そんなことは本人は知らない。

「何だかまだ判《わか》らんが……」

ボッカたちの頭分《かしらぶん》らしい四十男が、ぼソッとした声で返事した。

「あの長さが気に食わないねえ」

「長さというと……?」

「担《かつ》いでるものの長さだよ。あれは毛布包みらしいが、見なさい、人間の背丈くらいの長さでしょうが」

「ええッ、人間の背丈ッ?——という

と、誰かが……?」

「いや、そうでなければええが、ということろですわい」

その男はいうと、配下のボッカたちをせき立てて、急いで急坂を下り始めた。

馴れない者には、登りよりも下りの方が、かえって歩きにくい。芳賀たちは膝をがくがくさせながらも、急ぎ足でボッカたちの後に続いた。

(もし殉職者だとすると……どこかの人夫だろうか、ボッカたちの仲間だろうか?まさか、うちの社員ではなかろうけれど……)

黒部の新しい発電所……すなわち関西電力黒部川第四発電所、略して『クロヨン』は、構想だけは戦前からあったし、今度の実施計画にしても、かなり以前から立てられていたので、調査隊や測量隊はすでに幾組もこの谷底に入ってはいた。

しかし、工事の決定をみたのはごく最近だし、実施部隊の人事にしても、ほんの数日前の五月二十八日に、同三十日付で首脳部だけが発令されたばかりだった。

建設事務所長には、取締役で東京の電気事業連合会の事務局長に出向していた平井寛一郎が、帰社して就任した。芳賀は建設事務所次長で、土木関係の責任者になるのだったが、発令前に本社の秘書課から電話があって、技術担当の副社長である森寿五郎《ひさごろう》の命令で、急いで任地の木曾川ぞいの別の発電所建設地から、富山に飛んで来たのである。

——そんなわけで、芳賀自身さえ自分の辞令を確認していないくらいだから、谷底に来ている調査隊にしても、そう多い人数ではない。まさかうちの社員が——と、芳賀が考えたのは道理であった。

芳賀たちの一行は、急坂を急いだ。下から登って来る連中は、道が狭い上に勾配が急なので、荷物は一人でしか担げないらしく、全く速度が鈍いようだ。

それでも二つのグループの距離は、次第に縮まってくる。やがて芳賀たちの目にも、それが明らかに毛布包みだと、見て取れるようになった。

おーい、おーいと、ボッカたちは互いに呼びかわしている。やがて意味が聞き取れるようになった。

「大変だぞうッ、関電の社員さんが、滝壷《たきつぼ》に落ちて死んだぞうッ！」

下からの声が、叫んでいる。

「誰だあッ、関電の誰だあッ？」

技師の一人が、大きな声で叫び返した。

「森下君だア、土木課の森下義男君だアッ！」

下にも誰か関電の社員がいるらしく、これも大声で叫んで来た。

「何ッ、森下君が！」

吉田と芳賀は、驚いて顔を見合わせた。土木課は建設部の中にあるので、吉田には直属の部下であるわけだし、また森下はかつて木曾川水系の丸山発電所建設所にいたことがあるので、当時そこの所長だった芳賀には、古い部下に当たるわけだった。

（なるほど、黒部とは本当におそぎゃアとこや！）

芳賀は、心の中の名古屋弁で絶叫した。たぐい稀《まれ》な景観と、豊かな電力資源とで知られる一方、黒部は魔の黒部谷、暗黒の黒部渓谷として恐れられてもいる。小さな人間個個の力では、とても克服し難い天険に囲まれているからだ。

芳賀のように、電力会社の土木屋として三十年も水力発電所の建設ばかりにたずさわっていると、どうしても部下や請負の建設会社の従業員に、何がしかの犠牲者の出ることは避けられなかった。今度の工事こそ――と、いくら安全に力を入れていても、ダムの構築やトンネルの掘削《くっさく》といった、危険な荒っぽい仕事が工事の本体なのだから、つい発破《はっぱ》事故や落盤などの不測の出来事があって、その度に涙を呑まされるのだ。

（しかし……、それは工事も本格化してからのことなのだ。まだ仮工事はおろか、準備作業さえ始まっていないうちから、本社員自身に殉職者を出すなんて……）

芳賀は思った。これからの黒四《くろよん》の工事が、どんなに危険と困難に満ちたものになるか、その前途を思いやると、責任者として芳賀はぞッとして、ぎりぎり心の締めつけられるのを覚えた。

遺体であろう、長い毛布包みを担いだ一行は、そのうちにもじりじりと小刻みに登って来る。こちらからも若い技師や、若いボッカなどが、走るようにして下って行く。

やがて二つの一行は接触した。

「どうしたのだ、いったい？」

吉田が先頭の男に声をかけた。

「ああ、水力計画課長ですか。困ったことになりました。——けさ早く、森下君は川を渡って、向こう岸の赤沢の方へ、機械の据付《すえつ》け場所の検分に行ってたんですが……」

先頭にいたのは、関電の若い社員だった。吉田が建設部次長に就任したのは今度の黒四異動でなので、それは知らないのが当然で、顔を見るなり前職で呼びかけて、待ちかねたように報告を始めた。


——森下は出入りの商社員といっしょに、六、七百メートルほども垂直に切り立った、赤沢の断崖の二百メートルほどの中腹に登っていた。そこはアルプスを越えた向こう側の、信州大町市の上扇沢《かみおうぎざわ》から掘って来るトンネルの、黒部側の出口に当たる場所だった。黒部側からもいずれはトンネルの迎え掘りをする必要があり、そのためのコンプレッサーの据付け場所の検分だった。

折悪《あ》しく、そこは深い滝になっていた。滝は上部をすっかり雪に蔽われて、台地のように見えていたが、下から吹きあげる風で、滝口にマンホールほどの穴を開いていた。

森下は踏みはずしてその穴に落ち、三十メートルほど下の岩に叩《たた》きつけられて、三十七歳の男盛りの命を絶ったのだった——。

「すぐボッカが知らせに来たんです。みんなでやっと現場まで行きましたが、深い穴でなかなか降りられません。そのうちにボッカの一人が、ザイルで身体をしばり、背負い籠を背負って穴を降りて行きました。その籠に森下君を収容して、やっと運び出したんです」

「そうか、それは可哀《かわい》そうなことをした」

吉田は遺体に手を合わせて丁寧に拝礼した。芳賀も一行のみんなも、それにならった。親しい友人であり、あるいは部下だった森下の殉職である。吉田も芳賀も、若い技師たちも、みんなでお通夜でもして守ってやりたいのはやまやまであった。しかし、険しい雪の黒部の中腹で、それは許されないことであった。

「ご苦労だが頼みます。気をつけて富山まで連れて帰ってやって下さい」

吉田がボッカの頭分に頼んで、二つの一行は上と下に分かれた。

どうやら日の暮れないうちに、御前沢の社員たちの小屋に着いたものの、芳賀は足ばかりでなく身体の節々が痛くて、便所に行くのさえやっとだった。

その晩は調査隊の小屋に泊った。川岸の、猫の額ほどの平地を切り広げて建てた小屋だから、至って狭い。その小屋に、三十何人かがごろ寝である。

黒部の奥地の夜だから、静かなことはこの上ない。わずかに渓流の音が聞こえるばかりで、ほかには何の物音もしない。部屋には電灯もなく、薄暗いカンテラが吊るされているだけで、わびしいこともまた限りがない。

（一体こんなところで、どうして何千人もの労働者を住まわせ、食べさせ、どんなにして仕事を進めればよいのだろう？）

考えてみると、心細さもまた果てしがない。


それでも一晩眠ると、身体だけはしゃんとした。翌《あく》る日は、付近一帯の検分である。まず最初は、川をそのままさかのぼって、将来ダムサイトになる左岸の調査をした。黒部の流れは、このあたりではおだやかな渓流だった。川幅は十四、五メートル、深さは、二、三メートルほどだろう、冷たい、澄み切った水が流れている。

御前沢から下流には白竜峡、十字峡などの激流があり、有名な下《しも》の廊下で、勾配は二十五分の一という急傾斜である。すなわち二十五メートルで一メートル、十キロで四百メートルという大変な落差なのだが、御前沢から上《かみ》のこのあたりは、勾配も六十分の一くらいで、水流もそんなに急ではない。ダムを造るのには適当な地形である。

もう一泊して、次の朝は対岸に渡ることになったが、これがまた大変だった。

川幅十五メートルくらいの所に、両岸の岩に杭《くい》を打って、綱が張り渡してある。その綱から一本の丸太が吊るされていて、丸太は上の綱とは滑車仕掛けになっている。

川を渡るのは一人ずつで、丸太にまたがるのである。別にもう一本の綱が、上の綱と平行して、またがった人間のちょうど手の高さに張られているので、その綱をたぐって、川の上十メートルほどの高さを滑って行くのである。

見下ろすと、黒部の青ずんだ激しい流れで、あまり気持ちのいい乗物ではない。

芳賀もその奇妙なロープウェーをあやつって、やっとの思いで黒部川を越えた。きのうに引続いて、きょうはダム地点の右岸を見た。

両岸とも、地質は思ったより悪いようだった。

最後に、森下が殉職した赤沢のトンネル出口を見ようと思った。

「あのあたりなんですがねえ。あの垂直に五、六百メートルも聳《そび》えているのが鏡岩といって、その裏手の崖《がけ》の中腹のあたりへ、トンネルは出て来るはずなんですよ」

同行した吉田に指さされて、芳賀は見上げた。それはほんとうに、天に向かって一直線に切り立った断崖で、吉田がさし示しているのは、川岸からは二百五十メートルほども上ったあたりだった。

「あんな高い崖の上に！　一体どうやって、大勢の人間が登るんですか?!」

芳賀は思わず、叫ぶようにいった。

「なあに、崖も川っぷちもどうせ削るんだし、ぐるぐるまわして道をつければ、何とかなりますよ」

自分自身が水力計画課長をして来て、調査や設計の元綱を握っていた吉田は、何しろ自分でたてた計画なのだろうから、少しも驚いた気配はなかった。

（しかし……俺が野戦部隊をあずかって、実際にこの工事の全体を推進し、監督すべき立場に立つんだ！）

そう考えると、芳賀は身ぶるいが出そうだった。それは卑怯《ひきょう》とか臆病とかいったこととは、違う種類の恐ろしさだった。どんなにして？　どんな方法で？　――一つずつ、具体的に工事を積み重ねて行かねばならない芳賀としては、少しの早呑込《はやのみこ》みも、いい加減さも許されないのだ。

（これは……本当にやれるだろうか？）

芳賀公介は、もう一度山を見上げた。雪の山は遠くから見ると白一色だけれど、近くで見ると滝木《かんぼく》もあれば、赤茶けた岩肌を露出してもいた。露出した岩肌は、すべて絶壁であり、やがて山全体が、鋭い角《かど》を持った岩塊の集積であった。その中腹にあるトンネルの出口は、高く遠い雲のかなたのものに、芳賀には感ぜられた。

一行の中には、この工事の請負を予定されている間組《はざまぐみ》と熊谷組の中堅幹部もいた。それに黒四以前の有名な発電所である佐久間（天竜川）の建設に功労のあった、パーカー、ブロトンの二人の米人技師もいた。彼らは腕を組んで、黙って山を見上げている。

建設会社の幹部たちは、平素は威勢のいい人たちだけれど、黒部の谷底に降りてからは、さすがにあまり物数《ものかず》をいわなくなっていた。

「どうだ、自信はあるかね？」

芳賀がたずねても、

「それはもちろん、ありますが……、しかし、えらいところですなあ」

詠嘆の口調で、冴《さ》えない声でいうのだった。

果たしてやれるだろうか？　――芳賀はくり返しくり返し、自分の胸に問うた。

もちろん、やるしかないのだった。

（しかし、こんな不十分な調査で、こんな不十分な準備で……、こんなおそぎゃア山に……）

芳賀はまた自分を責めるのだった。恐ろしい『未知なる黒部』に、――『人跡未踏』

といわれる黒部に、――戦いは勝てるのだろうか？　それは何千人、何万人の人々を、恐怖と絶望の地獄に追い落とすものとなりはしないだろうか？

一行は、その夜も谷底の宿舎に仮泊した。

夕食は粗末なものだったが、僅《わず》かだが酒が出て、賑《にぎ》やかな会食になった。しばらく歓談すると、すぐごろ寝が始まる。狭い部屋に、三十何人かが毛布をかぶって、丸太のように転がって寝るのだが、それでも昼間の疲労のせいか、すぐそこここに軽い寝息が聞こえ始める。

――しかし、芳賀は眠れなかった。旧部下の突然の死やら、雲の彼方《かなた》のトンネルの出口やらと、この一両日のショックは大きかった。

（会社は、この建設に社運を賭けているというが……、俺がその決戦の斬込《きりこ》み隊長になるのだそうだが……）

本社で采配《さいはい》を振る社長の太田垣士郎《おおたがきしろう》は、彼らの言葉でいえば事務屋だし、副社長で技術担当の森寿五郎は、技術者ではあっても電気屋である。もう一人の副社長の中村鼎は事務屋で、常務の芦原義重も、現地の司令長官になる取締役で建設事務所長の平井寛一郎も電気屋だ。――大阪本社の建設部には、多数の優秀な土木屋がいるわけだが、それにしても、現場の指揮をとる土木屋の芳賀こそが、危険で責任の重い斬込み隊長の役割を担うことに疑いはない。

（土木屋として、それは生涯の栄誉だ。——だが、俺に成算があるだろうか？）

芳賀は起き上がると、外套《がいとう》をひっかけて外に出た。宿舎から十メートルほど歩いて、自然石の雪をはらって腰を下ろした。

——静かで、暗かった。空を見ると、晴れた夜空に、うしろには立山とそれに続く連峰が、天までも届くかと思うほど高くそびえていた。前には後立山《うしろたてやま》連峰の峰々が、同じ高さの影絵だった。

これらの聳《そび》え立つ連峰と連峰の裂け目で、空は狭い黒ずんだ一条の帯にしか過ぎず、その狭い空に、星は僅かしか見えなかった。

「ここから立山の山頂まで、比高差千五百メートル。そして下界へもやはり千五百メートル……」

芳賀はつぶやいた。やがてダムが出来上がると、その満水位の標高は、一、四四八メートルで、それは九州でいえば阿蘇山の一、五九二メートルにほぼ相当し、近畿では一、三七七メートルの伊吹山頂よりも高い。東北では十和田湖の北の八甲田山の一、五八五メートルに匹敵するだろう。北海道でいうと、雌阿寒《めあかん》の一、五〇三メートルと雄《お》阿寒《あかん》の一、三七一メートルの中間で、関東では群馬県榛名山《はるなさん》の一、四四八メートルが、ぴたり同標高なのだ。

(そんな高山《こうざん》の山頂と同じ高さの場所に、二百メートルに近い高さのダムを築き、二億立方メートルもの巨大な量の水を湛《たた》える！　――そんな大工事を、この程度の調査と準備でやれるのだろうか？)

――芳賀は恐ろしかった。暗さと静けさの中で、渓流の音だけが次第に大きく聞こえ始めていた。昼間は音もなく流れている清冽《せいれつ》な水なのだが、夜の静けさの中でいまその水音は次第に高く、果ては豪雨のとどろきになって、芳賀の耳に叩きつけて来るのだ。

(しかし……俺がこの大工事の最前線に立たされることは、実はずっと以前から決まっていたことではなかったのか――)

ふと、芳賀は思い起こした。

それは一《ひ》と月余り前の、四月下旬のことだった。社長の太田垣士郎から、芳賀は何の理由も示されずに、名古屋駅で会いたいという呼出しを受けた。芳賀は名古屋駅に出迎えた。

フォームで列車を迎えると、太田垣は芳賀の顔を見るなり、

「よう――」

車窓から上機嫌でいって、つかつかとフォームに降りて来た。

「あのう……何かご用だったのでしょうか？」

「いや、別に用はないんだ。ただ顔が見たかったんだ。――しかし、君、いつもひょろひょろと、青白い顔だなア」

太田垣は笑っていった。なるほど、大兵肥満《だいひょうひまん》でゴルフやけした太田垣の赭顔《しゃがん》に比べると、芳賀は小柄で痩せていて、青白い。

「いやあ――、でも元気にやっていますよ」

太田垣に心酔している芳賀は、声をかけられるだけでも嬉《うれ》しくて、にこにこと答えた。

「そうか、――まあ待っとれ。いまに真ッ黒にしてやるからなあ。いまに思いきり苦労さしてやる。覚悟しといてくれよなあ」

太田垣は声を出して笑った。

「電気は要《い》るからなあ。国民生活のためにも産業のためにも、どうしても電気は、これからまだまだ幾らでも要るんだ。――なあ芳賀君、頼むよ」

太田垣は気軽にいうと、車室に帰って行った。

(これは……ひょっとすると……黒四かな?)

太田垣の列車は西へ、大阪へ走り始めた。見送りながら、芳賀は思ったことだった――。

「俺ももう五十を越えた。定年まであと五年はない。黒四が完成するまで、俺の会社で

の寿命はもたないのに……」

　ふと、その時のことを思い浮かべて、芳賀はぼそっとつぶやいた。すると、なぜ完成まで寿命のない自分を、太田垣さんは起用したのだろうかと不審が湧いた。

（そうだ。やれるだけやってみろということなんだ。失敗したら、太田垣さんも一蓮《いちれん》托生《たくしょう》で討死《うちじに》なのだ。——電力は、国民のために要《い》る、どうしても、どうしても要いるんだ、とおっしゃったが、そのために、太田垣さんは賭けていられるのだ！）

　阪急電鉄の社長から、太田垣士郎は出来たばかりの関西電力社長に、昭和二十六年五月に、就任して来たのだった。太田垣の師匠は阪急の総帥《そうすい》小林一三《いちぞう》で、小林はその夢と創意に富む資性のほかに、合理主義者としても知られていた。

太田垣もその衣鉢《いはつ》を継いで、合理主義者として知られているのだし、さらに彼のうしろには、慎重な技術者である森副社長や芦原常務などがついている。だから黒四の建設は、成算なくして乗り出した事業とはもちろん考えられないのだが、それにしても、『未知の黒部』には結局は賭けしかあるまい。

(俺は今晩、ともかく飯を食った。酒を飲んだ……)

それが出来た以上、谷底の労働者が何千人、何万人にふくれても、それだけの手立てをすれば、これを守って行くことは可能ではないか、――芳賀は思った。

(そうだった。調査はこれしか仕方がないのだ。山全体が人跡未踏ともいうべき黒部では、これ以上の調査は、五年かかっても十年かかっても『出来ない』のだ。多くの人間がはいって、建設しながら調査し、調査してはまた建設するのだ。それが黒部の方式で、黒部にはそれしかないのだ!)

芳賀は、いまはふつふつと、闘志の湧くのを覚えた。

(そのあいだにも、電力は急いで要る!)

戦後の荒廃と虚脱から立ち上がって、日本の産業は激流のように伸びようとしていた。た。電力は幾らでも要るのであって、黒四建設の『命令者』は、太田垣でも森でもなかった。それは抽象的な国民全体であり、電気それ自身なのだった。誰にも拒否のしようのない、それは命令というべきであった。

2 三正面作戦

黒部の谷底の現地視察を終えて、芳賀公介《はがきみすけ》が大阪の関西電力本社に顔を出したのは、昭和三十一年六月七日のことであった。

関西電力の本社は、現在の中之島のビルではなく、当時は北区梅ガ枝町の宇治電ビルにあった。

芳賀はそこで、黒四建設事務所長となった取締役の平井寛一郎から辞令をもらい、同時に発令されている黒四の幹部連中の顔ぶれを知った。

辞令は五月三十日付で、所長の平井のほかに、幹部六人が発令されていた。次長が三人いて、一人は事務担当の脇野徳三郎、あとの二人は工事担当で、芳賀と竹中徳《ただし》だった。その下に、庶務課長が内田務、土木課長が村山功、経理課長はまだ発令されていず、電気課長は芳賀の兼務である。

ほかに宇奈月《うなづき》支所があって、支所長は竹中次長の兼務、支所長代理が小林正雄だった。

続いて六月一日付で、庶務課副長の岸田幸一が発令されていた。岸田は平井の秘書として電気事業連合会へ出向していたのが、一しょに帰社したもので、今度も平井の秘書役を兼ねる。

「岸田がいってたよ。僕を除いて、映画じゃないが『七人の侍』だって。ほかに職員は一人もいないし、事務所もなければ機構もない。要するにいまのところ、七人の侍の孤軍奮闘というわけだ」

　平井は笑っていったが、やや言葉を改めて、

「宇奈月支所の話をしておこう。本部は長野県の大町に置くわけだが、今度の仕事は工区が広いし、その上に交通が、不可能といわねばならんほど困難なのだ。それで大町からアルプスを越えて、ダムサイトになる御前沢《ごぜんざわ》方面の仕事は本部で見るが、下流の宇奈月に近い四、五工区の方は、宇奈月支所に見てもらうんだ。宇奈月からでも現場へはなかなか近付き難いが、大町からではまず『不可能』というわけだ。それで竹中君には宇奈月に駐在してもらうわけだ」

「なるほど――」

「工区は全体を五つに分けて、第一工区がダム建設、第二工区は骨材《こつざい》（セメントに配合する砂利など）の製造、第三工区は大町市郊外からアルプスの山腹をぶち抜いて、ダムサイトに結ぶトンネルの建設で、以上が本部直轄で君の担当だ」

「ほほう、大変ですなあ」

「そう、なかなか大変な工事だよ。しかし、竹中君の四、五工区の方《ほう》にしても大変だよ。四工区はダムから発電所までの導水路と、連絡トンネルの掘削《くっさく》だが、どちらも延長十キロほどの全部が、人跡未踏という黒部川の『下《しも》の廊下』に沿った、険阻《けんそ》な奥山のトンネル工事なんだ。途中で横坑《よここう》から本ルートに取り付こうと考えても、拠点になる平

地なんて、どこにもないんだ。結局はめくら滅法、アルプスの地下を片押しだ」

「ほほう――」

「第五工区は発電所とその付帯設備だが、これがまた、同じような険しい山奥に造るんだ。しかも発電所ビルは二百メートル余りもの地の底のビルで、大きさは丸ビルの二倍というんだ。現場へ取り付くのが大変だし、掘るのが大変だし、その上に、土や岩石を掘っても捨てる場所がない。そんなところへ、丸ビルの二倍もの大地下ビルをこしらえようというんだから、まさに難儀なこと一通りでないというところなんだ」

「そいつは実際、大変ですなア。で……施工の建設会社は？」

「まだ何も決っていない。しかし、一工区一社ずつで、実力のある一流建設会社ばかり選ぶ方針だ」

平井はいったが、いつもは微笑を絶やさない平井が、急に硬い、生真面目《きまじめ》な表情に変わって、

「ところで君――、今度の工事では太田垣さんの力の入れ方は大変なんだ。君はまだ山にいたが、本社の連中が辞令をもらいに行った時には、太田垣さんは一人ずつ社長室に入れて、十分間あまりずつ、さしで話をなさったんだ、聞く方は一人十分間だが、話す太田垣さんにしてみれば、同じ話を六度も七度も、大変だったろう。――それを、あきもせずに、一人々々に熱心にくり返して激励なさったんだ」

「ほほう――」

芳賀は驚いた。芳賀と会ったときの太田垣は、いつも洒脱《しゃだつ》な人で、冗談をいったりからかったりして笑わしてくれる。その太田垣さんが、そんなに生真面目に、――芳賀にはまたしても黒四工事の重大さと困難さが思われた。

「何しろ、資本金百三十五億の会社が、当初予算だけでも四百億近い大工事を、それも人跡未踏の秘境でやろうというんだ。さすが豪胆《ごうたん》な社長でも、緊張なさるのは無理はないさ。――僕も君、よろしく頼むよ」

ふとおどけた調子に戻って、平井は笑って頭を下げた。

「いや、どうも……。まあ精々《せいぜい》頑張りますから……。社長と森さんにあいさつして来ます」

平井の部屋を出て四階の社長室に行くと、きょうはもう太田垣は、いつもの太田垣に返ってにこにこしていた。

「やあ、来たねえ」

芳賀の顔を見ると、太田垣の方から声をかけた。

「このたびは黒四の方の……」

あいさつをしかけるのを気楽に遮って、

「いや、ご苦労さんです。君には丸山以来、苦労ばかりさせているが……、丸山はまあウォーミングアップで、今度が本番なんだ。当てにして君に頼んだんだから、も一度頑張って下さいよ」

「はあ――」

それだけで終わりだった。堅い話も、お説教じみたことも、何一ついわなかった。

社長室を出ながら、芳賀は太田垣の言葉を反芻《はんすう》した。

（丸山以来――）

丸山は木曾川水系の発電所で、昭和二十六年に関西電力が発足すると、すぐに着工した発電所だった。出力十二万五千キロワットは、今なら本当に大したことないが、当時としては英断的な大容量だったし、ダムの高さ九八・二メートルも、日本最大のものだった。

当時は戦後の電力の大飢饉《ききん》時代だった。家庭の電灯まで『毎晩停電』という時代は過ぎていたにしても、工場には『電休日』という休日が毎週あった。「電力はどうしても要る」――太田垣の不退転の決意で、この発電所建設は断行されたのだが、それにしても当時、資本金十六億九千万円の生まれたばかりの会社が、百億の巨費を投じてこんな大発電所を建設するのは、大きな冒険として社内からも世間からも危ぶまれたものだった。

芳賀はその時、丸山建設所長を命ぜられ、そして立派にやり遂げた。その時の土木技術の革新が、続いて電源開発の有名な佐久間ダムを生み、そしてその成功がまた黒四実施のきっかけとなっているのだが……、それはそれとして、芳賀は太田垣の信頼を思うと、何が何でもといった闘志を覚えた。

会長の堀新《ほりしん》にもあいさつして、芳賀は副社長で技術担当の森寿五郎の部屋に行った。もう先客が二、三人いたが、

「やあ、黒部はどうだった？」

芳賀の顔を見ると、太田垣と同じように、森の方から声をかけてくれた。

「どうにもこうにも……、おそぎゃア山でして……」

ここまで来ると、平井の部屋と同じように、芳賀には遠慮が薄れる。社長の太田垣はおうようで洒脱ではあっても、やはり社長だし、何となく煙たい。そう近づいてばかりはいられない。しかし、森は技術者で、いわば平井や吉田や、芳賀や竹中の兄貴分である。太田垣に劣らぬ大兵《だいひょう》で、それもやわらかみのある太田垣とは違って、硬いいかつい身体つきなのだが、見かけに似合わず温厚で、かつて怒ったことがない。だから森の部屋は、つい技師たちの談論風発の会場になってしまう。

「なに、おそぎゃア山？　ああ、恐ろしい山ということか――」

森は笑った。顔の造作が大きいので、大型の縁無《ふちなし》眼鏡も小さく見える。笑うと太い眉毛が消えそうになって、えびすさまのような顔になる。

「なにがおそぎゃアもんか。現在の機械化された土木技術でなら、十分にやれるんだ。こわがらずにやってくれよ」

「はあ、それはもちろんやりますが……、しかし太田垣社長もあなたも、よく踏み切られましたねえ。ずいぶん考えられたんでしょう?」

芳賀は、思っていることを遠慮なくいった。

「うん、それは調査はずいぶんやった。もともと日電時代から構想はあったし、調査の進んでいたことは君も知ってたろう」

日電とは『日本電力』で、関電の前身の一つである。

「はあ、それはそうですが……」

芳賀は答えつつ思った。もちろん黒四計画のあることは早くから知っていたし、去年の末には設計図を見せてもらったこともある。

——芳賀でなくても、電力会社の社員なら、誰にでも常識なのだが、黒部一帯は日本中でも名だたる降雨・降雪量の多い地帯で、そのうえ谷全体が極めてきびしい勾配を持っているのだから、電源地帯としては最も恵まれた条件にある。

従って、既に大正時代から昭和初期、——戦前・戦中にかけて、下流では電源が開発され、有名な黒三――黒部川第三発電所をはじめ、幾つかの発電所が建設されているのである。

そして地勢的に最も困難な、人跡未踏とさえいわれる今度の『黒四地帯』についても、すでに戦前の日本電力時代から開発が計画され、それは関電発足と同時に引継《ひきつ》がれているのだ――。

それらは全く常識的な事実なのだが、しかしその計画が具体的なものになっているということは、芳賀は今年の正月にはじめて知ったのである。それは正月四日に、任地の坂下《さかした》発電所建設所へ、堀会長の年頭のあいさつ状が来て、芳賀を驚かせたのだった。

『今年は黒四建設に着手の年であって――』

と、それには書かれていた。芳賀は「ほほう」と感心したが、自分自身は新しい発電所の建設に取り組んだばかりだったので、自分に直接関係する仕事とは、その時には考えなかった――。

「それらの調査を基礎に、現在の土木技術と照らし合わせ、そして現在の電力事情、五年先、十年先の電力事情を考えて、わしらは決意したんだ。やればやれる仕事だからなあ」

森はもう笑ってはいなかった。

「今まで『水主火従《すいしゅかじゅう》』だった電力が、これからは『火主水従《かしゅすいじゅう》』になって行くんだ。ということは――どうしても大容量の水力ダムが要るということになるだろう？」

森がいった。芳賀はうなずいた。

――電力に関係のない読者は思うかもしれない。火力発電が主になれば、大水力ダムが『どうしても』要《い》るという。奇妙な話に聞こえるだろう。

しかし、一見奇妙に聞こえても、それは少しも矛盾した話ではない。

――水主火従とは、水力発電が主で火力発電が従であるということ、火主水従はその逆である。日本では電力発足以来、ずっと水力発電が主、火力発電が従だったのが、すでに水力発電は開発され尽くしたのと、火力発電技術の革命的な発達とで、物語のこの時点（昭和三十一年）でも、すでに火主水従への傾斜が見取られていたのだ。後に昭和三十八年度の通産省の電力白書『電気事業の現状』には、

「火主水従の実現＝三十七年度になって電気事業用の発電力量のうち、火力が五四パーセント（三十六年は四六パーセント）を占めて水力を上回り、火主水従の供給力構成が達成された」

とある。

ところで、問題の火主水従になると大容量の水力ダムが必要だという点だが、火力は燃料をたく関係で、常にコンスタントな運転をしている方が都合がよい。たいたり消し

たりしていては、燃料のロスが大きく不経済なばかりでなく、発電機器を損壊する恐れすらある。

ところが需要の方にはピークがあって、コンスタントにというわけには行かない。生産活動の盛んな昼間には電力需要が多く、深夜にはがた落ちするのは、見やすい道理だろう。

そこで火力はコンスタントにたくことにして、ピーク時だけダムの水を流し、水力発電で調整するのである。水は貯《たくわ》えたり流したりしても、火力のようにロスも弊害もない。――これが火主水従体制における、大容量水力発電ダムの効用なのである。

「だとすると、うちには適地は黒四しかない。そこでわしから、黒四開発の技術的な可能について話したのだが、太田垣さんの頭は電子頭脳のようで、例によって回転がすこぶる早い。――わしの話が半分も進まぬうちに、もう太田垣さんは結論が判《わか》っていて、やりましょうと一言で決まったんだ。たった四十分間ほどの話し合いだったよ」

「へーえ」

芳賀は感心した。と同時に、互いに相手の見識と人格を信頼し合っている、これらの最高首脳陣の人間的なつながりに、芳賀もまた信頼を覚えた。

「戦いは三正面作戦だ」

森は言葉を続ける。

「概略は黒部で吉田君に聞いただろうし、これから十分に研究してもらうわけだが、しかし簡単にいうと、アルプスのこちら側の信濃大町からの黒部川上流——すなわち『黒四地帯』へのトンネル攻撃、トンネルが出来るまでの立山越えのダムサイト攻撃。それに逆に、宇奈月からの川をさかのぼっての攻撃だ」

強いまなざしで芳賀を見て、声にも力がこもる。

「中でも、北アルプスの横ッ腹に穴をあける、『大町トンネル』の成否が、この工事全体の死命を制するんだ。——このトンネルさえ貫通したら、黒部奥山の谷底にいきなり『文明』というものを運び込むことが出来るのだ。どんな重機械でも持ち込めて、黒部はもう秘境でも何でもなく、東京の銀座や大阪の心斎橋と同じ、単なる一地点というように過ぎなくなってしまうのだ。そしてそれが、君の仕事なんだ」

森寿五郎の、表面は物静かな、しかし内面では熱情の煮えたぎっている説示《せつじ》を聞くうちに、芳賀公介の内部でも、黒部はもはや恐ろしい山ではなくなっていった。

いや、もっと正確にいうと、黒部が恐ろしい山である点には何の変化もなかったのだが、それは芳賀の内部において、克服されなければならない山、開発されなければならない谷に、急速に視点が置きかえられて行ったのだ。

人間は、個人々々は小さくても、その集団が情熱という命令者に率いられて、組織と科学と資本力を合鍵にして挑む以上は、黒部がどんなに邪悪な谷であっても、開けない箱であろうとは思われなかった。仮にそれがパンドーラの箱であって、数え切れない苦難と悲しみに満たされているにしても、最後にあるものは、やはり希望のはずであった――。

それから現地へ出発するまでの何日間かを、芳賀は大阪の宿と関電本社との間を往復して、黒部そのものの歴史と、『クロヨン』というものの未来像について、一心不乱に勉強を続けた。

――黒部は秘境だという。人跡未踏だという。ほんとうにそうなのだろうか？　芳賀は書物をひもとき、人にも聞いて考えてみた。

黒部川は飛騨山脈のふところ深く、標高二、九二四メートルの鷲羽《わしば》岳に源流を起こしている。

暫《しばら》くは細流がゆるやかに、雲《くも》の平《だいら》の神秘な台地を流れているのだが、薬師岳から流れ出る薬師沢を合わせ、黒岳に発する岩苔小谷を呑んで、それから何十という激流や細流を合わせ、やがて恐ろしい流れとなって、七十キロほどを狂気のように北に駈《か》け下り、ようやく富山県愛本のあたりで平地に出て、肥沃《ひよく》な黒部平野を作ってから、富山湾の東端で日本海に注ぐのである。

流路八十六キロ、その大半が西からは立山連峰に、東からは後立山連峰に迫られて、二つの屏風《びょうぶ》に挟まれた狭い空間のような、鋭い深いV字渓谷を成していることは、先日芳賀自身が一ノ越の山稜から眺めた通りである。

北アルプスの雲の上から、わずか百キロ足らずで海に注ぐ川だけに、上流ではその勾配は極めて激しく、四十分の一、つまり平均して四十メートルに一メートルを下る急傾斜である。――所によってはまるで滝のように、狂気のようにそれは泡立ち、歯をむいて、鋭い渓谷の岩角を蹴って、海へと走り下っているのである。

激流は黒部本流ばかりではない。上流から数えて東沢谷、針ノ木《はりのき》谷、御山《おやま》谷、御前《ごぜん》沢、棒小屋沢、剱《つるぎ》沢、東谷、仙人谷、餓鬼《がき》谷、祖父《じじ》谷、祖母《ばば》谷、小《こ》黒部谷、猫又《ねこまた》谷、黒薙《くろなぎ》川などの各支流は、いずれも本流をしのぐ激流で、滝のように、――というよりは殆《ほとん》ど全部が滝そのものの連続になって、それらは本流に注いでいるのである。

源流である鷲羽岳の南には、更に三、一八〇メートルの槍ヶ岳、三、〇三三メートルの南岳、三、一九〇メートルの奥穂高岳をはじめ、燕《つばくろ》、大天井《おてんしょう》、常念など『日本の屋根』と呼ばれる高山が、なおも重畳《ちょうじょう》と続いている――。

こうした天険が、古来黒部谷を秘境として、人類の近づくことを阻んでいたのである。

しかし、支流の中には比較的伝《つた》い歩きの容易なものもあるし、山の稜線《りょうせん》には、人の通行を許すものもある。例えば芳賀たちの歩いた立山からの一ノ越ルートや、或《あ》いは大町側から針ノ木岳を越えるルート、白馬からのルートなどのように、黒部川に接着の可能な地点もある。

けれども、そこからさらに黒部川を上下すると、必ず激しい流れの両岸から、じかに険しい崖が立ちはだかって、川にも岸辺にも、どこにもたどるべき路線のない地点に出会うだろう。崖は百メートル、二百メートルから甚《はなはだ》しいのは六、七百メートルにも及ぶ垂直な岩の屏風で、所によってはオーバーハングしてさえいる。

そこに黒部の八千八谷と呼ばれる滝続きの小谷が随所にかかり、本流はそれらの断崖を縫って、曲がりくねって流れるのだから、鳥や蝶々のほかには、人間はおろか猿でも通行が出来ない。——下流からさかのぼる者に対しては、それが黒部の示す『拒絶』なのだった。

だから河口部分は別として、上流では黒部川の存在そのものが、長いあいだ人間にとっては『未知』なのだった。『黒部』という地名はアイヌ語の『グルベツ』——魔の川という意味の言葉から出たものだといわれ、また黒々と大木が繁って、太陽の光さえ通さぬところから来た名前ともいわれるが、どちらにしてもそれは、謎であり未知であることの呼称にほかならない。

実際、黒部川そのものが、或《あ》る程度明確に知られたのは、江戸時代になってからと考えていいようだ。それより以前には、立山も白馬岳も、つまり現在でいう立山連峰も後立山連峰も、一かたまりの山塊と思われていて、従ってその山中から流れ出る黒部川は、河口はあっても源流は不明な、全くの謎の川であったわけなのだ。

そのことは、江戸時代になってからでも、数多くの旅行記や地誌から読み取れる。実例のごく一部を挙げると、大淀三千風《おおよどみちかぜ》の『日本行脚《あんぎゃ》文集』（元禄三年・一六九〇年）には、

『立山ハ越中・越後・信濃・飛騨四ヵ国ニマタガル』

とあって現在の北アルプスの殆ど全地域を立山と思っており、また橘南谿《たちばななんけい》の『東遊記』（寛政十年・一七九八年）では、親不知《おやしらず》を立山が日本海に落ちる所としている。

また高山彦九郎の『乙未《きのとひつじ》の春旅』（安永四年・一七七五年）には、

『姫川の源は南方四十里、信州松川に始、黒部川と一源とす』

とあり、同様に姫川・黒部川一源説は加賀藩士青地礼幹《あおちのりもと》の『可観《かかん》小説』や、堀麦水《ばくすい》の『三州奇談』（宝暦年中）にも述べられている。

その他、十返舎一九《じっぺんしゃいっく》は『金草鞋《かねのわらじ》』（文政十一年・一八二八年）で黒部川の源を飛騨といい、地元越中の学者である五十嵐篤好さえ、黒部川の源を信濃の国として短歌を詠じている。

こんな具合に、江戸時代の中期になってさえ、一般には立山と後立山の区別さえ付か

ず、いわんやその中間を流れる黒部川などは、謎の中の謎の川としてしか知られていなかったのである。

ただここに、立山・後立山地方の地勢や、黒部川の正体などについて、相当詳細に知っている一つの機関があった。しかしその機関は社会的・政治的理由によって、これを世間に明示しようとはしなかった。その機関とは、加賀前田藩と、その奥山廻《まわ》りの役人たちであって、社会的理由とは、『軍事上の秘密』ということであった。

戦国時代から幕藩《ばくはん》時代を通じる何百年かのあいだ、北アルプスの天険が、北陸の領主たちにとって天与の城砦《じょうさい》であったことは、見やすい道理だろう。それは表日本側からする強力な武将たちの侵略意図を未然に阻み、その領土を守ってくれる、無限に大きな鹿砦《ろくさい》であり、外濠《そとぼり》であったのだ。

江戸時代の全期間を通じても、前田藩はこの天険を極度の秘密の中に置いた。越後方面からの侵攻に備えて、黒部川には下流にも久しく架橋させなかったほどだから、信州方面からの侵略に備えて、この天険の秘密を明かさなかったのは当然のことといえるだろう。――黒部は暗黒の谷として永久に残す――それは加賀百万石の軍事上の絶対的な要請なのだった。

しかし軍事的な要請は、外に対しては未知であらしめねばならないと同時に、自らにおいては分明でなければならなかった。つまり加賀藩自身としては、黒部奥地は出来るだけ調査もし、地図も作っておかなければならなかった。――内においては、人跡未踏では困るのだった。

こうして加賀藩には、『奥山廻り』という職制が生まれ、年々夏季には黒部渓谷の奥地に入って、地理を調べ、盗伐を防ぎ、かつは幕府や他国などの隠密の出没をも封じる活動をしている。

『奥山廻り』が文献に残っているのは、加賀藩祖である前田利家が、その没する前年の慶長三年（一五九八年）に、黒部峡谷の入口である浦山村の豪農松儀伝右衛門を大阪に呼び、黒部奥山の模様を聞いたのが最初である。

その後寛永十七年（一六四〇年）には、三代目藩主利常《としつね》が、再び伝右衛門を金沢に召し、信越国境警備の具体策を聞くとともに、士分に取り立てて帯刀を許し、奥山取締役に任命している。奥山とはもちろん黒部奥山のことだが、その時利常は、見聞の周到な藩への報告と、不法入山者の逮捕を命じている。

さらに伝右衛門の没後は、立山山麓の芦峅《あしくら》の旧家、佐伯十三郎父子を召して、欠員中だった奥山取締役に任じている。この時利常は佐伯父子に鉄砲一挺《ちょう》、弾丸三千発などを与え、「何人たりとも、不法入山の者はその場で射ち捨ててよろしい」と、非常な権限を与えたという。

　こうして佐伯父子が行なった慶安元年（一六四八年）夏の調査を皮切りに、その後も奥山廻り役人の手によって、黒部奥地の調査は何回も行なわれたのだが、そのころの調査隊の陣容は、人夫を含めて七、八十人という大がかりなこともあったと、記録には記《しる》されている。

　測量具は、佐伯父子の場合の記録では長さ二十間（約三十七メートル）の縄だけで、尺取り虫のように一歩々々登りながら計測したものだが、登山用具については、食糧、雨具、替えワラジから、絶壁クライミング用の縄類にいたるまで十分に用意しており、今日の登山と大差のない準備と要領で、奥山を踏査したものと思われる。

　従って踏破コースも、かなり広い範囲に及んでいる。佐伯父子の場合は、芳賀たちが先日たどったばかりの立山一ノ越ルートよりは幾らか南寄りに、弥陀《みだ》ヶ原――追分から、常願寺《じょうがんじ》川の上流湯川谷を伝って、二、三五三メートルのザラ峠を越え、御前沢のやや上流、平《だいら》のあたりで黒部川に降りている。それから川を渡って針ノ木峠に登り、信州側の一部まで調査している。

後年の調査はさらに川ぞいにも、立山、後立山両連峰についても行なわれ、川ぞいでは柳河原《やながわら》、猫又、祖母谷などは古い秘密記録に残されており、山岳についても立山、薬師、蓮華などはもちろん、付近の山々はほとんど踏破されたようだ。つまり、黒部川を南北に、くまなく伝い歩いた『線』であったかどうかは別として、黒部は加賀藩の奥山廻りの役人たちによって、要所要所はほとんど調査されていたといっても過言ではない。

にもかかわらず、それらの調査結果は、軍事上の必要にもとづく秘密主義によって、何一つ公表されなかった。いや、公表どころが極秘条項として、厳重に機密の箱に納められていたのだ。

秘密主義ということでは、次の記録が残っている。嘉永二年（一八四九年）に、奥山廻り役伊藤刑部《ぎょうぶ》一行が、人夫頭《がしら》九左衛門ら全員から取った『天罰起請文《きしょうもん》』といわれるものである。その要旨は、

「私たちは、奥山で見知ったことは、他国人はもちろん縁者にも口外しません。もし奥

山の情報が外部に流れるようなことがあれば、それは私たちの落度《おちど》としてどんな処罰でも受けます。阿弥陀《あみだ》如来の名にかけて誓約します」

――仏教国として知られる越中の民心が示されていて興味深いとともに、黒部に対する前田藩の秘密主義の根の深さも、また知るべきものがあるだろう。

また、元禄十三年（一七〇〇年）に前田藩が幕府の命令で提出した十二畳敷の大地図（富山県・杏文庫蔵）があるが、それには黒部や後立山については「相知り申さず」の断わり書き一点ばりで、ほとんど何も記入されていない。元禄といえば松儀伝右衛門の調査はもちろん、その後の調査も進んでからのことなので、この断わり書きは加賀藩の嘘に決まっている。

このように黒部についての旧幕時代の調査や踏破はすべて前田藩の行動に限られるが、それ以前に一つだけ、極めて劇的な踏破の記録がある。それは天正十二年（一五八四年）の、富山城主佐々陸奥守成政《さっさむつのかみなりまさ》による、いわゆる『さらさら越え』である。

織田信長の部将として重きをなしていた成政は、信長が本能寺で死んで以来、羽柴秀吉と衝突、越中は秀吉勢の包囲下にあった。

成政は徳川家康と結んで苦境を切り開こうと考え、その年の冬（一説には夏）小部隊の家臣を連れ、包囲軍の目をかすめて雪のザラ峠を越えて松本に出、それから浜松に行って家康に会見し、帰路は岐阜に出て織田信雄を訪ねたのち、再びザラ峠を越えて富山に帰ったというのである。

随行した家臣の数は、記録によって百人、九十四人、五十余人、二、三十人から、最も少ないのは六人までであって、全くさまざまであり、不明としかいいようがない。その精細な記録が今日残っていないのは、成政が後に滅びたからだろう。しかし、前田利家や利常が奥山廻りの重要性を考えたのは、もとをただせば成政のさらさら越えが教訓だったに違いない。

以上は組織的・公的な黒部踏破についての記録だが、ほかに民間人によるごく私的な踏破があった。それは行者や商人などの通行のほか、信州側からの、黒部での盗伐、密猟などだ。

奥山取締役によるその検挙記録は幾らか残っているが、最大の盗伐は安永四年（一七七五年）信州安曇郡高根新村の三吉らの盗伐だといわれる。烏帽子《えぼし》岳の黒部側山麓に小屋四棟を建て、十数人が食糧を持って住み込み、榀《ねず》の木などを伐材し、板にして松本付近で売りさばいたり、岩魚《いわな》を密漁したりして検挙されたものである。榀は別名を黒檜《くろび》といい、また『くろべ』『くろべ杉』ともいって、黒部奥山特産の名木といわれる。ほかに猟師による密猟の記録もある。

奥山廻りといっても滅多に回って来るわけではないし、当時黒部の密林での盗伐はむ

しろ常識で、捕まった連中の方が、よくよく運が悪かったのかも知れない。
いや、それよりももっと面白いのは、これらの連中には盗伐などという観念はなかったのではないだろうか？　つまり信州側の民間では、黒部川の流れが信州と越中との国境だと考えていたのではないだろうか？
たとえば盗伐を検挙した時でも、前田藩ではその木材の越中側への運搬の方法がなくて、すべて松本か大町へ搬出して売っている。それどころか、藩が伐採して払い下げる時でさえ、現物は信州側へ運び出して売っている。
思うに信州と越中との自然の国境は、黒部川だと考える方が妥当なのではなかったか？

しかし、これが政治の場に出ると、信州側が黒部川を国境だと考えるのに対して、越中側は針ノ木峠を国境と考え、その間のズレを前田百万石の強い政治力が押し切って、ついにすべてを越中側のものと歴史づけてしまったのではないだろうか？

――そのような古い歴史をたどっているうちに、芳賀公介は思った。黒部は『秘境』ではあっても、厳密な意味では必ずしも『人跡未踏』ではないのだった。一つはそれが軍事的な秘密であったために記録が公開されず、一つは盗伐や密猟であるために、自らの記録を残そうとはしなかったのだ。

しかし……、それらの踏破はどれも、長い人間の歴史の中では一瞬間のことで、去ってしまえばもう足跡はないのだった。広い社会性においていえば、黒部はなおも『人跡未踏』と呼ばれるべきだったのであろう――。

今度の黒四計画が、地勢の必然に応じて、長野県側からトンネルで黒部に入るということも、また歴史に照らしてみて面白かった。

古い黒部を調べて、芳賀公介がそんな感慨にひたっているころ、関電本社の別の部屋では、資材部長の加福《かふく》喜久雄や建設部長の目黒雄平などが、連日押しかけて来る何十人という訪問客に悩まされていた。

「いよいよクロヨンだそうですなあ」

「ああ、やりますよ」

「請負はもう決まりましたか？」

「さあ、どうやろ。――しかし、君のところもやる意思があるのかいな？」

加福がそうたずねると、

「はあ、そりゃあもう。何しろこの工事をやらないでは、私の社もちょっと沽券《こけん》にかかわりますからなあ……」

訪れて来るのは、すべて建設会社や機械会社の幹部たちだった。言葉を合わせたように、そういって返事した。水力発電所の大工事というと、すでに佐久間は終わり、奥只見は進行中で、残された最大の工事は、誰が考えても『黒四』だった。彼らが意気込むのは無理もなかった。

「しかし……、トンネルにしても今度は日進十メートルは掘らないと工期に間に合わないのだし、佐久間だって七メートルだったじゃないか、大変だよ。――君のところでは日進十メートルに自信があるのかいな？」

「はあ、ありますとも。うちはもう最新式のジャンボーも検討ずみですし、日進十メートル以上を保証出来ますよ」

「しかし君……、仮に指名入札に加わってもらうにしても、君のところは確実な見積もりが立つのかいな？」

「いや、実はその点なんですがねえ……」

どの建設会社も、見積もりの話になると二の足を踏んだ。——やはり黒部は『未知』なのだった。人跡未踏といわれる黒部が相手では、どこの社にも計数の基礎になる正確な資料などはなかった。

発注はいずれ資材部の仕事になるので、応接役の加福はその度に苦笑するのだが、苦笑してばかりはいられなかった。やると決まった以上、工事は急がなければならないし、そのためには施工に当たる請負会社は、早く決定する必要があった。

（未知なる黒部には、特命よりほか仕方がないだろう。本社側の設計で数字を算出し、それを無条件に受けてもらって、ともかくスタートするより方法がないだろう——）

加福はそう思っていた。

森も考えは同じだった。やがて太田垣を中心に首脳部の意見も決まって、工事は特命で行なわれることに決定した。

数社には内意を示して、研究してもらっていた。各社ともこの年の初めごろからは現地調査をしたり、書類を提出したりしていた。例えば大成建設では、『地下発電所』は書類だけでは判りにくいからといって、付属施設の一切を含む精密な模型を、関電重役会に提出していた。模型は設計通りの高低差がつけられていて、一目瞭然だった。

——特命の五社が決定した。間組《はざまぐみ》、鹿島建設、熊谷組、佐藤工業、大成建設の各社だった。

六月十六日午前十時、五社の代表は、宇治電ビル四階の関電社長室に招かれた。社長室には、関電側は森、中村の両副社長を中心に、平井建設事務所長や、その他十人ほどの重役や幹部が顔をそろえていた。

各社の代表者は別室で待っていて、一社ずつ社長室に招かれる。五社のほかに、大町側での市街地や、トンネル坑口へのアプローチの道路などを請負《うけお》う、日本国土開発などの建設会社や、機械、電機会社の代表者の顔も見えた。

関電側の説明役は、資材部長の加福だった。加福はそれぞれに工区と予算を示し、三十センチほども分厚い書類の束を渡してから、

「工期は確守して下さい。国立公園の中ですから、特にその点注意して下さい。犠牲者を絶対に出さないように、保安を完全にして下さい。狭い谷底での工事ですから、各組の出合丁場になります。めんどうなことの起こらぬようにして下さい。それから、黒四へは関電としては一番優秀なスタッフを出しますから、あなた方も最良の陣容でのぞんで下さい」

一般的な注意を述べたあとで、語調を改めて、

「予算はいまいった通りです。条件は一切認めません。いいですね、その予算でやれる

かどうか検討して、自信がないならないといって下さい。やれるところにやってもらいますから。——一週間後の二十三日に、私まで返事に来て下さい」

イエスかノーか？　太平洋戦争で山下奉文《ともゆき》がシンガポールでいったように、むしろつっけんどんに宣告した。

受け取った各社の代表は、それぞれ自分の会社に帰って検討を始めたが、イエスにもノーにも、かいもく算定の基礎がなかった。

関電側としては、例えばトンネルならその長さ、地質の良否、洞穴なら掘り出す岩石や土の量といった具合に精密に計算して、それに黒部の特殊性を織り込んで作った予算だったが、受ける方には、何よりも黒部が『未知』なのだった。

初めてショベルを入れるアルプスの山の中には何があるものやら予想もされなかった。それは大規模な断層かも知れないし、後述する往年の『黒三《くろさん》』の工事の時のように、身を焼く高熱地帯かも知れなかった。何よりも、自分が工事する地区へ、まず第一にどうして取りつくのか、それさえが未知な黒部渓谷なのだった。

それに、黒部の工事は、普通では夏季だけ半年しか出来ない。それを工期を守るためには、雪の中を冬営して、冬も工事を続ける必要があったが、レールや木造の家はおろか、道路から鉄筋コンクリートの頑丈な橋脚や建物などまで、一も二もなくぶち毀《こわ》し、押し流してしまうあの物凄《ものすご》い雪崩《なだれ》の黒部谷で、どんなにして冬営をすればよいのか、果たして冬営は可能なのかどうか、――何もかも、一切が判らないのだった。

予算にしても、各部分の見積もりが出来ないのだから、総計の出しようがない。無理に数字を置いてみると、示された予算の倍額にもなる。

――結局は関電を、言葉を換えると太田垣なり、その側近の人たちを信じるしかなかった。

「太田垣さんが、いくらビジネスだとおっしゃっても、これは関電もやはり賭けなんだ。関電が賭けなら、受けるこちらも博奕《ばくち》だ。無条件でやろう。潰《つぶ》れたら骨だけは拾ってもらおう」

各社とも腹芸でイエスと買って出ることにした。

一週間後の二十三日に集合した時には、ノーは一社もなかった。大町側で骨材を製造する鹿島建設が比較的安全なほかは、どの社もみな、当時の資本金の総額をオーヴァするような金額の、危険で確信のない大工事だったが、無条件で「請負います」と答えた。

「ありがとうございました。おかげさまで……」

加福が、はじめて微笑を浮かべ、ていねいな言葉で礼をいった。

その時に契約された、各社の工区と予算の概要は、次のようであった。

第一工区（間組）＝ダム建設、ならびに関電トンネルの一部迎え掘り、予算三十六億円。ダムは御前沢に構築、高さ百八十六メートル、長さ四百七十五メートルで、二億立方メートル（うち発電に利用可能分は一億六千万立方メートル）の水を湛《たた》える。（実算は設計変更、伊勢湾台風による被害、関電トンネルの貫通遅延などで、約百億円になった）

第二工区（鹿島建設）＝骨材製造。予算十一億円。（実算二十億円）

第三工区（熊谷組）＝大町市の上扇沢地区から北アルプスを貫いて黒部川御前沢への、いわゆる『関電トンネル』の掘削と、水路トンネル、黒部ルートの上流側からの掘削。予算十六億円。（破砕帯による難工などで、実算は三十億円）

第四工区（佐藤工業）＝水路トンネル、黒部ルート・トンネルの下流側からの掘削。予算十八億円。（実算は約四十五億円）

第五工区（大成建設）＝地下発電所建設と変電所、開閉所、放水路、地下インクライン建設等。予算二十五億円。（実算は五十二億円）

ほかに信濃大町駅から上扇沢の関電トンネル口までの日本国土建設ＫＫその他の道路建設とか、仮設備費やセメント、鉄材等の経費もあって、関電の予算総額としては約三

百八十億円が計上されていた。（実算は約五百十三億円になった）

それから三十何年か経《た》った平成年間の現在でこそ、百億円とか五百億円とかいうのは、さしたる高額とは思われないが、日本の経済自体がまだ小さく、インフレの進行度も現在よりはずっと低かった当時としては、恐ろしいほどの巨額であった。

工期は昭和三十五年中に一部発電（十五万四千キロワット）開始、三十七年十一月には二十五万八千キロワットの全部発電開始と決められていた。そのためには、建設に要する一切の機械や資材を運び込む役割を持ち、この大計画の死命を制する大町からのいわゆる『関電トンネル』は、どうしても一年間で開通させなければならない。

すべてが急がなければならなかった。——各社は自分の工区を目ざして、三正面に散って行った。一工区の間組は立山越えの輸送の関係があるので富山市と長野県大町市に、二、三工区の鹿島建設、熊谷組は大町市に、四、五工区の佐藤工業と大成建設は富山県宇奈月町に、それぞれ基地を進める。

関電側の仮事務所も、すでに大町と宇奈月に設けられていた。現地には騒然とした建設ブームがまき起ころうとしていた。

昭和三十一年六月三十日、国立公園内での工事許可。

——これで関電トンネルなど、直接には水利に関係しない工事は、原則として着工できることになったのだ。

七月一日、関電は各工区の人事を発令した。

各現場に密着して、直接に指揮をとる責任者は、第一工区が工区長代理永井昌広と横田潤。第二工区は工区長代理向井広。第三工区は工区長成瀬大治と同代理小倉正司。第四工区長が西塚昌蔵と同代理砂田文雄。そして第五工区長が野田耕三だった。

これらの人々は、すでに調査時代から現地にいた人もあるし、そうでない人もいた、みんな急いで新しい任務についた。

3 市民の中で

請負の五社との大阪本社での打合せを終わってから、芳賀公介《はがきみすけ》は旧任地の坂下発電所建設所（木曽川、後の山口発電所）へ顔を出した。

そこで新しい所長との事務引継を終えると、一応名古屋の自宅に帰って、当分の身仕度《みじたく》を整えてから新任地に向かうことにした。

芳賀の住まいは覚王山《かくおうざん》をやや東山に寄ったあたりにあるので、中央線に乗る場合は、千種《ちくさ》駅からが便利である。幸い千種駅には、ほとんどの急行が停車する。

七月初めの或《あ》る日、芳賀は午後遅い急行に乗ることにした。駅には妻のすぎ枝をはじめ、子供たちがみんなで送って来てくれた。

芳賀には女ばかり四人の子供があった。すぎ枝が椙山《すぎやま》女学園を出ている関係で、子供たちもみんな学校は椙山だった。

長女の由江《よしえ》は大学の食物学科の前期を出て、附属幼稚園の先生をしている。二女の祥子《さちこ》は同じ食物学科の二年生で、三女の順子《よりこ》は高校の二年、四女の雅子は中学部の一年生だった。

「坂下なら、気楽だったのに、なんていったら悪いけど、でも黒部は大変よねえ。お身体を大切にしてね」

由江がいった。

「ああ、大丈夫だよ。お父さまは山の暮らしには馴《な》れているから――」

「その――馴れすぎてるのが……困るけど……」

由江が、母を見て苦笑する。

「またいってる。いつまでもそんなことといってないで、早くお嫁さんになる覚悟をきめなさい。――大体お母さまも少し甘すぎるから……」

芳賀も苦笑しながらも、由江と妻をこもごも見て、いくらか強い語調でいった。

――女ばかりの子供だから、姉の由江には、早く婿養子をもらわねばならない。そんな父母の願いがあって、由江はこの前、間組《はざま》の技師をしている中野幸雄と見合いをしたのだった。

芳賀は現在の名古屋工大の前身である名古屋高工の土木科を出ている。中野はその学校の後輩で、間組の技師である。愛知用水公団の長野県牧尾ダム（三岳村）の測量や、岐阜の新長良橋の建設などに当たったのち、いまは中部電力の名古屋港火力発電所の建設に従事している。

見合いの結果、お互いに気に入り合ったのだが、いざ婚約という段階になって、突然由江が渋り始めたのだった。

「中野君を嫌いかね？」

山から帰って来た日に、芳賀がたずねると、

「ううん、嫌いじゃない。いい人だと思うわ。むしろ好きなくらい」

由江はそんな返事をする。

「お父さまもそう思うよ。それに中野君の方は、すっかり気に入ってくれているそうだ。なぜ素直に婚約しないいんです？」

芳賀がきめつけると、由江は「でも……」といって黙り込んでしまう。すぎ枝にたずねても、すぎ枝もはかばかしい返事をしない。

「母娘《おやこ》そろって……、困ったもんだ」

或る時、つい芳賀がぐちると、たまたま傍《そば》にいた祥子がいった。

「お父さま、お姉さまが婚約しない理由をご存じないの？」

「ああ、判らんねえ。困ったものだよ」

「判らないって、判らない方が変よ。――ねえお父さま、お姉さまはねーえ」

祥子が話し始めるのへ、すぎ枝が目くばせして止めたが、祥子は平気だった。

「中野さんが、お父さまと同じダムの土木屋だからよ。お父さまはいつも山にいて、おうちにはめったにいないでしょう。お姉さまは小さい時からお母さまの苦労ばかり見て来てるのよ。――中野さんはとてもご立派な方だけど、少しもおうちにいない夫なんて、やはり誰だって考え込むのが当然よ」

芳賀は、あッと思った。そうだったのか――と初めて気づいた。

結婚してから二十何年間を、そういえば芳賀はろくに一ヵ所にいたことがなかった。

水力発電所の建設から建設を追って、転々として暮らしたのだ。

結婚当時は名古屋にいたが、由江が生まれたのは大阪だった。それから山に入って、祥子は岐阜県笠置《かさぎ》(恵那市)で生まれ、順子と雅子は、同じ岐阜県の兼山《かねやま》(可児郡)で生まれた。

そのあたりまでは、すぎ枝も夫と一しょに転々としたのだが、子供たちが学校に通い始めると、ろくに学校もない発電所建設地を、何回も何回も移り歩くことは出来なかった。——すぎ枝と子供たちは名古屋に腰を据え、芳賀だけが現場で暮らす生活が始まったのだ。

「そんなことをいったってお前——、お父さまが、今から転職するわけに行きますか」

芳賀はやっと抗議らしいことをいったのだが、祥子はやはり平気だった。

「それはそうよ、でもお姉さまに、そんなひどい暮らしを強いるわけにも行かないでしょ？」

——そんなことで、婚約はまだ宙ぶらりんになっているのだが、中野の方がひどく気に入って、気の向くまでいつまでも待つからといってくれている。

「由江も祥子も、きょうはお父さまのおめでたいご出発の日ですから、もうそんなことはいわないのよ」

すぎ枝がたしなめたので、二人は「ごめんね」と父に微笑《ほほえ》んで、茶目っけに首をすくめた。気やすいので勝手なことをいってはいても、父を敬愛し、父の仕事の大切さを知っている点では、家族の誰もが変わりはないのだ。――しかし、それと自分や姉妹の結婚問題とは、やはり別でもあるようだ。

「ねえお父さま――」

今度は三女の順子がいった。

「何だね？」

「黒部へいらしたら、高山植物の花、送ってね」

「うん、送りたいけど……、でもそれは駄目だ」

「なぜ？」

「だって高山植物は、法律があって採れないんだ。その代わり……スケッチして送って上げよう」

「ああ嬉しい」

順子は素直に喜びの身ぶりを見せる。

順子は花が何より好きで、そして絵が大好きである。小学校六年の時から二紀会のＹ画伯に師事して、この四月には八号の静物が中部二紀会に入選している。

芳賀自身も絵が好きで、数年前に名古屋市民展に出したネギボウズの絵は、愛知県知事賞をもらっている。芳賀は日本画、順子は油絵の違いはあっても、趣味が同じなので二人はとても馬が合う。

「ぼつぼつ時間だ。じゃあ行って来るよ」

芳賀はいって、改札口を入った。祥子がトランクを下げ、順子が大型のボストンバッグを持って、改札口を続いて入った。

祥子は大きなトランクを軽々とさげているのだが、一等車の停車位置まで歩くあいだに、順子はさも疲れたように肩を落として、ボストンバッグを地べたに置いた。

「お姉さま、代わって上げよう」

小さい雅子がいって、順子からバッグを受け取ると、軽々とさげて走るように芳賀を追った。

（馬鹿にだるそうだが……、この間まであんなに元気だったのに、順子は風邪でも引いたのかな？）

芳賀はふと不安を感じたが、口に出してはいわなかった。――しかし由江の結婚問題と順子の弱々しい面影とが、車中でもいつまでも、芳賀の心に尾を引いていた。

芳賀と前後して七月三日には、黒四建設事務所長の平井寛一郎が、現地への赴任で大阪駅を出発した。事務担当次長の脇野徳三郎と、庶務課副長で平井の秘書も兼ねる岸田幸一、それに発令されたばかりの何人かの社員が一しょだった。

その晩は名古屋で東海支社の連中と打合せをして、平井たちは四日早朝に中央線に乗った。夏山登山なのだろう、フォームにはリュックを背負った若い男女が大勢歩いていた。——発車には、まだほんの少し時間があった。

「ねえ所長」

岸田はそんな連中をじっと眺めていたが、何を思いついたのか、窓ガラスを上げて、見送りの支社の連中と話している平井の膝をつっついた。

「なんだね、幸《こう》ちゃん」

「あれにしましょうや、あれに」

平井が岸田をふり向くと、岸田はフォームにいる若い連中の一団を指さしている。

「あれにするって、何の話だ?」

「いや、あれですよ、あのジャンパーですよ。第一、土木屋の親方になる所長が、でれでれ背広なんか着てては、士気に関しますすよ。——ヒジカタさんらと同じように、われわれも全員、ジャンパーを着ましょうや」

「ほほう、ジャンパーのユニフォームか」

ヒジカタさんとは、土方《どかた》のしゃれである。温厚な平井はおだやかに笑って、も一度岸田の指さす方を見た。なるほど、登山の若者たちはみなジャンパー姿で、軽快で爽《さわ》やかだった。

「いい考えだなあ、それは。——土木屋だけでなく、事務屋もみんなが着るんだろ?」

「そうですよ、もちろん。そうきめていいですか?」

「ああ、きめよう」

「ようし、所長決裁第一号だ!」

岸田は張り切って立ち上がると、大股にフォームに降りて行った。もう支社の若い社員を呼んで、大声で注文している。

「ジャンパーは百着、――いや、五百着くらい作っとくか。黒四事務所のユニフォームにするんだから、胸に社のマークを入れて大至急送ってくれよ」

「承知しました」

「そうだ。サイズもいろいろ考えてなあ」

「わかりました。特大とLとMですねえ」

若い小柄な支社員は、岸田を見上げていたが、

「あんたのは特々大にしときますから……ご心配なく」

笑っていった。

「うわー、やられた!」

大声でいって、岸田は屈託なく笑った。

――なるほど岸田は大男である。昔流にいうと、六尺豊かな大男で、それも白人のような、ゆったりとした大きさである。それだけに、おうようで磊落《らいらく》そうに見えるの

だが、実は一面、細心なところもある。

（何とか溶け込まなければ……。技術者の中へも労働者の中へも、われわれ事務屋は溶け込んで、一体になった人の和で、天険と戦わなければ……）

岸田は思い続けていたのだ。


松本駅で、平井は芳賀公介や村山土木課長らと落ち合った。

自動車で長野に出て、県庁や営林局にあいさつ回りをした。

黒部の現場はほとんどが国有林だから、営林局にはこれから何かと世話になる。特に念入りに、局長や部長だけでなく各部の幹部にもあいさつした。

最初に着いた時、局の庶務課長に会って、平井たちは名刺を出した。岸田は自分の秘書としての役柄を心得て、うしろの方に控えていると、庶務課長が岸田の方を見て、

「あの方は――アメリカ人の顧問技師ですか？」

平井にたずねた。平井は驚いて、

「おいおい幸ちゃん、早う名刺を出せえよ」

それで大笑いになったのも、かえって親密感を深めただろう。大男の上に色が白く鼻が高く、一体に顔の造作の大きい岸田は、その日はグレイの縦縞《たてじま》の派手な背広を着ていたので、アメリカ人と見誤られたのも無理はなかった。

大町市では駅前の本通りに家を一軒借りて、すでに仮事務所が店開きしていた。

大町に着くと、平井や芳賀たちを宿におさめてから、岸田は早速その夜、浴衣《ゆかた》に着がえて、町に飲みに出た。

高級な料亭やバーではなかった。といっても、高級なバーなどはもともと一軒もないわけだが、岸田が行ったのはずっと大衆的な、腰かけの居酒屋だった。鞄に入れて来た荒い格子《こうし》の浴衣を着ているから、よそ者とも土地の者とも、見ただけでは判らない。

土地の人らしい先客が三人、賑《にぎ》やかに話しながら飲んでいた。

「いよいよ黒部の発電所工事が始まるなあ」

「うん。なんでも扇沢から黒部トンネルを抜くそうだが、駅から扇沢までは、町を走ってトラックで物を運ばにゃならん」

「そういうわけだ」

岸田は横を向いて、知らんふりしてビールを飲み続けながら、耳だけは研《と》ぎ澄ましている。

「道路にする土地を、もう関電が買いに来ておるそうだが、大阪商人はガメツいから、だまされてはいかんぞ」

年かさの黒っぽい着物の五十男がいった。

「その通りだ」

四十前後の、菜っ葉服が相槌《あいづち》を打った。

「高瀬川の発電所の時にも、昭和電工の発電所の時にも、ねばった奴ほど儲けたからなあ」

「佐久間ダムの時には、金のほかに、学校から公会堂まで会社が建ててくれたというからなあ。ねばらんと損だ」

もう一人の若い背広がいった。

岸田は聞いていて、びっくりしてしまった。なるほど駅から上扇沢のトンネル口までは資材運搬用の道路を新設する計画だし、駅自体にしても、貨物用の新駅を、関電専用に作る計画である。それには相当大量の土地の買収が必要で、その交渉はすでに始まっているのだが、進捗《しんちょく》はしていない。

（これは……えらいことになるぞ……）

岸田は思った。町の率直な評判を聞きたいと思って、わざわざこんな居酒屋に来たのだが、それにしても辻占《つじうら》は最悪だ。

よくない出来事はまだあった。

平井たち幹部が泊まっている宿で、それもすぐ二《ふ》た晩目に、若い娘が首つり自殺をした。

「縁起が悪いですなあ。宿を変えますか？　それにしてもどうしたわけですかなあ」

岸田たちは事務所の二階に合宿しているのだが、すぐ駈《か》けつけて平井にいうと、

「いや、われわれには関係のないことだ。このままいるよ。――自殺したのは泊まり客だという話だが、まあ誰であっても仕方ない。とにかく丁重に弔意を表しておいてくれ給《たま》え」

平井は動じなかった。芳賀は、

「技術部隊が初めて山へ行くと、山それ自身の悪条件のための、社員の殉職死体に迎えられるし、事務部隊と一しょに泊まれば泊まったで、首つり娘の歓迎に出くわす。――聞けば土地に恋人がいるのに、東京へ嫁入り話がきまって、悲観して自殺したという話だが……いわばこれは社会的な悪条件というやつだろう。――これはよほど褌《ふんどし》をしめてかからにゃいかんなあ」

憮然《ぶぜん》として、そういった。

――しかし、そんな感慨にも、いつまでも浸《ひた》ってはいられない。アルプスの向う側のダムサイト付近には、今月中ごろから道路工事を始める予定で、富山から立山越えで人や資材が続々と谷底へ下っているし、八月一日には、いよいよアルプスの山腹を貫く、歴史的な『関電トンネル』の掘削《くっさく》にとりかかるのだ。それまでに……もう一ヵ月もない。

きょうも地質調査隊が、針ノ木岳からスバリ岳、赤沢岳、鳴沢岳とつらなるトンネル経過地の遥《はる》かな頂上に登って、稜線伝いに地質研究に余念がないのだし、関電の第一工区の担当社員と間組の技師たち、第三工区の担当社員と熊谷組の技師たちのコンビは、それぞれトンネルの黒部側と大町側の取付口に行って、具体的な工法の打合せに長い夏の日を暮れさしている。

芳賀は技師たちが持って帰るそれぞれのデータを村山土木課長と一しょに検討して、適切な工法を定めて行かねばならないし、相次長の脇野は脇野で、事務部隊を督励して、輸送道路や新貨物駅の用地の買収をはじめ、官庁へのいろんな書類の提出、許可の促進などと、目の回るほどの仕事がある。

一部発電開始が昭和三十五年中と定められているので、トンネルの工期は一年。この八月一日に着工すれば、冬も休まずに掘り続けて、来年七月中には貫通させなければならないのだ。それが開通してはじめて、ダムを構築する莫大な鉄材やセメントや骨材や、発電所に据え付ける重機械類などが、黒部の谷底に入ることが出来るのだ。

だが、トンネルが開通するまでの一年間にしても、谷底の工事は、進めないではおられない。立山から下りてダムサイトを切り広げ、宇奈月からさかのぼって水路トンネルを掘り、発電所の大洞穴をくり抜く、――工事を短期間に仕上げるためには、こうして無駄なく時間を使うしかない。無理を承知で三正面作戦が強行されるゆえんである。

さてそのトンネルだが――。
もう少し詳しく述べると、国鉄大糸線（松本―糸魚川《いといがわ》）の信濃大町駅から西北西へ約十六キロ、上扇沢地区の奥の、正確にいうと岩小屋沢という所に、その東口が設けられる。坑口の標高は一、五〇〇メートル。大町市が大体海抜七〇〇メートルだから、それからさらに八百メートルほど、アルプスを登っていることになる。
信濃大町駅から岩小屋沢のトンネル東口までの道は、いずれは貨物専用駅が設けられ、輸送路もすべて新設されるのだが、どちらにしても大町市街と田園を西に抜け、鹿島川を渡って西北に、籠川《かご》に沿って山間を走ることになる。
信濃大町駅から三分の二ほど行った白沢

は工区の全部が広大な国立公園地帯、国有林地帯に包まれていて、中には鳥獣保護区域、文化財保護区域などが各所に点在している。

トンネルは先にも述べたが、針ノ木岳、スバリ岳、赤沢岳、鳴沢岳と南北に走る一連の山脈の地下を、東から西へほぼ直角に横切って、全長五・四キロである。山の頂上に即していえば、赤沢と鳴沢の各頂上のほぼ真ん中の地下を横切ることになる。

トンネルの取付口は『岩小屋沢横坑』と呼ばれる。横坑とはいっても本トンネルで、しばらく行ってわずかに左にカーブする。

それからトンネルの主部である約三千五百二十七メートルがまっすぐに走って、黒部側の出口で左にカーブして、ダムサイトに出る。

ほかに、冬季の雪崩の万一に備えるルートとして、岩小屋沢口から東へ一キロほどの場所から、低い山型に曲がったトンネルが一本、十分の一ほどの登り勾配で、千二十メートルで本トンネルに連結する。トンネルの大きさは主部が内幅六・四メートル、黒部へ向かって左側には骨材（セメントにまぜる砂利など）輸送のベルト・コンベヤーを設け、右側を車線道路として、途中に待避所を設ける。

くり返すが、工期は一年。

一日に十メートルずつ掘進するとしても、三百六十五日では三キロ半で、五・四キロには二キロ弱不足である。しかもそれまでの日本のトンネル掘削の月進記録は、このトンネルを掘る同じ熊谷組の大塚本夫工事課長が樹立した、佐久間ダムでの二百二十メートル——一日平均にして七メートル強、だったのだ。——これでは不可能な数字である。その不足額を埋めて、目的を可能に転化するのは、黒部側からする間組の迎え掘りへの期待だった。どんなことがあっても——、しかも大町側とは違って、立山越え輸送による乏しい軽装備の工具で、迎え掘りは期待に応えねばならないのだった。

ともかく、大町側の主工事の着工は、一日を急ぐ。

しかし……、ジャンボーを運ぶにも、コンプレッサーを持ち込むにも、道がない。早く道をつけたくても、前述の通り現場は国有林で、一本の木を切るにも一々営林局の許可がいるのだ。原則的な工事許可は出ていても、具体的な、一つ一つの許可はまだ来ていない。

大町からトンネル口まで一五・八キロのうち、市街地を離れてからの一三・五キロは、大半がやっとオート三輪が通れるくらいの林道だった。林道の終点からは、道などは何もない。

やっと許可が下りたのは七月二十三日のことだった。待ちかねていた二十五トンの大型ブルドーザーが、唸《うな》り声をあげて出動した。

「さあ行こう！　二キロや三キロの道ぐらい、二、三日で片付けるんだ！」

林道の終点に立って、芳賀が例の甲高《かんだか》い声で命令した。

黒四工事全体の、それは最初の号令だった。忽《たちま》ちブルドーザーが巨大な排土板を押し立てて、アルプスの処女林に挑んで行った。

はい松の群落が、一息に刎《は》ねのけられた。白樺《しらかんば》の疎林が、音を立てて押しつぶされた。うらじろようらくの桃色の花が散って、その陰から、小さな雪のかたまりが、疲れた灰色っぽい輝きを見せたが、それもすぐにブルドーザーの鉄のカタピラーの下に消えて行った。

山にも谷間にも、表面には雪はもう残ってはいなかった。高山植物の盛りの季節で、群生した衣笠草《きぬがさ》の白い花の集団の中に、ぽつりと白根《しらね》葵《あおい》の紫色の大きな花がのぞいているのも印象的だった。——しかし、それらの花々も、忽ちブルドーザーの非情な鉄板に押しつぶされて、粉々にくだけて消えて行った。

ブルドーザーの行進のあとには、彼の胸幅だけの新しい道が、誇らしげに褐色の姿を現わしていて、それは見る見る身長を伸ばして行った。工夫たちがショベルを持ってブルドーザーに続き、整地や切り広げや、大きな根ッ子の取り除《の》けに汗を流していた。

プーンと樹液のにおいが、あたりに漂っていた。

芳賀はふと、新しい道路の脇に刎ねのけられている一本のうらしまつつじを見つけた。うらしまつつじはもっと高度の高い所に群生する純高山植物で、このあたりで見かけるのは珍しかった。五センチほどの背丈に不似合いな、大きなスプーン型の葉を持っていて、その葉の下に、淡黄色のごく小さな花が、ひっそりとはかなげに咲いている。

（写生して順より子に送ってやろう――）

芳賀は順子との約束を思い出して、そっと両手ですくい取ると、ハンケチに包んでジャンパーのポケットにおさめた。――岸田が注文して来た、あの社章の入った新しいジャンパーである。

　順子がどんなに喜ぶだろう、――芳賀はわれ知らず微笑んでいた。

　道路工事は、始まってみると早かった。とにかく本格的な道路でなくても、人と土木機械と資材とを、トンネル口まで取り付かせることが出来ればよいのである。

　八月一日に、トンネル掘削の最初のドリルを入れるとして、期間は十日近くあった。それが、最初の三、四日で半分ほど進んだ。

（この分なら、八月一日の着工は大丈夫だ）

　芳賀は思った。すると心にゆとりが出来て、芳賀はある夜宿舎でうらしまつつじの写生を始めた。

　花は根っこに土のついたまま持って帰って、宿から皿を借りて、少しずつ水を注いで、床の間に置いてあった。

（順子はどうして花があんなに好きなんだろう。いつも花の絵ばかり描いては喜んでいる――）

そんなことを考えるのも楽しかった。芳賀は鞄《かばん》からスケッチブックを取り出し、トランクから絵具《えのぐ》や絵具皿や筆を出して来た。どんなに山奥の建設現場に行く時でも、芳賀は絵の道具だけは忘れたことがない。

半分しなびかけている、うらしまつつじの皿を机に持って来て、緑の葉を描き、薄黄色の花をたどっていると、芳賀は次第に工事や人生や、いろんなことを忘れてくる。花は電灯の当たった部分は黄ばんだ象牙色《アイボリー》に輝いているが、陰になったところでは、暗いイエロー・ベイジに沈んでいた。同じ花が持つ、それは光と陰の二つの顔だった。

いま、芳賀の心には、うらしまつつじの小さな花の、二つの色彩しかなかった。それが順子へのプレゼントであることさえ、芳賀は次第に忘れていった。

――いつもそうなのだった。発電所の建設所長をしていて、工事の行き詰まった時や心の鬱屈《うっくつ》した時には、芳賀はいつも絵を描いた。そんな時には最初は絵にも心が乗らず、しばらくは中途半端な状態にいるのだが、やがていつの間にか絵の中に心が没入して、工事の鬱屈はどこかへ消え去るのだった。

かといって、芳賀は絵に逃げるのではない。翌《あく》る日は翌る日で、また荒々しい土木工事の陣頭に立って、若者たちにてきぱき、甲高い声で命令する『モズさん』なのだ。絵を描いている芳賀も生きた一人の人間だし、工事をしている芳賀もまた、別の生きた一人の人間だった。そこには二人の芳賀がいるのだ。

（おれは、絵描きになる方がよかったのではないかな——？）

時にそんなことを考えることもあったが、それは誰にでも覚えのある、青春への軽い郷愁に過ぎなかった。

——芳賀は渥美半島の田原《たはら》の生まれで、名古屋高工へは豊橋中学（後の時習館高校）から無試験入学を許されている。しかし小学生の頃はそんなに成績がよかったわけではなく、六年生の時には立川文庫の猿飛佐助や真田幸村ばかり読み過ぎて、中学の入試を滑ったので、高等科に一年行っている。

中学二年の時に、愛知県展で絵が一席になった。本当に絵描きになろうかと悩んだのはその頃だった。

二歳の時に父に死なれ、九歳で母を喪《うしな》って、芳賀は祖父に育てられている。その祖父も、芳賀が中学四年の時に死んだ。

（美術学校に行かなくても……高等工業でも絵の課目はあるそうだ——）

祖母はまだいたし、生活に困るわけではなかったが、祖父まで失って孤児同然になった芳賀は、そう考えた。職業としては建設業を選び、趣味として絵筆を持つ、——スケッチや製図の多い高等工業は、自分のような資質と環境の青年には、あつらえ向きだと判断したのだ。

しかし――、結果は幸か不幸かは判らないけれど、芳賀はそこで一つのエラーをしている。建築科でなく、土木科を選んだことである。

建築科にはデッサンやスケッチの課目があったが、土木科にはなかった、しまった、と思ったのは入学してからで、後の祭りだった。

絵との関連は、学校課目としては一応断ち切られたけれど、その代わりというかどうか……芳賀はそこで『酒』を覚えた。土木科は気風が豪放で、上級生には一升二升の酒豪が何人もいた。芳賀も仕込まれて、忽ち一升クラスに腕を上げた。

中学時代から成績のよかった芳賀は、酒とともに勉強にも精を出した。昭和三年に高工を卒業する時には、在学中の総平均点九十二点という驚くべき成績で、銀時計をもらった。――すぐに大同電力に入社して発電ダムの土木屋になり、それから三十年間の殆どを、木曾川ぞいの建設現場で暮らして来たのだ。

――やがて、うらしまつつじは、芳賀のスケッチブックの上にその姿を移されていた。

(待てよ、この花は……)

　絵筆を置いて、芳賀は自分の絵に見入った。

(似ている、このはかなさはあの千種駅での順子に似ている——)

　三センチから、精々《せいぜい》で六、七センチどまりのごく小さな潅木《かんぼく》なのだが、地表に出た身体全体よりも大きいほどの何枚かの葉の下で、淡黄色の小さな花は、芳賀の画面で恥ずかしそうに首を垂れているのである。

　それは、黄色いギヤマンの壷をさかさにした形の花なのだが、小さくて小さくて、まるで小人の国の子供の玩具のような可憐さだった。それが細いうなじを垂れて、はかなげに俯《うつむ》向いているのが、何かあの日の順子のようであった。

(あんなに元気な子だったのに……、順子はどうして急に元気をなくしたのだろう?)

スケッチブックに見入りながら、芳賀の心は沈んで行った。――木曾川ぞいの現場から、芳賀が休日で名古屋に帰った時など、用事があって母や姉妹の誰もが迎えに来なくても、順子だけはいつも千種駅まで出迎えてくれるのだった。どんなに寒い冬の夜ふけでも、それは変わらなかった。

「お父さま、お帰りッ！」

改札口で顔中を笑いに崩して、足をばたばたさせて、順子は芳賀を出迎えてくれたものである。

（別に大した病気でなければよいが……）

ほーっと、芳賀はため息をついて、手を叩いて女中を呼ぶと、酒をいった。

そんなころ、岸田幸一は、例の特々大のジャンパーに下駄ばきといった田舎びた恰好《かっこう》で、一升壜《びん》をぶらさげて、大町の田んぼ道を気楽そうに歩いていた。

大町市は海抜七〇〇メートルの高原の町だが、盆地のせいか夏の日中はかなり暑い。しかし空気が乾燥しているので、汗をかかないのが気持がよい。そして夜になると、時には肌寒いほどの涼しさである。

「たしか、この辺のはずだったが……」

岸田はつぶやくと、二、三軒の農家の標札をのぞいていたが、

「今晩は——、ご主人おりますか?」

　心やすそうに声をかけて、返事も待たずに一軒の家へ入って行った。

「主人はわしじゃが……、どなたかね?」

「やあ今晩は。関電の岸田ちゅうもんですが、どうですかねえ、今年の稲の出来工合《ぐあい》は?」

「岸田さん?　知らんなあ」

「いや、知ってますよ。二、三日前に市役所で会いましたよ」

　まるで十年の知己のように岸田はいって、上がりかまちに腰をおろすと、さげていた一升壜を差し出すのである。

「これ——二級酒ですみませんが、名刺がわりです。一しょに一ぱいやりませんか。何しろ土地の事情が判らんので、教えてもらおうと思うてやって来たんです」

　それからさっさと栓を抜いて、

「ぐっといきましょうや。湯呑《ゆのみ》、貸して下さいよ」

　五十がらみの農家の主人は、つい岸田のペースに巻き込まれて、奥に声をかけて湯呑を持ってこさせる。

　しばらく注《つ》ぎつ注がれつ、稲作の話や町の噂《うわさ》話をしていると、そのうちに酒が回って、主人の方も気分がほどけて来る。

「いや、実はねえ――」

頃合を見て、岸田は自分が黒四事務所の庶務の副長で、貨物専用駅や輸送道路の用地の買収に責任があるのだが、――と話し始める。

「ねえ。ご存じの通り、いま日本は電力が足りなくて、参っているでしょうが。それで黒四は、どうしても期限通りに発電を始めにゃならんのですが……その建設用の資材を運ぶにも、道路が要《い》って……まず道路用の土地を買わにゃならんわけやが……さっぱり売ってもらえんのです。全く捗《はかど》らんので、音《ね》をあげ続けとるわけなんです。それでまア、あんたを男と見込んで、こうしてお願いに上がっとるわけやが……何とか助けて下さいよ、あんたに助けてもらえなんだら、わしら首でも吊るよりほかに方法がのうて……」

大きな手刀《てがたな》で太い首を叩いて、岸田は言葉とは逆に、むしろ豪快に笑うのだ。

「それはまあ……、あんたの立場も判らんじゃないが、こちらにもいい分があってなあ」

岸田の出方がざっくばらんで、明るく、卑屈さもこすからさの影もないので、主人は安心して話し始める、そうなると話はまとまる方へ転がり始めたのも同然である。

――事実このころ、黒四事務所は用地の買収に困り切っていた。

「道路一ぱいに、関電に千円札を敷きつめさせてやる！」

うわさでは、市の最高権力者までがそう豪語しているというのだ。トンネルの工期が一年なら、トンネルまでの本道路も一年で出来上がらないと何にもならない。既設の道路はないし、たとえあっても、貧弱な道路では、大型ブルやダンプを走らせるのだから、すぐに壊れて役に立たない。新設するしかないのだが……、これではその用地は買えそうにない。

岸田たちは、頭が痛いばかりなのだった。

だいたい、黒四発電所を建設するために大町側から持ち込む資材は、ダムやトンネルや発電所のビルのために、コンクリート関係だけでもセメント約五十四万トン、骨材約四百九十万トンが予定されている。ほかに約二万トンの鋼材や、機械類もある。

そのためにはまず荷受場所として、信濃大町駅の北約二キロに、専用側線によって工事用停車場を新設するのだが、それには二万二、三千坪の土地がいる。北停車場からトンネル口までの道路も新設するのだから、これにも大量の土地がいる。

道路は北駅から鹿島川までの田園地帯三・七キロは幅員六メートル、一日に最大千三百トンぐらいの貨物が運ばれる予定だ。

鹿島川からトンネル口まで一二・一キロは幅一〇・五メートル。この間は北駅からの前記千三百トンのほかに、高瀬川・鹿島川合流点付近で採取した骨材原料をも運ぶので、一日最大一万トンもの途方もない量が見込まれている。

水力発電所の建設と土地買収、補償の問題は、いつ、どこの場合にもついて回る難問題である。大局だけをいうと、電力は産業にも国民全体の生活にも基本的に必要不可欠なもので、むしろ国家目的そのものといっても過言ではない。そのためには、個人々々の小さな利害は捨てて、公益に尽くさなければならないのが原則だろう。全体主義社会でなら、何のいざこざもない問題だ。

しかし、この時代の日本は、すでに資本主義、自由主義が爛熟《らんじゅく》期を迎えようとしている社会であった。まして土地を買い取られる側にとっては、それは先祖伝来の土地であり、あるいは汗水たらして働いて買った土地である。かりに売るとしても、売る機会は一ぺんこっきりしかないのだから、できるだけ高く売りたいのは人情だろう。——商人が品物を売っては買い、買っては売るのとは事情が違う。

おまけに電力会社は公益事業ではあっても、やはり株式会社であり、一私企業に過ぎないのだ、自社の利益を追求するのが当然で、しなければどうかしている。そのあたりから公益と私益が、ごちゃごちゃしてくるわけである。

「大阪商人は何もガメツうはない。われわれはいつも合理的に、妥当な金額を示しているんだ。しかし……、この際はそれをいっても何にもならん。理屈や算盤《そろばん》で片付く問題やない。——おれたちは自分という人間を理解してもらい、裸と裸の人間で、人間同士の話し合いで処理することにしよう」

岸田は課員たちと、そう話し合っていた。

岸田の父は兵庫県知事などしていた岸田幸雄だが、戦前には日本電力の専務として、黒部の電力開発に尽くしたのだし、この年の九月には電源開発副総裁になる。さらに母の父の山岡順太郎は大正から昭和初めにかけての日本電力社長で、黒部開発の草分けである。

岸田にとっては『父祖三代』の黒部の電力だった。それだけに、執念は人一倍強いのだ。深夜に及ぶ一升壜行脚《びんあんぎゃ》はこうして始められ、そして根気よく毎晩続けられているのだ。

――ぼつぼつだが、調印してくれる地主が出始めている。

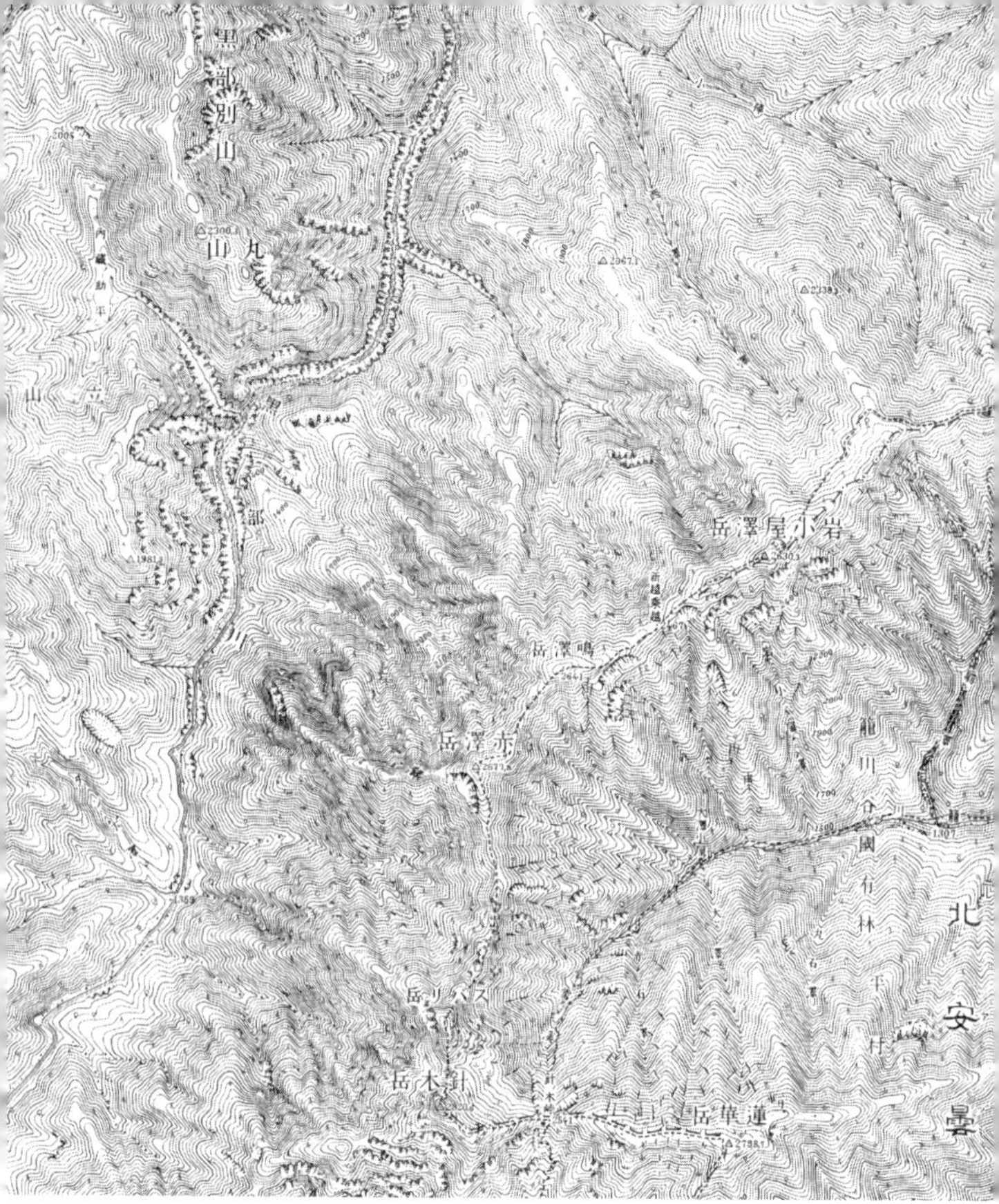

まだ人の手が入っていない頃の黒部川上流部と扇沢（郡名「北安曇」の字の真上）。下部中央に針ノ木峠が見える。1:50,000「立山」昭和５年（1930）修正

4 アルプスの横穴

昭和三十一年八月一日の早朝――。

北アルプスの針ノ木岳、赤沢岳、鳴沢岳の山麓に当たる大町市郊外、岩小屋沢の一角には、作業服に身を固めた二百人ほどの人々が集まっていた。

（いよいよアルプスの土手ッ腹に横穴をあけるんだ！）

二百人の胸の中には、それぞれ激しい感慨があるのだろうが、表面では平然とした、きのうと同じ人々の表情だった。

集まっているのは、熊谷組黒四建設作業所の所員たちで、所長で取締役の毛利弘一を筆頭に、次長の船生睦郎《ふにうろくろう》、所長付の古野甚松、工事課長の大塚本夫、事務課長の沢内博、工事主任の篠原邦夫、そして実際に掘削の作業に当たる、下請けの笹島班の班長で、笹島組の社長でもある笹島信義と、その配下の労働者たちであった。

中でも、工事課長の大塚と、下請けの笹島の感慨は一しお深かった。彼らはほんの何十日か前に、画期的といわれた電源開発株式会社の佐久間発電所関係の工事を終わって、より一そう難工事を予想される、この黒四の工事に参加したのだった。

大塚は終戦の年の京大工学部土木工学科の出身で、先にも触れたがトンネル掘削進行の日本での記録保持者である。というよりは、生《き》ッ粋《すい》のトンネル技術者で、全断面掘削工法の日本における草分けであり、進行記録の独占者である。

まだ京大の学生だった頃に、いまは熊谷組の取締役である加納倹二が、当時は国鉄の関門海底鉄道トンネルの建設所長をしていて、大塚たち土木科の学生たちが招いてその講演を聞いたことがあった。大塚はその時の話に異常な感銘を受け、すっかりトンネル熱のとりこになった。

十九年の夏ごろから、戦局の緊迫にともなって大塚たちも学徒動員で工場に狩り出されることになった。その時、大塚は、

「どうせ動員で出るのなら、専門の土木工事を通じてお国に奉公しようではないか」

と級友にはかり、クラスぐるみ関門海底トンネル工事への参加を願い出た。

その願いは、加納所長に容《い》れられて、大塚たちは十九年の八月から二十年の三月まで、関門海峡の海底で、土方《どかた》になって働いた。昼夜三交代で、全く泥まみれ、汗まみれのトンネルの労働者としての生活であった。

卒業と共に、大塚は鉄道省に入ったが、関門トンネルの土方生活ですっかりトンネル気違いになってしまい、建設部門を志願した。

そのうちに、昭和二十四年になって、ＧＨＱの指令で国鉄の大減員があり、当時札幌で工事局長をしていた加納は、「俺がまっさきにやめるから」と自発的に退官して、不穏な空気のあった部内をなだめて、減員に協力した。その後、当時熊谷組の専務だった牧田甚一に請われて、加納は熊谷組に入社した。

大塚は国鉄に入ってから、信濃川発電所の建設や東北線の改良工事などに当たってい

たが、慕っていた加納に去られてみると、国鉄も魅力の薄いものになった。第一、大塚はいまでは寡黙で謹直そうな紳士だが、当時は若くもあって、野人であった。痩せた小柄な身体に、自信と鼻っ柱が無闇に強くて、役所生活が身に合わなかった。また一面、土木工事でも官庁は指導と監督が殆《ほとん》どなので、血の気の多い大塚は、民間に出て思い切った仕事をしてみたい欲望にかられてもいた。

折りから、国鉄の減員政策はなお続いていたので、大塚は希望退職して、加納の傘下に加わりたいと申し出た。昭和二十七年のことであった。

当時、加納は取締役で土木部長を兼ねていたが、アメリカの重機械類を駆使しての壮烈な全断面掘削のトンネル工法に興味をいだき、何とかしてその技術を移入し、これを日本流に、さらに開発していきたいと熱望していた。

それには、すでに壮年を過ぎた自分自身ではなく、自分のアイディアを生かして、これを実際に行なってくれる若い優秀な技術者が欲しかった。大塚の志望は、加納にとっても渡りに舟だったといえるだろう。

大塚は、熊谷組に入社すると、加納の夢をその身に託されて、ここ一番という正念場ばかりを歩かされた。まず、入社早々の二十七年の暮《くれ》から、利根川上流に東京電力が建設中の幸知《こうち》発電所の熊谷組の工事課長に任命されて、導水路トンネル工事の残っていた

部分を、アメリカからジャンボーなどの新しい機械を入れて、全断面掘削で仕上げさせられた。それまでの導坑式などの工法から一転して、これがトンネルの『全断面掘削』が日本で行なわれた最初であった。

続いて二十八年の夏から二十九年の年末まで、木曾川の支流益田川の、中部電力の東上田発電所の導水路トンネルの工事に当たったが、これが日本で二番目の全断面掘削工事であった。

これらの二工事は、いわば『全断面掘削工法のリハーサル』で、本番は佐久間発電所であった。大塚は二つのリハーサルで得た経験を基礎に、東上田の工事と半ば重複して、二十九年の春から佐久間の工事に入った。三十年春までの一年間は圧力トンネルの掘削に当たり、続いて三十年春から一年間は、佐久間ダム工事で一部水没する飯田線のつけ替え工事で、大原トンネルなどの掘削に当たった。

トンネルの全断面を一度に全部掘り取って行く新しい全断面掘削工法は、それまでの導坑を掘っては次第に回りを切り広げて行く旧工法とは比較にならぬほど高能率なのは当然で、大塚は工事ごとにトンネルの日進記録、月進記録を、自分の手で次ぎから次ぎへと書き変えて来たもので、その頃までの最高記録であった『月進二百二十メートル』は、その大原トンネルでつくったものだった。

――こうした大塚本夫を斬込《きりこ》み隊長とする熊谷組の全断面掘削の記録が、黒四建設を計画する関電技術陣の注目を引いたのだった。黒四の全工事の死活の鍵は、関電トンネルの成否が握っている。――工期から見て、日進十メートルは絶対に必要なのだが、それが可能かどうか、関電当局は慎重に牧田熊谷組専務に聞き、牧田は大塚に聞いたのだった。

「イエスとは答えられません。関電トンネルの大町側の坑口は標高一、六〇〇メートルだそうですが、そんな高い山の中腹で、人間が冬も暮らせるか、険しい山道を機械や資材を上げられるか、また無事にトンネル工事を続けることが出来るか、全く前例がないので判りません」

鼻ッ柱は強くても、やはり技術者だけに大塚は慎重に答えた。

「それもそうだ」

牧田はすぐに、大塚たちに黒四の現場を周到に調査させるとともに、当時同社の名古屋工場長で、ヨーロッパを視察中だった女婿《じょせい》の牧田荘次郎に手配して、オーストリアとスイスの国境地帯にある、アルプスの高い地帯でのトンネルの周密な調査を命じた。

しかし熊谷組は、牧田荘次郎の調査結果の報告を待つ余裕は持たされなかった。

「黒四は、着工と決まった。もはや論議の余地はない。日進十メートルがやれるか、やれないか、イエスかノーかなのだ。イエスなら熊谷組に特命する。ノーならば……」

関電の黒四担当の森副社長が、牧田専務にそういって強硬に迫ったが、実をいうと関電にも、熊谷組のほかには手駒はないのだった。なぜかなら、この時点で、トンネルの全断面掘削の経験がある他の会社といえば、僅《わず》かに佐久間ダムのバイパス工事で間組《はざま》がアメリカのアトキンソンに協力したのと、大成建設が同じ電源開発の奥只見の工事に取りかかっているばかりで、その他の経験は、すべて熊谷組一社のもの――すなわち、加納―大塚ラインによる工事実績ばかりだったのである。

熊谷組に断わられることは、関電としても、極言すれば鍵を見失うというに近かった。それだけに、森副社長の要求は、表面的には強硬であったが、内実は悲壮というに近かった。

森の悲痛な立場は、牧田には身を切られるように切なく理解出来た。

「熊谷組の名誉にかけて、日進十メートルは是が非でもやれ！」

そういって、今度は牧田が大塚に迫った。

「それは命令ですか？」

「命令だ、社命だ」

「では、やると答えるしかありません。しかし条件があります」

「何だ？」

「標高一、六〇〇は危険だと思いましたが、それは一、五〇〇に変更されて、『高原からはさのみの登りではない』というので片付きました。あと一つは電気ショベルです。一日限りの仕事なら、日進十メートルは技術的に確信がありますが、要はその高能率を継続出来るかどうかの問題です。これまでの工事ストップの例を調べると、殆どが電気ショベルの故障による休止です。だから、一つの切羽《きりは》に、電気ショベルは三台ずつ常備させて下さい」

「よし判った。森さんにいおう。それでやれ！」

大塚にしても、日進平均十メートルはこれまでの経験にないことだった。それは例えば、『一日休めば次ぎの日は二十メートル掘らねばならぬ』ということであった。絶対命令として引き受けさせられたものの、その心情は悲壮であったといわねばなるまい。

しかし、いよいよ工事が始まってしまって、アルプスの原始林に天幕を張り並べ、道路づくりも終わり、いまこうして坑口に立ってしまうと、もはや悲痛な表情などを顔に現わす者は誰もいなかった。

大塚も、そうであった。

「どうだ。ぼつぼつ取りかかるか」

大塚は、横にいる笹島信義にのんびりといった。笹島は飯田線の工事から大塚の全断面掘削に加わったのだが、前後して圧力トンネルの現場を持った栃尾《とちお》班の班長、栃尾久とともに、熊谷組の下請けの中では若手であった。大塚は佐久間以前の全断面掘削では、もっと古い、もっと大型の下請けの親方を使ったのだが、それらの人々は年を取りすぎていた。佐久間をやった経験から、新しい工法は、若い柔軟な頭脳でなければ駄目だと痛感していた。それで黒四の工事には、岩小屋沢の本坑口からの掘削には四十歳の笹島信義、別の支坑口からの掘削には三十九歳の栃尾久と、二人の若手の頑張り屋を連れて来たのだった。

「そうですなア、ぼつぼつ――」

笹島が気楽な表情で答えた時に、ジープが切り開いたばかりの凸凹《でこぼこ》道を激しく揺られながらやって来て、関電側の建設事務所次長の芳賀と、村山土木課長、第三工区の成瀬工区長、小倉《おぐら》工区長代理などが降りて来た。

「やあ、ご苦労さん！　いよいよ始まりますなあ」

先頭の芳賀がいった。待望の関電トンネルの切付《きりつけ》口で、目の前にはすでに険しい北アルプスの岩壁が立ちはだかっているのだが、それもまるで、有楽町のどこかで、または御堂筋のどこかで、名古屋広小路のどこかで、簡単な下水工事でも始めるような、淡々とした調子だった。

「やあ、どうも。きょうはまあ坑口付けで一日が暮れますなあ。あの山裾をすっぽりやりますよ」

集まっていた職員の中から、船生睦郎が進み出て答えた。芳賀と同じくらいの痩せた小柄な身体に、にこにこと笑顔で、世紀の大工事開始といった硬さはない。

そのあいだにも、職員や労働者たちは、それぞれに勝手なことをしゃべり合っている。別に緊張感がみなぎったというわけでもない。

「そうですか。じゃあ暫《しばら》く見物させてもらいますか」

芳賀は答えて、村山や成瀬たちと道端に車座にすわって、船生が差し出した図面を囲んで、船生の説明を聞き始めた。

「船生さん、じゃあ始めますよ」

大塚がいって、笹島信義に手を振って合図した。

「ああ、やってくれ」

船生は、車座のままで答えた。

「さあみんな、始めようぜ！」

笹島が、精悍《せいかん》な赤ら顔に、大きな口を開けて叫んだのが開始信号だった。儀式も堅苦しさもなく、のちに現代の神話、世紀の大土木工事とうたわれる黒四建設は、こうして淡々と、大自然との戦いの火蓋《ひぶた》を切った。

一瞬のうちに、四辺《あたり》は戦場のような喧騒《けんそう》に満ちた。ブルドーザーが唸《うな》り声をあげて突進した。作業員が掛け声も勇ましく持ち場に散った。コンプレッサーが整備の始動を開始した。

トンネルの切り口は、垂直でなければならない。だから第一日の作業は、山裾の傾斜部分の切り取りだった。

ダイナマイトはまだ鳴らない。主役はブルドーザーと、ロッカー・ショベルである。

「行くぞーッ！」

オペレーターが叫んで、出来たばかりの道路の端末に待機していた二十五トン・ブルドーザーが、忽《たちま》ち山裾の土にいどんで行った。土は激しい勢いでかき分けられ、断ち切られ、はねのけられた。

代わってロッカー・ショベルである。巨大な鉄の腕が鉄のバケットを振り回して、岩でも土でも、遠慮会釈なくかきさらう。ぐるりと腕を回すと後ろにはダンプがいて、かき取った岩や土を受け止め、土捨て場へ走り去る。代わりのダンプが、すぐにその後を受ける。

ショベルや鶴嘴《つるはし》を持った土工も何十人かいた。ブルやロッカー・ショベルでは行き届かぬこまかい部分を、彼らは馴《な》れた手つきで、掘り、うがち、さらえる。——山裾はたちまち切り取られて行く。

そのかたわらでは、斧指《よきさし》（支保工を組み立てる職人）や坑夫や鳶職《とびしょく》などが、もうあすのトンネル掘削に備えて、準備作業を進めている。

芳賀や村山や成瀬は、その作業ぶりをじっと見ていたが、お昼の休憩をしおに、事務所へ引き揚げて行った。

——切り取りは予定通り、その日のうちに出来上がった。トンネルの切り付けに適当なように、十メートル四方ぐらいを垂直に削られたアルプスの処女岩は、折からの夕日に真新しい黒雲母花崗岩《くろうんもかこうがん》の、黒白まだらの肌を光らせている。

いよいよ次の日からは、待望のトンネル掘削である。

全体の工法は大型ジャンボーによる、例の全断面掘削である。全断面掘削は前面に多数の削岩ドリル（回転によって岩に穴をあける錐《きり》）を装備したジャンボーという機械を押し進めて、トンネルの全断面を一度に掘って行く近代工法で、能率がよく、工期を早めるのに役立つのはもちろんである。

が、最初の五十―八十メートルぐらいまでは、この工法は適用出来ない。

なぜ全断面掘削が出来ないかというと、ドリルであけた穴には火薬を詰めて爆発させるのだが、そのためにはジャンボーは、少なくとも五十メートルくらいは退避していなければならない。切羽《きりは》にそれ以上近くいると、爆破岩や爆風などでジャンボー自身が危ないのだ。

だから全断面掘削をやるにしても、最初の五十―八十メートルくらいは、昔ながらの導坑式掘削によるしかない。

二日の朝からはその導坑掘りが始まった。まずトンネルを上下二つに区切った下部の中央に、三メートル角くらいの穴を掘るのだ。

斧指が、その場所に枠を取り付ける。

鳶職が、コンプレッサーや削岩機を運搬して、所定の場所に据え付け、組み立てる。

電気はまだ来ていないので、ディーゼル・エンジンでコンプレッサーを動かす。コンコンプレッサーで圧搾空気が送られて、削岩機のドリルが回転を始める。

いよいよ坑夫の登場だ。坑夫はアルプスの岩盤にしがみつき、削岩機を使って岩肌に最初の穴を刻み始めた。

ガーガーとすさまじい音を立てて、ドリルが岩に食い込んで行く。やがて深さ一メートル余り、直径三、四センチの穴が幾つかあけられて、穴にはダイナマイトが詰められた。全員が退避して、導火線のスイッチが入れられる。

ド・ド・ドーン！

いよいよ初のダイナマイトが、北アルプスの夏空にとどろいた。

退避していた土工が駈《か》けつけて、ショベルでズリ（爆破された岩屑）をさらえ出す。ズリはダンプに積まれて、土捨て場に運ばれる。

最初の日には二十本ほどのダイナマイトがかけられて、三メートル角の導坑は、次第に岩盤深く進入した。

次の日からは、導坑の進入にともなって、すでに掘った部分が崩れぬように、斧指の手で普請《ふしん》が行なわれる。普請とは簡単にいうと、木材や鉄材でつっかい棒をすることである。

岩盤はあまりよくなかったが、工事はともかく進んだ。何日かたって、最初の導坑がある程度まで進むと、次には頂設《ちょうせつ》導坑というものが設けられる。今度はトンネルを二分した上の部分で、さらにその上半分に、最初の導坑と同じ要領で、斧指が木枠を組み付ける。

頂設導坑の掘進が進むと、斧指がその上部に丈夫な鉄製の枠をはめ込む。それから頂設導坑も、次第に奥深く進入して行く。

それがまたある程度進むと、次には頂設導坑を下へ掘り広げる。やがてトンネル全体は、最初の導坑と頂設導坑と、上下二つの小トンネルになる。

次は上部の小トンネルを、左右へ幾つかに区切って掘り広げ、その上端には順々に丸い鉄枠をかぶせて行く。

最後に下部の左右を掘り取って仕切りを外し、鉄枠をとりつけると、トンネルの全形が完成する。

導坑の掘削は、まあまあの成績で進んだ。八月中は準備工事で手間どったが、それでも九月十八日までには百五メートルに達した。導坑を切り広げて本トンネルにする工事も進んで、九月二十五日には六十メートルに達した。

いよいよジャンボーによる全断面掘削である。

だが、そうなるとますます気になって来るのは、岩質の『よくなさ』である。

「どうだろう、岩質は少しはましになっただろうか？」

二十六日の朝、あすからトンネルへジャンボーを入れようと思って、船生と大塚が坑外で組み立てと整備を急いでいると、芳賀がジープでやって来て、二人に、もう何度目かの同じ質問をくり返した。

「今のところ、あまりよくならないですなあ。岩は、捕獲花崗岩から次第に粗粒花崗岩に変わっているようで……相変わらず小さな断層はあるし、あまり香《かん》ばしくないですよ」

船生は慎重に答える。

「でも……、入口の岩盤がよくないのは、いつものことだろう？　五百メートルも進めばよくなるんじゃないだろうか？」

「それが何ともいえないですよ」

「じゃあジャンボーを入れても、無普請《むぶしん》では無理だろうか？」

「無理でしょうねえ。こちらも早く進めたいので、なるべく無普請で行きたいのは山々ですが、この調子ではどうも……」

『無普請』とは、支保工《しほこう》を入れずに工事を進めることである。支保工というのは、鉄や木のつっかい棒のことで、支保工を入れるには当然それだけの手間と時間を食うわけで、支保工なし――すなわち無普請で行く方がどれだけ能率的かわからない。――しかし岩盤が悪いと、崩壊の危険があってそうは出来ない。――芳賀は眉を曇らせている。

「まあいいでしょう。何回も地質学の専門家にも見てもらった通り、悪いのはせいぜい鳴沢の本流の下あたりまでだろうとのことですから、それなら千メートルほどですからねえ。我慢してそこまでは普請して、それから無普請で飛ばせば工期にも間に合うでしょう」

慰めるように、横から大塚がいった。先のことは大塚にも判らないことだったが、真剣な芳賀の顔を見ると、工事の直接の責任者である大塚としては、そうでもいうしかなかったのだろう。

「しかし……、何しろフォッサ・マグナに沿っているんだからなあ。薄気味が悪いなあ」

　芳賀はなおも、寄せた眉の皺《しわ》をゆるめない。

「でも……、糸魚川《いといがわ》―静岡構造線よりは大分西に寄っていますからねえ、まずその影響は五分五分なんじゃないですか？」

「そうだといいが……、何しろ小断層にしても、こう沢山あるようでは……」

　芳賀は独白《どくはく》のようにいって、掘ったばかりの暗いトンネルの中を、まるで悪魔でも住んでいるかのように、睨《にら》みつけるようにのぞきこむのだった。

フォッサ・マグナ。糸魚川—静岡構造線。——地質学を少しでも学んだ人なら、それは周知の問題だろう。

地図を見よう。——九州から中国・四国、近畿、東海と、日本列島の西南部は、西から東へほぼ一直線に延びているが、新潟県の糸魚川と静岡市とを結ぶ線のあたりでぐっと折れ曲がり、北東にひねり上げられている。

この屈折した部分がフォッサ・マグナ——すなわち大地裂帯、大地溝帯、中央地溝帯などと呼ばれる大構造帯で、明治初年に、ドイツの地質学者E・ナウマンによって命名されたものである。

ほぼ富士火山帯の通る地帯で、新潟県西部から長野県、山梨県を通り、静岡県と神奈川県の境界のあたりに及んでいる。その西のふちをなす線が糸魚川—静岡構造線と呼ばれるもので、大体、糸魚川から姫川ぞいに南下、黒四の現地からはすぐ東の山峡に青木湖、木崎湖などの陥没湖をつくって、松本盆地の西をかすめて塩尻あたりから南南東に方向を変え、静岡付近にいたる大きな断層帯である。

東のふちは関東山地の西側から千曲川に沿ったあたりと考えられているが、これは糸魚川—静岡構造線ほどはっきりしない。

が、ともかく日本の地質構造は、この線を境界にして東西ががらりと違っていて、西側が中生代（約六千万ないし二億年以前）およびそれより古い古期岩層であるのに対して、東側は主に新生代（約六千万年前から現代まで）に属する第三紀層および第四紀（最近約百万年間）の火山岩によって広く蔽《おお》われている。

　フォッサ・マグナの成因その他については未知な部分が多く、学説もまだ一定していないが、いずれにしても第三紀（百万年ないし六千万年以前）はアルプス造山期といわれ、まだ固まりきらない地殻の褶曲《しゅうきょく》運動による造山活動が、地球全体に盛んだった時代で、フォッサ・マグナもこの時代に、押し合う地殻活動の力で日本列島が折れまがり、多くの断層をともないながら、糸魚川―静岡線という地盤陥没による低地帯を作ったものだといわれる。だからその線とごく近く、かつほぼ並行している黒部川流域地帯には、どんな大きな断層や破砕帯が及んでいないとも限らないのだ。芳賀の心配は無理もないことで、むしろ直接工事を指揮する大塚の方がより深刻に心配しているともいえるのだが、大塚はスポンサーにそんな顔を見せることは出来ない。

「それはそれとして、とにかくあすからはジャンボーを入れますよ。工期が一年とあっては、一日も油断出来ませんからねえ」

　大塚は自信満々といった笑顔でいって、もうほとんど組み立てを終わった奇妙な機械を見た。芳賀もうなずいて、ジャンボーに歩み寄って整備ぶりを眺めた。

ジャンボーというのは、一口にいうとドリフター（削岩機）を乗せる台車である。骸骨みたいに鉄骨ばかりニョキニョキ立った奇妙な機械で、爆破を終わるとコンウェイ・ショベルやトロッコがジャンボーの腹の下をくぐり抜けて出入りし、ズリを運び出す仕掛けになっている。

夕刻——整備のなったジャンボーは、巨体をトンネルの中にもぐり込ませて行った。

九月二十七日、ジャンボーはいよいよ作業を開始した。

この時に用いたのは三デック・十四ブーム——すなわち前部の三段の台座にドリフターを十四連装した、超大型ジャンボーだった。

ジャンボーが切羽に着くと、三段に並んだ十四人の坑夫が、それぞれ一台ずつのドリフターを操作して正面の岩盤に穴をあける。他の坑夫や土工が、その補助をする。

ドリフターは、後方に据え付けられたエア・コンプレッサーから送られて来る圧搾空気によって、錐《きり》の部分が回転する。錐の部分の尖端《せんたん》には工業用ダイヤがはめこまれていて、激しい回転によってどんなに硬い岩でも削り割って、穴をあけて行く。熱を持ち過ぎないように、尖端からは穴の中へ水が噴出する仕掛けになっている。

十四連装だから同時に十四個の穴があけられるわけで、穴は直径四、五センチ、約二メートルの深さまで掘る。四十分ほどかかって、こんな穴を九十ぐらい掘る。

穴が掘り上がると、ダイナマイトを詰める。装塡《そうてん》に約二十分。するとジャンボーは、人を乗せたままでレールを五十メートル以上後退する。退避完了のブザーが鳴ると、ダイナマイトにスイッチが入れられ、爆破が行なわれる。

この場合、ダイナマイトは同時にはぜるのではなくて、時差爆発する仕掛けになっている。すなわち、真ん中の八つぐらいが先にはぜ、十分の一秒ぐらいおいてその周囲がはぜ、さらに同じぐらいの時間差で外側のが――と、何段階かにはぜるのである。

つまり、全部のダイナマイトが同時に爆発した場合には、岩にかかる破壊力は持ち合いになって効果が薄い。ところが中心のダイナマイトが先ずはぜて、心《しん》になる岩が抜けていると、その回りのダイナマイトが爆発した時には、岩は空《から》になった中心部に飛び散るので、破壊力はそれだけ大きくなるわけだ。と同時に、大切な周囲の岩盤を、無益に傷つけることも少ない。

坑口から切羽までの間には、ジャンボーの広いレールの内側に、ズリ出し専門のコンウェイ・ショベルや、バッテリー・カー（機関車）やトロッコのための狭いレールが重複して敷かれていて、それらはジャンボーのうしろで待機しているのだが、爆破が終わってガス抜きに十分ほど待ったあとで、ジャンボーは台座の一部を上にあげて、腹の下をそれらを通過させて、前に出させる。

先頭はコンウェイ・ショベルで、トロッコはバッテリー・カーがひいているわけだが、バッテリー・カーに続く最初のトロッコが腹の下に来た時、ジャンボーはこれを吊るし上げる。するとバッテリー・カーがその下を一旦後退する。そこへ吊り上げていたトロッコを下ろすと、空のトロッコが先頭になる。バッテリー・カーがうしろに空からのトロッコの列をひいたまま、いま先頭に下ろしたトロッコを切羽まで押して行くと、前にいるコンウェイ・ショベルがこれにズリを積み込む。積み終わるとまたバッテリー・カーに引かれてジャンボーの腹の下を抜けて後退するのだが、その時にはジャンボーは二台目の空トロッコを吊るし上げていて、またそれを先頭に下ろす。

三台目、四台目……と、ジャンボーはその作業をくり返す。

こうしてジャンボーが、空のトロッコを吊り上げては先頭におろす作業をくり返すと、最後のトロッコが積み終わった時には、バッテリー・カーは入坑して来た時とは反対に、切羽《きりは》に対して一番うしろにいることになる。

それは坑口に向かっていえば逆に一番前にいるわけで、そこでバッテリー・カーは、ズリを満載したトロッコの列をひいて、鼻高々と坑口を出て来るという寸法になる。

削岩と火薬装填とで一時間、ガス抜きとズリ出しに大体二時間くらいかかるから、ジャンボーによる作業は、ワンサイクル約三時間になる。

三交代で一日二十四時間操業すると、八サイクルになるわけだ。削岩の深さが二メートルだから、ワンサイクルの掘削進行はおよそ二メートルである。すると八サイクルで

は十六メートル進むわけだ。
　日進十メートルの計画は、こうして六メートルもおまけが付いて果たされる計算になるが、実際にはそううまく計算通りには行かない。
　岩盤が悪いので、支保工を入れなければならないし、そのためには相当時間を食う。そのほかにも、作業にロスはつきものである。
　——九月はともかくとして、十月には一三五・四メートル進んだ。準備作業に追われて十九日間しか操業出来なかったので、日割りにすると一日七・一三メートルである。日進十メートルにはまだ開きがあるが、佐久間の時の平均七メートル強とほぼ同じ成績だし、滑り出しとしては、まあまあである。

「佐久間の経験が、やはりずいぶん役立っているんだなあ」

「はア。佐久間は岩盤がよくて、支保工を入れずに日進七メートルでしたが、いまは岩盤が悪くて、支保工を入れながらどうやら七メートル強です。やがてがっちり行きますから安心して下さい」

「そうだといいが——。とにかく頼むよ」

進行表を睨《にら》む芳賀に、大塚は笑顔で自信を披瀝《ひれき》する。


そのころ、ダム担当の間組は、すでに立山を越えて、黒部の谷底に集結を始めていた。熊谷組が、全断面掘削の技術の開発で、日本のトンネル工事史上に新時代をもたらしたのと同じように、間組は大型土木機械の駆使によって、ダム構築に新時代を開いて来ていた。それは丸山と佐久間の二つのダム工事によって、急速に進展されたものであった。

まず丸山は関西電力の建設による木曾川水系の発電所で、芳賀公介がその建設所長だった。佐久間は電源開発による天竜水系の発電所で、のちに関電に帰社して黒四の三代目の建設事務所長になる野瀬正儀《まさのり》が、二十七年十一月から電源開発に出向して土木部次長となり、専ら建設したものである。

その二つの工事の成功が、関電をして黒四建設に踏み切らせたものであることは先に

述べたが、二つの工事の特色を具体的にいうと、まず丸山ではダム構築に土木技術の革新が行なわれた。それを見て自信を得た電源開発が佐久間に踏み切り、そこではダム構築のほかに、トンネル掘削に革命が行なわれたといってよいだろう。

先にも触れたが、丸山の着工は二十六年で、電力飢饉のどん底に近いころだった。そのためにも非常に工期を急いだので、『土を動かす』作業を、すべて大型土木機械に切り替えたのだ。

丸山以前の工事では、ダムを切り開く際にも、ダムの底に本格的な道路をつけて、ダンプやブルドーザーを走らせるということはなかった。たとえブルドーザーで掘り起こしても、土方が手でトロッコに積み、それを手で押して土を捨てに行った。

それが間組の施工した丸山では、ダムを削るのには底に道路をつけ、すべてブルドーザーで掘り起こして、動力ショベルでダンプ・トラックに積んだ。つまり『土を動かす』一切の仕事が、人間の手から大型機械に切りかわったのである。能率が革命的にあがったのは、いうまでもないだろう。

その工事の最中に、当時電源開発の初代総裁だった故高碕《たかさき》達之助が視察に来た。高碕はこの工事の規模を見て、

「日本人だけの力でも、これだけの工事がやれるのか」

と驚いたという。

それまでにも佐久間の構想はあったのだが、高碕は外人技術者を連れて来てやらせるつもりだったといわれる。それが丸山の工事を見て、日本人の力でもやれることを確認したのだった。

こうして佐久間では、丸山の建設に当たった間組の経験を生かして、ダムは間組の施工で行なわれた。

また、佐久間の場合には、天竜川の出水の関係で、バイパス・トンネルは五、六月の頃から掘り始め、年内に掘り上げて、翌年の出水期までに本流を締め切らねばならなかった。豊水期になってしまうと締め切りは不可能で、そうなるとその年はダムの工事が出来ないのだった。そこでトンネル工事を急いだ電源開発は、熊谷組が開発した大型

ジャンボーによる全断面掘削に踏み切り、トンネル技術の革新に一歩を進めたのだ。

その佐久間の工事を、今度は関電が注目していたのだ。しかも佐久間建設に打ち込んでいる野瀬は、自社から出している土木技術者なのだった。

――これらの一連の歴史は、すべては黒四への道であったといえよう。大正末期以来黒部川にいどんで、苦闘の末に柳河原、黒二、黒三の各発電所を築いて来た先輩たちの夢を完成させるためにも、黒四はどうしても建設しなければならない終着駅なのだった。


電源開発総裁高碕達之助が、丸山の技術を生かして、佐久間のダムに間組を起用したように、関電もまた佐久間の経験を生かして、黒四ダムには間組を特命したのだった。ダムは丸山と佐久間が重力ダムであったのに対して、黒四はドーム型アーチ・ダムという違いはあるが、基礎的な技術と経験は同じだといえるだろう。

ついでにいうと、重力ダムというのはダム自身の重量によって貯水による水圧を支えるダムで、アーチ・ダムというのは、主として堤体のアーチ作用によって水圧に抵抗するダムである。アーチ作用による強い水平力が両岸の岩盤にかかるため、堤体自身は重力ダムほどの重量を必要としない。そのためにコンクリートの量が重力ダムの六割ほどですみ、経済的である上に黒四のような輸送上の不便が著しい場所には好適なのだが、一方、曲面の設計や施工のむずかしさと、両岸の岩盤が強固でなければならないなどの制約もある。

ともあれ、佐久間を完遂して来た間組のスタッフは、まだダム本体の着工には期日が遠かったけれど、準備工事や資材輸送のため、すでに七月二十五、六日の富山県芦峅《あしくら》雄山神社の大祭日を中心に、続々と立山を越えて黒部谷に入り、御前沢のキャンプに集結していたのだ。

ダムが日本最大のアーチ・ダムであるだけに、その陣容も大がかりで、黒部大ダム建設所と称して、所長には社長の神部《かんべ》満之助が自ら当たり、所長代理が当時常務の三枝《さえぐさ》知良だった。

工事部長は三枝の兼務で、次長が松垣一夫、工事部の中の堰堤《えんてい》課長兼設備課長が中村精、水路課長奈須川丈夫、工務課長望月正保、機械課長は松垣の兼務だった。

一方、事務部長は取締役の日野謙三で、次長が原田五郎、経理課長滝沢金一、庶務課長は原田の兼務であった。

間組にはダム構築のほかに、いま大町側から熊谷組が掘り進めつつある関電トンネルの、黒部側からする迎え掘りの任務があった。

大町側ではジャンボーやコンウェイ・ショベルなどの最新最鋭の土木機械が使えるけれど、黒部側はなお文明には程遠い『秘境』だった。ボッカによる立山越えの輸送と、

ヘリコプターによる空中輸送で多少の資材は届くけれど、殆どは手掘りに近い、原始的な作業だった。

それでも、間組は頑張った。

「全社が命を張っているんだ。機械がなければ爪で掘れ、ボッカが足らねば富士山の強力も連れてこい！」

独特の紺の脚絆《きゃはん》に足元を固めた間組の闘士たちは、トンネル工事係長の伊賀利雄と資材係長の尾村総二を指揮者に、すでに八月中旬から黒部谷・赤沢口の絶壁を、一寸刻みに掘り続けていた。

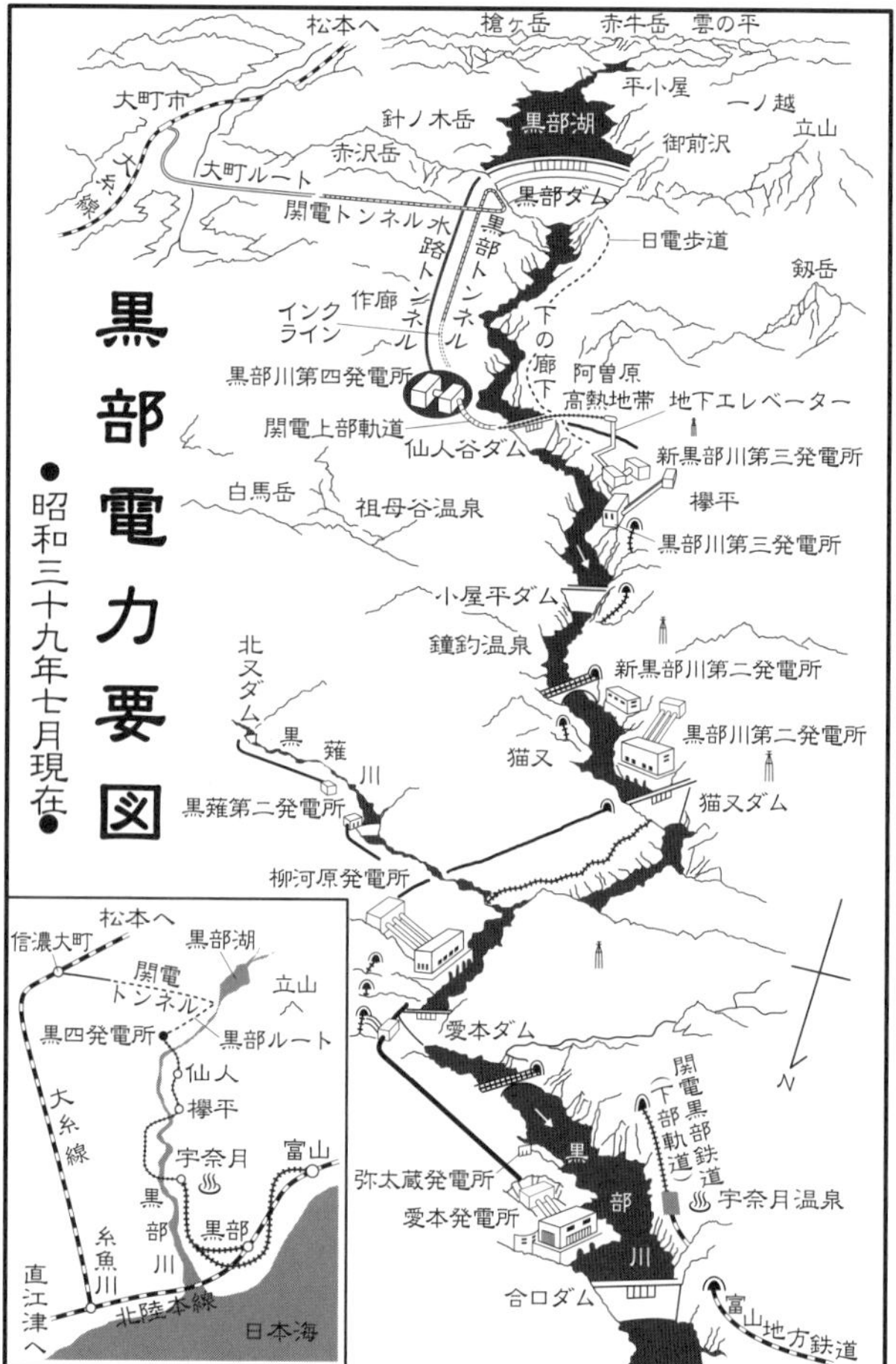
黒部電力要図
●昭和三十九年七月現在●
松本へ
槍ヶ岳
赤牛岳
雲の平
大町市
黒部湖
平小屋
一ノ越
針ノ木岳
立山
御前沢
赤沢岳
大糸線
大町ルート
黒部ダム
関電トンネル
水路トンネル
黒部トンネル
日電歩道
剱岳
作廊
インクライン
下の廊下
黒部川第四発電所
阿曽原
高熱地帯
地下エレベーター
関電上部軌道
仙人谷ダム
新黒部川第三発電所
白馬岳
祖母谷温泉
欅平
黒部川第三発電所
小屋平ダム
鐘釣温泉
北又ダム
新黒部川第二発電所
黒薙川
黒部川第二発電所
猫又
猫又ダム
黒薙第二発電所
柳河原発電所
愛本ダム
N
関電黒部鉄道
(下部軌道)
黒部川
弥太蔵発電所
宇奈月温泉
愛本発電所
合口ダム
富山地方鉄道
松本へ
信濃大町
黒部湖
関電トンネル
立山へ
黒四発電所
黒部ルート
仙人
欅平
大糸線
宇奈月
富山
黒部川
黒部
糸魚川
直江津へ
北陸本線
日本海

5 地の果てへ

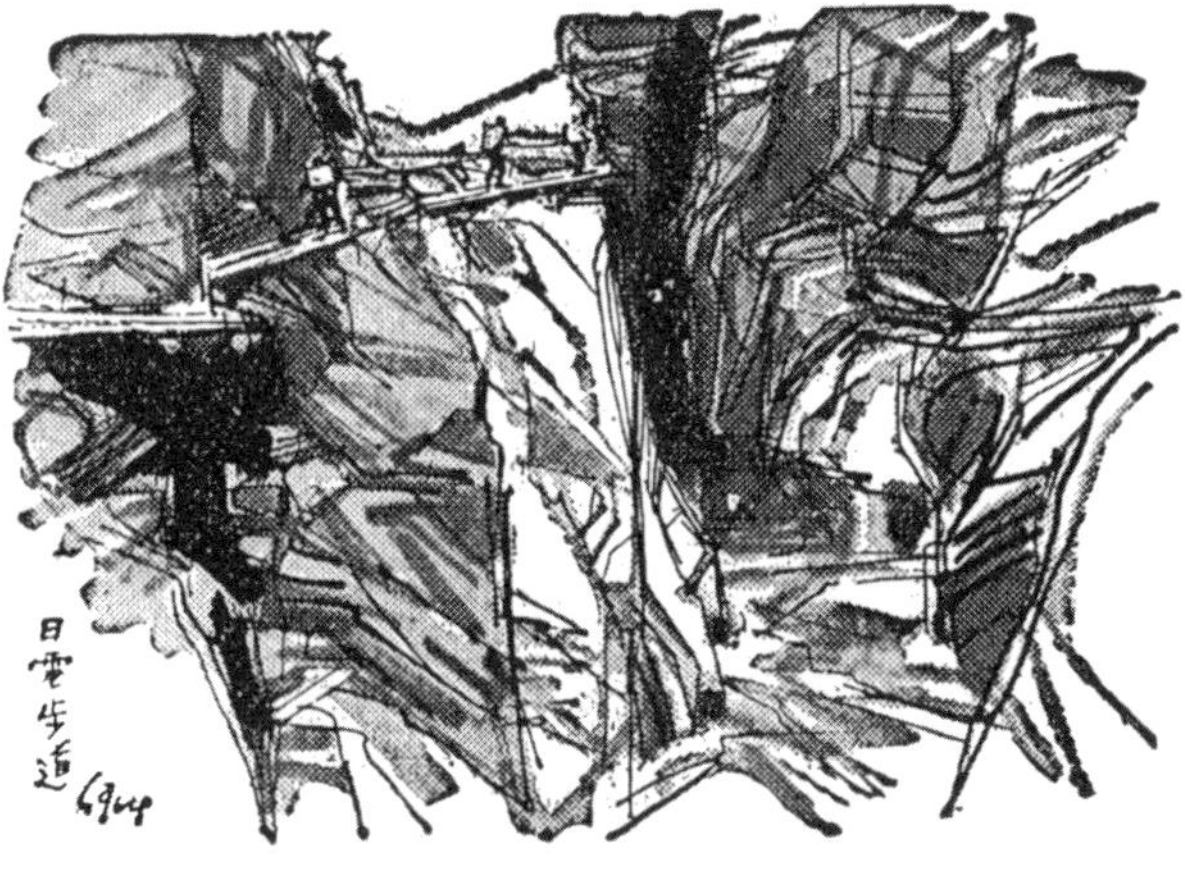

これより先、昭和三十一年七月初旬のある日。――平井や芳賀たちが大町に乗り込んだのと同じころの、ある午後のことであった。

黒四建設事務所次長で、第四、五工区を管轄する宇奈月支所長を兼ねる竹中徳《ただし》は、黒部川全体の半ばよりやや上流に当たる仙人谷の、黒三発電所仙人ダムの堰堤《えんてい》に立って、じっと上流を見つめていた。

雨がしとしとと降っていた。下界では真夏の七月初旬なのだが、黒部も上流の仙人谷では、浅春《せんしゅん》のように肌寒い。

このダムは高さ四十三メートル、幅七十七メートルである。戦争中の昭和十五年の完成だから、その時すでに十五、六年の歳月を経ていて、コンクリートもダーク・グレイに汚れている。目の下のダムの水は、いつもは青々と澄んでいるのだが、きょうは雨のせいか、黒々と淀《よど》んでいて、一そう薄ら寒さをかき立てる。

「ここは黒部の地の果てだ。これから上流には……黒四のダムサイトになる御前沢《ごぜんざわ》のキャンプまで十キロ余り、もう人間などは一人もいないのだ――」

竹中徳は思った。上流を見ても下流を見ても、青黒く繁《しげ》った山々がすぐ目の前に立ちはだかって、雨に煙りつつ幾重にも重なり合っているだけで、そのあわいを流れる黒部川は、激しいS字状を描いて流れているものだから、すぐに視界からは消えている。

――地下に発電所の大洞穴をくり抜く場所も、その下を、御前沢に向かって十キロもある二本のトンネルを掘る山も、すぐ上流の地点なのだが、今ここからは見定めようがない。

「その何もない、何も判《わか》らないところで、おれたちはこれから大変な工事をするのだ――」

しかし、工事自体については、そのどんな細部でも、竹中は全部知っている自信があった。黒四に来る前、竹中は本社で吉田登《みのる》の前任の建設部次長だった。だから黒四の計画は知りつくしているのが当然で、それだけに、その大変さについても、人一倍知っていた。

「まず仮設の宿舎を設営して、機械を運ぶ簡単な道路を作って、機械がはいったら本格的な道路を建設して、資材を入れて、それから工事現場に取りついて……」

平地での工事とは違って、その取りつくべき現場というのが、雲煙はるかな山の向こうなのだ。谷は切り立った断崖であり、山は険阻な処女林である。工事現場へたどりつく道などはどこにもない。

道といえばわずかに黒部川の左岸の断崖を縫って、幅三十センチほどの、岩に彫りつけ桟道《さんどう》でつないだ日電歩道という道があるのだけれど、それも一冬過ぎればもう雪崩にさらわれて、あるかないか判らない道なのだ。土木機械や資材の運搬はおろか、人間も満足には通れない。

『黒部には、怪我《けが》はない』

そういう言葉がある。日電歩道にしても、一歩踏みはずせば何十メートル、百何十メートルといった垂直の断崖で、助かる見込みは万に一つもない。つまり、黒部の谷では事故とは『死』の意味であって、中途半端な怪我などはない、ということなのだ。

しかも、その日電歩道さえもが左岸にあって、現実にこれから工事をするのは右岸である。その間には、越せない黒部渓谷をへだてている。

「準備工事、その準備工事のための仮設備、さらにまた仮設備をするための準備工事、——そんなことのくり返しで、四、五工区は今年は暮れるだろう——」

竹中は、そう考えて苦笑した。ここから下流には既に幾つかの発電所があるのだが、その一つ一つの建設に、先人たちも同じ嘆きを味わったことだろう。


「やあ、次長さん、ここにいられたのですか」

竹中がそんな感慨にふけっている時、背中から声がかかった。振り向くと、第四工区を施工する佐藤工業の黒部出張所次長、稲垣力松だった。うしろに一人、背の高い、温厚そうな初老の社員を連れている。

「ああ、稲垣君か。もう来てたの?」

「はあ、五日に先発隊を連れて人見平《ひとみだいら》に入りましてねえ。草を刈ってテントを張って野営ですよ」

「そう、次長おんみずからご苦労さんだなあ」

竹中は背が低くて小肥《こぶと》りで、童顔である。その童顔の細い目を一そう細めて笑った。

「で、もう大勢来てるの？」

「いや、まだほんの四、五人です。私と、この林君と……」

稲垣は振り返って、うしろの社員を紹介した。

「林君は黒三の時にもずーっと現場にいましてねえ。事情が詳しいものだから、ご老体をわずらわせて先発隊で来てもらったんですよ」

「こんにちは――林です」

山奥のダム現場で働く技師や労働者たちを、このあたりでは一口に山男という。うしろの初老の社員は、さながら山男そのもののぼくとつさで挨拶した。

「やあ、よろしく。――君、二度目なんだって？」

竹中は気軽に、にこにこと問いかけた。童顔に似ず、かみそりのような鋭い理解力と、的確な構成力を持つ竹中は、幾らか気むつかしいところもあって、気の向かない時には無口で冷たそうな人間に見えるが、気を許したとなると忽《たちま》ち地金が出て、本来の好人物に変わってしまう。

「はあ、二度目です。前にも何度か死にそこのうたので、今度は危ないからと家族は心配しましたが、まあ黒四なら、死んでも土木屋の本望ですから……」

林は笑って答えた。林庄二といって、佐藤工業の社員の中では長老格である。

「雨が大分ひどくなったなあ。僕はけさ宇奈月から来て、今晩は黒三の事務所で泊まって行くつもりなんだが、よかったら寄って、お茶でも飲んで話して行かないかね」

「そうですなあ。じゃあちょっとお邪魔しますかなあ」

稲垣が答えて、三人は仙人ダムの事務所へ歩いた。

雨は本当に激しくなっていた。この雨が、黒部の電源をまかなうのである。

黒部の雨量は、年間平均三、八一〇ミリというわが国でも稀《まれ》な多雨量地帯で、そのうえに上流地帯やアルプスの山々はもちろん、全流域七百八十七平方キロにわたって平均五メートルという積雪をみる。

雪は四、五月になって、やっと解け始めるのだが、雪の下にも水は流れていて、黒部の流れは年中絶えることがない。しかも谷底は殆《ほとん》ど岩石で、水が地下に消えることも極めて少ない。

その上に先にもいった通り、全流路の勾配は平均四十分の一という、全国屈指の激しさなのだ。

電源としてこれほど恵まれた条件は他にほとんどなく、それだけに大正の中期から、黒部は電力会社の注目の的となっていたのだ。

「それほど昔のことは私は知りませんがねえ、私たちのやった黒三の工事は、今から考えますと本当に身の毛もよだつ地獄でしたよ」

事務所で番茶をすすりながら、林が話し始めた。

「ほほう、どんな風に地獄だったんだろう?」

竹中徳は、にこやかに笑って先を促した。しかし実際のことをいうと、林の体験は体験として、黒部の電力のことについてなら、竹中は誰よりもよく知っているつもりだった。

事務員がいれてくれた番茶をすすりながら、竹中はじっと考えた。


その時竹中が考えていたことに、その後の建設を付け足してしるすと、黒部川水系の発電所は、昭和四十二年現在で十五ヵ所ある。

うち六ヵ所は北陸電力の発電所で、最大出力は計二万八千二百三十キロワット、いずれも下流の比較的平坦部にある。ほかに富山地方鉄道（旧黒部鉄道）の自家用発電所が一つある。

上流の七ヵ所はすべて関西電力の発電所で、下流からいうと愛本発電所（最大出力二万九千七百キロワット）、柳河原《やながわら》発電所（五万四千）、黒薙《くろなぎ》第二発電所（七千）、黒部川第二発電所（七万二千）、黒部川第三発電所（八万一千）、新黒部川第三発電所（五万六千＝昭和三十八年竣工）、新黒部川第二発電所（四万＝昭和四十一年竣工）と、合計七つの発電所があり、その遥《はる》かな上流に、問題の黒四発電所（二十五万八千）がある。（一一八ページ「黒部電力要図」参照）

以上関電の八つの発電所を合計すると、最大出力は五十九万七千七百キロワットという莫大《ばくだい》なものになる。

関電が持つ全水力発電所の出力が約二百万キロワットだから、黒部だけでその三十パーセントという高い比率を占めるわけである。

黒部川の電力史というと、右の関電の各発電所を含む十五の発電所の建設の記録になるわけだが、それは大たい三期に区切って考えられる。

第一期は大正時代から昭和の初めにかけて、柳河原《やながわら》発電所（黒一と考えてよい）の建設を中心とする黒部川電力の草創期。

第二期は黒二、黒三の建設で、これは満州事変―日中戦争から、太平洋戦争の前夜にかけての、強行建設時代。

第三期は現代で、世紀の偉業といわれる黒四建設から、さらに引き続いて新黒三、新黒二の竣工にいたる黒部川電力の完成時代である。

草創の歴史は、世界的な化学者で、消化剤「タカジアスターゼ」の生みの親として知

られる高峰譲吉博士によって幕を切られる。
大正六年（一九一七年）のことである。当時は第一次世界大戦（一九一四―一八年）の最中で、金属類が暴騰していた。特に日本ではまだ産出していなかったアルミニウムが高かった。高峰博士はアルミニウムの国産を思い立ち、在米中にアルミニウム会社の社長であるデビスという人と、日米合弁の製造会社の設立を取り決めて来た。
アルミニウム製造には大量の電力が要る。博士は金沢市の出身（出生は越中高岡）なので、アルミ製造の電源として考えたのは、やはり馴染みの深い北陸の川だった。しかし神通川水系を初め有力な河川は、すでに二十年近くも前から他の電力会社に水利権を握られていて、残っているのは、黒部川水系だけだった。（競願その他の関係は、繁雑《はんざつ》にな

るので省略する）

水量といい勾配といい、電源として最適の黒部がなぜ残されていたかというと、やはり黒部の険峻《けんしゅん》のせいだった。人跡未踏の黒部を開いて電力を得る自信は、当時は誰にも持てなかったのだ。

こうして高峰博士は黒部川の調査を進め、大正九年にやっと黒部の上流地の水利権を手に入れたのだが、皮肉なことにはその頃には、世界大戦は既に終わっていた。アルミニウムの需要は激減して、デビス氏は投資から手を引いてしまった。博士は今度は関西財界の巨頭だった三共株式会社の塩原又策《しおばらまたさく》社長と組んで一千万円の投資を得、東洋アルミナム株式会社を設立して事業にとりかかったが、その博士自身も、大正十一年に亡くなってしまった。

塩原社長にしても、肝心の高峰博士に死なれては話にならない。ついに黒部の水利権は、かねて欲しがっていた日本電力に譲渡して、東洋アルミナムは解散した。――こうして関電の前身の一つでもある日本電力が、いよいよ宿命の黒部と取り組むことになったのである。

しかしその以前に、東洋アルミナムは一つだけ、黒部に最初の発電所を残していた。弥太蔵《やたぞう》発電所といって、千何百キロかのちっちゃな発電所である。

弥太蔵発電所は黒部鉄道（現富山地方鉄道）が建設したものだが、この黒部鉄道というのも、東洋アルミナムの電源開発の資材を輸送するために、大正十年に設立された会社なのだった。

　そうしてこの鉄道と発電所とが、のちに日本電力が、同社にとっては「黒一」とも呼ぶべき柳河原発電所の建設を成功させるのに大そう役立っているのだ。だから、ちっぽけな記念碑である弥太蔵発電所は、世紀の偉業といわれる黒四に、遠くつながるものであって、高峰博士こそ、まさしく電力黒部の開拓者といえるだろう。

　これと前後して、県のきもいりで黒部川電力という会社が生まれ、下流に三つの発電所を作っている。――以上が電力黒部の幕あきである。


　高峰博士の悲願のあとを受けて、日本電力が自社の黒部川水系の最初の発電所である柳河原の建設に着手したのは、大正十三年十二月三日のことであった。

　黒部川は、上流の大部分は険峻なV字渓谷だが、愛本峡谷を出て河口までの二十キロ足らずは坦々《たんたん》とした平地で、広い肥沃《ひよく》な黒部平野を、多くの分流をともなって流れている。

　これまでに建設されている草創期の発電所はすべてこの平地部にあって、一番上流の弥太蔵発電所にしても、宇奈月温泉街の黒部川をへだてる対岸である。宇奈月温泉は平地からほんの六、七キロの上流だから、秘境黒部渓谷としては玄関口を上がったばかりに過ぎない。

　従って、何百メートルという断崖が両岸に立ちはだかった狭いV字渓谷を、一寸きざみに登って行く、苦難に満ちた黒部電力開発史が本格的に幕をあけたのは、柳河原の建設からであるといっていい。

　柳河原発電所は宇奈月の上流二キロほどの地点にあるが、その取水口である猫又《ねこまた》ダムは、さらに発電所の上流十キロほどに位置する。このあたりからはいよいよ断崖の迫る黒部の秘谷で、両岸に平地というものは一つもなくなる。

　宇奈月までは前記の黒部鉄道が出来ていたが、その上流には交通機関はおろか、道さえない。黒部での建設は、これから後、長くその方式を取るのだが、柳河原でも資材運搬の『交通路』の建設が先決だった。

　こうして現在の関電黒部鉄道（いわゆる下部軌道）が、その時から建設されて行ったのだが、まず猫又まで一一・八キロが、最初の工事だった。全体が険峻な黒部谷である上に、トンネルを掘るにしても当時はジャンボーなどはなかった。はじめは青の洞門のように、ツチとタガネの原始的な掘削で、一日に一メートルも掘るのがやっとのこと。やがてコンプレッサーや削岩ドリルがはいったが、それでも断崖を虫のように這《は》って行く難工事には変わりなかった。

　やっと軌道の出来上がったのが十五年秋で、発電所は翌昭和二年の十一月一日に竣工

している。

　当時としては出力五万四千キロワットは今日の黒四にも劣らぬ大発電所で、高峰博士が水利権を手に入れてから七年目に、電力黒部は秘境に初の橋頭堡《きょうとうほ》を築いたといえよう。

　柳河原発電所という強力な橋頭堡が打ち立てられたので、日本電力は、すぐに現在の黒二、黒三の計画を立てた。

　黒二の予定地は現在位置と同地点で、猫又ダムのすぐ上手である。そこに水を引くために、上流の小屋平《こやだいら》にダムを築くことになって、例によって資材輸送のための下部軌道の延長工事にかかった。

　猫又―小屋平間は六・八キロ、昭和二年五月に着工して、三年後の五年二月に完成した。いよいよ待望の黒二発電所、当時としては日本屈指の七万二千キロワットの大発電所の建設である。

ところが、不測の事態が発生した。昭和初期のあの不景気の襲来である。産業は萎縮し、電力の需要は激減した。建設資金の調達はおろか、会社自身の経営さえ危なくなった。

日電は、涙を飲んで計画を見送るしかなかった。日電当局者としてつらかったのは、計画や調査は、既にすっかり出来上がっていたという点であろう。猫又の第二発電所はもちろん、欅平《けやきだいら》に築く第三発電所、その取水口である仙人ダム、――それに、遠く現在の黒四計画まで、測量や設計は着々と進んでいたのである。

現在、北アルプス登山者に広く親しまれている、黒四ダム上流の平《だいら》の小屋にしても、大正十四年に日電が源流地帯の雨量や自然流量や積雪、気象などを調べるために建設したもので、同年十月から翌年の五月までと、さらに翌昭和二年の冬の二回には、多数の技師たちによる越冬調査さえ行なわれている。

しかし、時の経済情勢には勝てないのだ。昭和五年十月には、宇奈月にあった建設事務所の職員約百人のうち、八十人を解雇した。他に数人は配転となって、残るは十人余り、――花やかだった電力黒部の第一期は終わって、空白の数年が過ぎる。

やがて不景気による中絶状態から、黒部開発をよみがえらせた原動力は、『戦争』で

あった。

昭和六年秋からの満州事変の進展で、電力の需要は盛り返し、中絶していた黒二建設もすぐに再開された。

資材運搬の軌道も、設計や測量も早くから出来上がっていたので、建設のテンポは早かった。昭和八年六月七日に着工して、十一年十月三十日には完成している。

そのうちにも、時局は刻々と大戦争へと進んでいた。戦争の申し子である黒三は、こうして黒二の完成も待たずに、すでに欅平から仙人谷に至る工区を、十一年九月八日には着工されていた――。

「何しろ聖戦目的完遂のためにというのが合言葉でしょう。電力は戦力増強の基礎だというので、恐れたり怠けたりする者は非国民というわけです。百何十度もある高熱トンネルの岩盤を、すぐに自然爆発してしまうダイナマイトを抱えて、労働者たちは自爆におののきながら掘り続けたんですよ。――労働基準法も何もなかったし、それはほんとにひどい工事でしたよ」

思い起こすのもつらいといった表情で、林庄二は冷たくなった番茶をぐっと呑んだ。

「そうだったよねえ。全く黒三のころは、何も彼も今とは違う時代だったからねえ。よく判るよ」

竹中が、慰めるように相槌《あいづち》を打つ。

「僕も黒三を建設なさった斎藤孝二郎さんはよく知っているが、斎藤さんも大変だったといっておられたよ。しかも……技術も機械も幼稚だったあの時代だからねえ。よくやれたものだともいえるし、またよく無茶をやったものだともいえるよねえ」

「何しろ今は、この仙人ダムが地の果てですがねえ、――ここから御前沢まで十一キロほどは、人間も施設も何もないのですがねえ。――当時は欅平が地の果てで、それこそ上流には何一つなかったんですよ。むしろ現在の仙人谷より、その時の欅平の方が性しょうが悪かったかも知れませんねえ」

林は、半ば白くなっている顎《あご》の不精ひげを、感慨深そうに撫《な》でながら、先ほど竹中が、一人で思っていたのと同じようなことをいった。

「いや、実は僕もそれを考えていたんだ」

竹中は苦笑して、
「実際、本当の意味での人跡未踏の黒部での建設というのは、黒三から始まったといっても過言ではないだろうねえ。何しろ起点の欅平からこの仙人谷までは、僅《わず》か六・二キロのあいだに二百六十メートルもの比高差があるんだからねえ。一キロについていえば、四十二メートルもの落差になるんだ。——平の小屋から柳河原まで四十七キロの落差が千百メートルあって、一キロについて二十三メートルで、すごい勾配だといわれているのだが、その中でもこの欅平—仙人谷のあいだは平均の二倍もの激しい勾配なんだから。——谷というよりまるで滝の連続で、昔から通った人間がなかったといわれるのは当然だよ」
竹中は感慨深そうにいった。ほんとうに

その通りで、黒三の切り開いた欅平―仙人谷間と、これから黒四の工事をしようとする仙人谷―御前沢間の約二十キロこそ、秘境黒部の中でも真に人跡未踏の名に価する地区である。

これを歴史について見ると、幕末に近い時代に、先にも触れた例の奥山廻りが書いたと思われる『新川《にいかわ》郡絵図』と題する地図が、現在富山県立図書館に保存されている。その地図は相当精密に出来ていて、それまでに奥山廻りの歩いた『線』は朱線で示されているが、御前沢から祖母《ばば》谷（欅平の対岸やや下流）に至る間は、

「是ヨリ波々谷（注＝祖母谷）マデ、難所通リ相成ラズ」

と記入されていて、朱線もなければ何ら詳細な地形も書かれていない。明治以来一部のアルピニストが踏破したといっても、それはやはり『点』と僅かな『線』とであって、広い全体にわたっては、電力関係機関の調査、測量があるまでは、ほとんど人跡未踏であったといっても過言ではない。

「だから……、そんな難所で、欅平で山のどまん中にエレベーターを通して、一気に二百メートルも上がることによって、比高差の問題を解決した斎藤孝二郎という人は、私は偉い人だと思うんですよ」

林庄二が、感にたえた調子でいった。

「そうだ、その通りだよ。二十四メートルに一メートル登るといった急傾斜をまかなえ

る軌道は、ケーブルカーぐらいしかないからねえ。しかもむき出しのケーブルカーやロープウェーでは、黒部の雪崩や豪雪にかかっては、一冬でもぎ取られ、寸断されることは請け合いだ。エレベーターしか方法はなかったわけだよ」

林が感心している斎藤孝二郎というのは、日本電力の土木部長や専務を歴任して、黒三を建設した人である。

欅平は標高約六〇〇メートル、仙人は八六〇で、わずか六・二キロに二百六十メートルを登る険峻だから、斎藤はその間の輸送路として、欅平で直径五・五メートル、高さ百九十五メートルの『タテ坑』を山中にうがって、エレベーターを取り付け、一気に比高差を解消したのだ。そしてエレベーター上部からは仙人谷まで六キロ余りの、いわゆる上部軌道というトンネル軌道を掘削して、バッテリー・カーを通したのだ。

「エレベーターは現在もそのまま使っているわけですが、故障もありませんしねえ。五・五メートルの穴を大小二つに区切って、一方は七人乗りの人用、大きい方は三・五トン積みの貨物用とうまく利用していますよねえ。短い貨車を作って、貨物を積み換えずにスパッと貨車ごとエレベーターで上げるんですからねえ」

林は、よほど地下エレベーターに感心しているらしい。

「エレベーターもエレベーターだが……、君たちが掘った阿曾原《あぞはら》付近の上部軌道は、一そう大変だったじゃないか」

「そうでしたよ」

林庄二はうなずいて、茶瓶から三人の湯呑《ゆのみ》に新しい番茶をついだ。自分も一口飲んでから、

「何しろ上部軌道の仙人谷寄りの方は、すぐ側に硫黄温泉が流れているそうで……、岩盤全体が百数十度もある高熱地帯ですからねえ。坑夫たちはホースで頭から冷水をかけてもらいながら掘り進んだのですが、いざ穴をあけて、ダイナマイトを仕掛けようとすると、火もつけないうちに爆発してしまうこともあって……」

「現在のような耐熱火薬などはなかったからねえ」

「そうですよ。何人犠牲者が出たか知れませんよ。今あんな状態なら、絶対に許可されない工事ですよ。――でも、当時は戦争下の軍の絶対命令で、人間の犠牲を無視して強行されたんですよ。――日本人ではここの土方《どかた》になり手がなくなって、日本人以外の大勢の人まで半強制的に狩り出して……、新聞にも載らないし、世間ではあんな悲惨な工事が黒部の山奥で行なわれているとは、誰も知らなかったでしょうよ。私の会社でも、何回もたまりかねて工事を辞退したのですが、それは軍によって許されなかったのですよ」

「そうだったってなあ。――で、具体的にはどんな高熱対策を立ててたの？」

横で聞いていた稲垣が、生つばを飲んで口をはさんだ。

「まず火薬の点ではねえ――」

林が話を続ける。

「岩盤が熱くて、どうしてもそのままでは詰められないんです。詰めれば点火しないうちに自然爆発してしまいます。――何しろ熱すぎるし、計器も今のような精巧なものはなかったので、正確なことは判らないんですが、計り得たところでは、二メートルの穴の奥で地熱が百四十度ありました。それ以上は計器がこわれて計れないんです」

「なるほど……」

「これは釈迦《しゃか》に説法ですが、ダイナマイトを詰めるには、まず増《まし》ダイを詰めて、親《おや》ダイを詰めて、最後にあんこを詰めてから、導火線に火をつけて逃げて来るでしょう。

ところがそんな余裕はない。やっと親ダイだけを詰めて、急いで点火して逃げ出すんですが、それでも逃げきれずに死傷するんですよ。それで……、最初はダイナマイトを衛生サックに詰めておいて押し込みましたが、次には段ボールに詰めました。段ボール一枚で五度は違うそうで、次には段ボールを二重にしました。最後には誰の発案だったか、竹の皮を削岩《さくがん》の深さだけに削って、それで火薬を包んだ二重の段ボールを巻いたんです。熱の不良導体だとか何とかいう理屈もあるでしょうが、それよりも竹の皮なら滑りがよくて、早く差し込むことが出来るという点を利用したんですよ。——それを差し込むなり、火をつけて逃げて来るんですよ」

「ふーん」

竹中も稲垣も、苦笑した。苦笑するしかないほどのひどさなのだ。——親ダイというのは雷管のついたダイナマイト、増ダイは爆破力増加のための、雷管のつかないダイナマイト、あんこというのは、これらを穴の中に固定するための砂や粘土のことである。

「しかし……、何しろ熱いので、切羽《きりは》へは普通では近づけません。それで六十センチ角ほどの木の樋《とい》を二本奥まで通して、六馬力半のちゃちなブロアー(換気扇)を百メートルごとに置いて、それで空気を出し入れしました。それから六インチのパイプで、冷却水を両側の岩盤に噴出させましたが、それも忽ち水蒸気になって、坑内は濛々《もうもう》とした湯気と、六十度を超すほどの暑さです。それで削岩中の坑夫には、他の坑夫がつきっきりで、頭から水を掛け続け、その水掛け係にまた後ろから水を掛けるのですが、それでも坑内には何分間とはいられないんです。――停電でもあろうものなら、それこそ命からがら一生懸命に走って坑《あな》を逃げ出すんですよ」

話すだけでも林は思い出に興奮するのか、白いハンケチを出しては、頻《しき》りに額の汗を拭《ぬ》ぐっている。

「阿曾原付近はねえ、長大な温泉脈の十字路なんだよ。長野県の葛《くず》温泉から黒部川に入って、南から北へ東谷、仙人谷、鐘釣《かねつり》、黒薙《くろなぎ》と、温泉が一列に並んでいるだろう。黒薙は宇奈月の源泉だ。それから今度は東西に、白山《はくさん》、立山の地獄谷、仙人谷、赤倉と、これも一列に並んでいて、仙人谷温泉、つまり阿曾原付近でクロスしているんだ。だからあのあたりは、どうにもならない高熱岩盤地帯なんだよ。――しかし、今なら耐熱火薬も冷化施設もあるし、それほどの苦労はかけないのだが……」

竹中が、ため息をついて講義した。

「掘削には、ともかくコンプレッサーはありましたがねえ。そんなわけで、一日の掘進はやっと六十センチか七十センチなんですよ。七百メートル掘るのに、一年半以上もかかりましたよ」

「その上に……、黒部は半年は雪だから、山の中に孤立して冬営はしなければならないし……、冬営すると雪崩で皆殺しになるし……」

　稲垣がいった。果てしのない黒部電力残酷物語である。

「そうでした。あの大雪崩だけは忘れられませんよ」

　林は憮然《ぶぜん》といって、下流の山の鼻に目をやった。

「あの山の向こう側の、志合谷《しあい》での出来事ですよ。——だいたい黒三以前は飯場《はんば》は掘立《ほったて》小屋で、その中に荒くれ男がごろごろしているといった状態でしたが、柳河原を建設中の昭和二年の一月に、ダシ大谷で、飯場がアワに襲われまして、一度に三十三人が惨死するといった事件があったりしましたので、黒三の時には冬営にはだいたい地下宿舎を使ったんです。上部軌道の志合谷、折尾谷《おれお》、阿曾原の各横坑などが宿舎になっていたんです。また、志合谷には坑外宿舎もありましたが、横坑から谷の上に出たところに、一部鉄筋を使ったコンクリート四階建の半地下宿舎を設営していたんです」

　林は、追憶するように目を半分閉じた。——アワとは裏日本一帯で使う言葉だが、新雪表層雪崩のことである。古い雪が固まった上に新しい大雪が降って、それが雪崩を起こすもので、雪は中に大量の圧縮された空気を含んでいて、それが爆発すると凄い突風となり、当たるものを何でもぶっ た切って通るのだ。

「それが……、昭和十三年の十二月二十七日のことですが、夜中に突然物凄《ものすご》いアワが襲って来て、コンクリートの雪崩止めの塀を突き破り、あッという間に四階建の建物を、

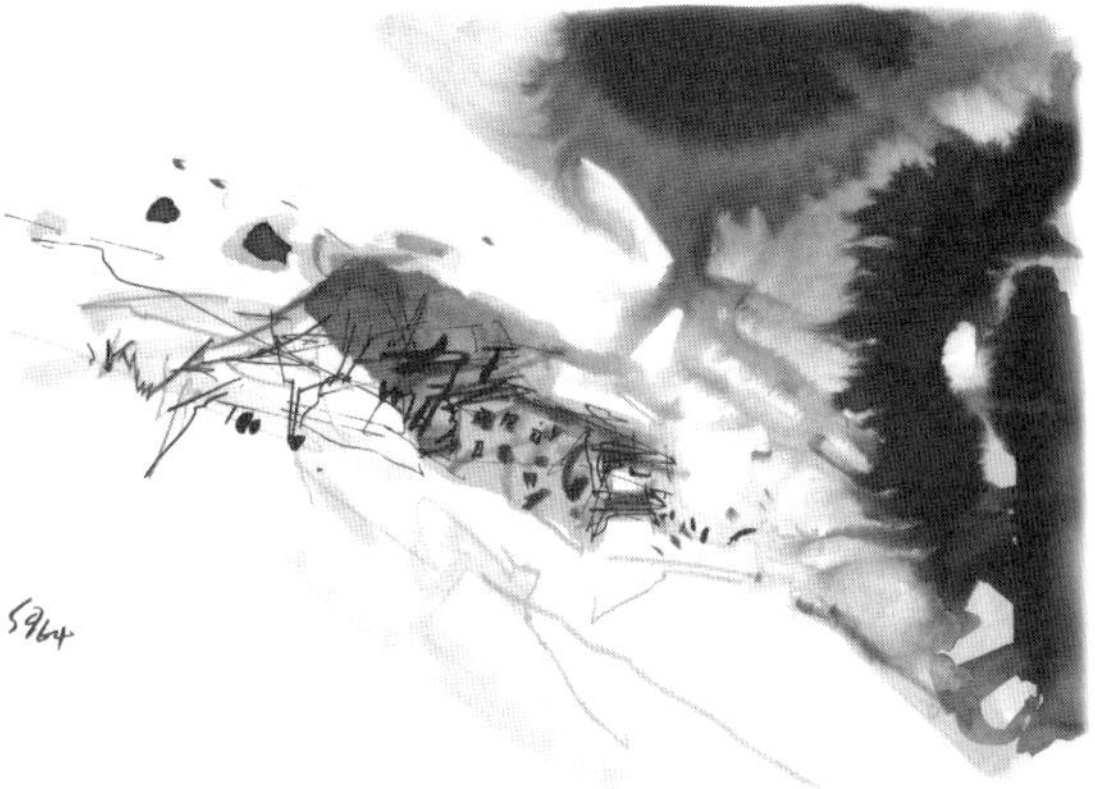

一階の半分ほどでぶった切って、一部は谷底に、一部は対岸に吹き飛ばしてしまったんです。対岸へは百メートル以上もあるでしょうか、死体は翌年の春になって、やっと収容したんですが、ばらばらになって対岸に叩《たた》きつけられて、目もあてられぬ惨状でした」

「…………」

稲垣は無言でうなずくのだが、竹中は目を閉じ眉をぴくぴくさせて、いらだたしさに耐えられない表情である。

「私はその時は、ちょうど欅平まで下っていまして、難をまぬがれたわけですが、推定七十八人は死に、他に何十人か……あるいはそれ以上かが負傷したわけです。――推定というのは、死体がばらばらになっていて判定のつかぬのがあり、さらに今日まで、まだ発見されていない死体もあるはずなんです。そのうえ、労働者登録をせずに、無届けで……もぐり込んで働いていた者も相当いた模様で……今日のように厳正な労務者把握など出来ていなかった時代ですから……正確な死傷者の数字なんか、出るはずもなかったのですが……。とにかく、言葉にも何にも表せぬ地獄絵で……」

「しかし……君ッ！」

竹中が、突然きびしい調子でさえぎった。

「今度はそんなことはさせないよ、絶対に。今度の黒四では、僕が責任を持って、断じてそんな事故は起こさせない！」

むしろ激怒ともいうべき口調で、竹中はいった。今度の黒四工事のこの工区の責任者として、古い黒三の惨禍にまで、竹中は耐えようのない責任感に似たものを感じるのだろうか。

「黒三は、あれは土木工事というものではなかったんだ。あれは戦争の玉砕突撃だったんだ。私の会社では、こんなむごい工事は出来ないと何度も辞退を願い出たが、許されなかった。余りしつこく頼むと、『この非国民めが！』と怒鳴りつけられた。しかし……今度の黒四は、正当な土木工事だ。僕は一人だって犠牲者を出さないように、全力を尽くすのだ！」

「はア――」

「冬営だって、そうだ。そんな前例があるので、労働省はひどくきびしい態度で来ている。しかし、冬営をやらないでは工事はとても進まない。だから絶対にやる。――しかし、どんなに金がかかっても、現代の科学を総動員して、僕は一人の事故もない冬営を実施する覚悟でいるんだ！」

言葉は激しかったが、竹中徳は林庄二に対して、あるいは林の話に対して怒っているのではなかっただろう。いや、その反対に、志合谷の七十八人の尊い霊のために、あるいはその直後の昭和十五年一月に、阿曾原でアワにさらわれた二十六人の霊のために、さらにその後、猫又で同様アワに殉じた二十一人の霊のために、竹中は暴虐な黒部谷と黒部の雪崩そのものに対して、激しい敵愾《てきがい》心をかき立てられているのに違いなかった。

そして、また、それは竹中ひとりだけの決心ではなかった。

「――設備の不備や、対策の手ぬかりで、一人の犠牲者といえども出してもらっては困る。それだけは十二分に注意してもらいたい」

黒四の辞令を渡す時、社長の太田垣がくり返していったのはそれだった。いや太田垣にいわれるまでもなく、竹中だけでなく平井や芳賀にしても、思いはすべて同じその一点だっただろう。

あるいはまた、小うるさい規則ばかり押しつけて来ると迷惑がられる労働省の係官にしても、胸の奥に燃えている火は、彼らと同じ思いそのものなのだ。

現に当時大町労働基準監督署第一課長だった藤沢新作は、最初の大町での黒四工事安全打合会で述べている。

「一個の人間の生命は、地球全体の重さより重いことを真に自覚するところから、一切の安全活動は始まるのだ――」

彼は妻子を東京の実家に帰し、山深い黒四の現場を見回ることに、現実にその青春を捧げたのだ。

「もちろんですよ、竹中さん！」

稲垣が、竹中のきびしい顔をまっすぐに見返していった。

「あなたと同じ気持から、うちの社だって林君を専任安全管理者にしたんですよ。黒三の尊く苦い体験を生かして、今度こそ事故の絶無を期そうと深く誓っているんですよ。お互いに助け合って、何とか犠牲の絶無を期してやりましょうや」

「うん。頼むよ稲垣君、林君！」

「はア」

深い沈黙が来た。工事と人命――三人はそれぞれの立場から、重苦しくその問題に考えふけっているのだろう。ただ押し黙って、冷えてしまった番茶をすすった。

外ではまだ雨が降り続いている。日暮れが迫ったのか、雨に煙ってダム正面に折り重なる仙人山は、利休ねずみから濃い石板色《スレート》に黒ずんで来た。頂上の二つの峰のあいだからは、四、五百メートルもあろう一本の白い細い滝が、ここからは音も聞こえずに落ちている。――いわゆる黒部の八千八谷の一つだろう。雨が晴れて一両日もすれば、なくなってしまう滝なのだ。

「お邪魔をしました。ではまた――」

暫く黙って坐《すわ》っていたが、やがて稲垣と林とは、挨拶して人見平《ひとみだいら》のカマボコ・キャンプに帰って行った。平《たいら》とは名ばかりで、ごつごつした石ころだらけの狭い川岸の斜面なのだ。今夜は地面も雨に濡《ぬ》れそぼって、キャンプの寝心地は、どんなにか、つらいだろう。――竹中は二人の、初老の肩の後ろ姿を見送った。

地の果てから、さらに地のさいはてへ――工事はあすにも始まるのだ。しかも何千人もが何年間もかかって、発電ビルの大洞窟や、延長何十キロにもおよぶ地下の送水トンネルや無数の横坑などを、四、五工区の彼らは生命を賭けて掘り続けるのだ。

――それは大町側の、巨大で壮麗なダムや、歴史的なアルプス・トンネルのような晴れがましい記念碑ではなくて、その大部分が暗いじめじめした、出来上がってしまえば殆ど永久に誰の目にも見られることのない、地下の舞台裏の工事なのだ。

竹中は、栄光のない戦いに部下を追いやる将軍のように、うつろな目で、鈍色《にびいろ》の仙人ダムの雨脚を見続けた。

6 作廊、東谷前線

佐藤工業の本隊が、事務課長の山本良勝と工事課長の能登常一に率いられて仙人谷に乗り込んで来たのは、その月（昭和三十一年七月）の二十日ごろのことだった。

佐藤工業は地元富山県から出た会社で、黒部川の電源開発では初期から主力になっているし、そのほか北陸の電力建設には無数の経験がある。その経験から割り出して、「黒部の建設隊は、若いものでなければ駄目だ」

社の基本方針が、そう決まって、思いきり若手の精鋭で編成していた。それだけに全員が威勢がよくて、笑いが絶えない。

「折角《せっかく》のええ若いもんが、黒四なんかに入ると嫁の来手がなくなるぞ」

道々、先輩連中がからかうと、

「どうせ僕らはチョンガー（独身）やからええが、あんたたちこそ、奥さんに愛想をつかして逃げられんようにして下さいよ」

若い連中も減らず口を叩《たた》く。そしてすぐに声をそろえて笑う。

——所長が専務の中嶋粂次、次長が稲垣、安全管理が林と、このあたりは年配だが、事務課長の山本にしても四十そこそこだし、工事課長の能登は三十の半ばにも達しない。庶務の斎田正晴、経理の岩崎弥三郎、資材の吉田義夫、購買の益井与作、労務の俣本忠孝、冬営庶務の岩崎英雄と、事務系統の主任クラスは一、二を除いてまずまずの年配だが、これが技術者になると導水路の高原浩、黒部ルートの北村守、建築の滝川久雄、計画の内野正澄、機電の佐藤俊郎、調査の丸山三夫と、主任級でも二十代の青年をまじえる若さだ。

面白いのは計画課長の小町谷《こまちや》武司と事務課長代理の多田清二で、多田が陸士五十二期の歩兵少佐、小町谷が一級下の五十三期の大尉で、親友である。小町谷の方は敗戦で軍人がアウトになってから、早稲田の理工学部の土木科に再入学している。

早稲田といえば、課長の能登が東大土木の出であるほかは、内野、佐藤、丸山、それに翌春工事主任としてやって来る篠田拓にしても早大理工学部で、思うに佐藤工業は、若いということと、同志的結束が出来るということを基準に、黒四の各工区の中でも一番山深い僻地《へきち》を担当する自社のスタッフを選んだのだろう。

さて、一行は仙人谷に着いて、先発隊によってダムの百メートルほど下流左岸の人見平に設営されたおんぼろのカマボコ・キャンプに荷物を置くと、すぐに現場視察に出て来た。

「おい小町谷、作廊《さくろう》というのはどの山だ？」

仙人ダムのブリッジに立って、上流を眺めながら多田が聞く。

「ここからは見えないよ。ここから上流へ、黒部川はSの字に曲がっているんだ。そのSの字の、上のふくらみの左の山奥だよ。ここからは直線距離にしても二キロも三キロもあるよ」

小町谷は、重なり合った深い山の向こうを指さしたが、

「おい北村、君だったなあ、——特命の前に調査に来た時に、あんな山の奥で工事させられる馬鹿野郎は、可哀想《かわいそう》に一体どこの社だろうなんていってたのは。——何のことはない、その馬鹿野郎がわれわれだったじゃないか！」

愉快そうに大声で笑った。ワハハハと、一同も爆笑する。


その時、上部軌道の次の列車が着いて、マッチ箱のような小さな車室から、十人余りの作業服の男たちが降りて来た。

「ああ、大成建設の大熊さんだ」

先頭を来るやさがたの中年紳士を見て、小町谷がいった。

「調査に来た時に、宇奈月でお会いしたんだ。何でも米沢藩の名家の出だそうで、古武士のように誠実で温厚な人だよ」

小町谷は私淑《ししゅく》しているのか、

「大熊さーん！」

手を振って嬉しそうに呼びかける。

「いよう、小町谷さんですか。久しぶりでしたなあ。今度はよろしく頼みますよ」

大熊はにこにこと、ダムのブリッジに寄って来た。一しょに下車した十人ほども、川

下のキャンプの方へは行かずに、大熊についてダムに来る。

「ご紹介しておきましょう。うちの黒部出張所の所長で、常務の斎藤房次郎です。それからスタッフの連中です。――こちらは佐藤工業の小町谷さん」

大熊はていねいに、一人々々を佐藤工業の連中に引き合わせる。小町谷は恐縮しながら、これも自社のスタッフを一人々々、大成建設のスタッフに紹介する。

「何しろこんな山奥で、ほかにお隣りというもののない、たった二軒きりのお隣り同士だ。何かとよろしく願いますよ」

長らく関西駐在の常務をしている斎藤は、世馴《よな》れた微笑で佐藤工業の面々に頭を下げた。

「いや、こちらこそよろしくお願いいたします」

元軍人らしい姿勢の正しさで、小町谷は恐縮して、一そう丁重にお辞儀する。

大成建設の黒部のスタッフは、所長が斎藤で、大熊惇《つとむ》が工務部長で新潟支店土木課長を兼ねている。工事部長が岡内甫。工事課長は高島貞夫で、高島の下に課長補佐の堀須三男と、発電所やインクラインや鉄管路などと、係長が七人いる。さらに工務課長久保田伴治、企画課長浅見重夫、建築課長池田稲生《いなお》などが技術陣の首脳で、それぞれ下に何人かの係長級がいる。

事務系統では藤城敏雄が事務課長で、杉山嘉吉が宇奈月連絡所長、ここにも経理だとか労務だとか、やはり何人かの係長がいる。

佐藤工業が作廊から御前沢《ごぜんざわ》のダムサイトめざして二本のトンネルを掘り進めるのに対して、大成建設は発電所、変電所、開閉所と、地下二百メートルに大空洞を掘り上げて、丸ビルの二倍もあるビルを建てるのである。ほかに地下インクラインや、放水路の工事もある。不便や困難の比較は別として、工事の規模では遥かに大がかりだった。それだけにスタッフの人数も多いのだ。

「ところで小町谷さん、多田さん、あんたの方は地元の富山が地盤だからご心配なかろうが、私の方は労働者集めに泣かされそうですよ」

大熊が、苦笑して話す。

「宇奈月で手配をして来たところですが、何しろ黒部と聞いただけで、労働者が、生きては帰れないと恐ろしがって二の足を踏むそうだ。この調子では苦労が絶えそうにありませんよ。私自身にしたって、この谷から無事に出られるかどうか……」

言葉は大げさだが、内心はそうでもないとみえて、大熊は別に暗い表情はしていない。

川ぞいの人見平《ひとみだいら》のキャンプは、その午後も増設が続いていた。関電の前線指令部のキャンプも一つ張られていて、そのほかは大成建設と佐藤工業のキャンプだった。

佐藤のはカマボコ型の米軍兵舎で、大成のは普通型の天幕だった。一つが十坪ほどで、二十人は収容出来る。いずれ劣らぬおんぼろで、大成の場合でいうと、大熊が、「何しろ足りそうにない予算で請負《うけお》うた工事だ。要るところには金は幾らでも出すが、節約出来るところはとことん節約せよ」

そういって米軍払下げの古物を買い集めさせたものだった。ところどころ破れていたので、カンバスを張り、コールタールを塗って補修した。まるでこのあたりの山や川でよく見かける、黒白まだらの黒雲母花崗岩《かこうがん》みたいだった。

大成では企画課の藤田係長、佐藤では多田事務課長代理と、いずれも張り切り男が先頭に立って、設営の指揮にさっそく声をからしている。

その夜は早くキャンプで寝て、翌日からは現地検分が始まる。

第五工区の大成建設が担当するのは、主体は発電所関係の建設で、揚所は東谷にある。東谷というのは、仙人ダムから一キロほど上流の谷で、発電所は黒部本流からは二百メートルほど山に入った、その谷の右岸で、地下約二百メートルのビルである。

発電所を建てる空洞は長さ百二十五メートル、幅二十メートルくらいで、高さは四十メートルもある。十万立方メートルという恐ろしい分量の岩石を掘り取るわけで、その空洞を鉄筋コンクリートで頑丈に巻き立ててから、中に六階建の瀟洒《しょうしゃ》な近代ビルを建てる。

変電所、開閉所の空洞はカギ型になっていて、大きさは発電所とほぼ同じ。ただ、高さが三十メートルとやや低いが、その代わりカギ型の直角の両翼が百メートルずつあるので、掘り取る岩石は十二万立方メートルと、全体としては発電所の空洞よりも大きい。中には五階建のビルが建つ。開閉所というのは超大型のスイッチみたいなもので、電気を切ったり送ったりするところと思えばよい。

ほかにインクラインといって、角度三十四度、斜距離八百十五メートルの地下のケーブルカーと、ほぼ同じ規模の水圧鉄管路をダムサイトの方角に向かって掘り、また新黒三へ水を落とす放水路を構築する。

さて、主工事は発電所関係の地下大空洞の掘り抜きだが、それにはくもの巣よりも複雑な、高低さまざまの無数の横坑が要る。横坑を掘らないでは、第一、空洞を作る地点へ接着出来ないわけだし、仮りに接着できるとしても、掘り取った岩石を運び出すルートがない。

横坑は、だから工事上は極めて重要なもので、国鉄の複線トンネルほどに大きいものまである。が、ビルが出来上がってしまえば、何十キロ掘ってあっても、僅《わず》かの連絡路以外は無用の廃坑になる。——すべて長く暗い、太陽を見ることのない仕事である。

佐藤工業の第四工区は、さらにその奥地である。

大成が掘るインクラインと水圧鉄管路に接続して、そこから御前沢のダムサイトに至る、どちらも約十キロずつの連絡トンネルと水路トンネルの下流側七割の掘削である。

大成の場合は、最初に取り付く横坑の坑口は、仙人ダムのすぐ上流地点と、東谷の本流への合流地点付近との二ヵ所である。東谷側の坑口へは、目下のところ道路はないが、それにしても川沿いに、そう遠くないので、人間だけは何とか行ける。仙人谷側の坑口はもっと便利だ。

しかし佐藤工業の取付口は、東谷横坑口のさらに上流遥かな作廊という山の上で、拠点とすべき地はそこ一ヵ所しかない。仙人ダムからは直線距離にしても二キロほどあり、道なき山道を曲がりくねって進めば、優に三、四キロもあるだろう。

しかも東谷合流点付近の標高が八七〇メートルであるのに対して、作廊は一、三二〇メートルで、比高差は五百メートルに近い。道のない原始林の胸つき坂を、よじ登らなければならないのだ。

しかも、十キロに近いトンネルを掘る場合には、普通は途中の何ヵ所かから横坑を掘って本トンネルのルートに接着し、そこから前後にも掘り進むのだが、黒部では作廊から御前沢まで、すべて人跡未踏である。トンネル・ルートの一、二キロ西側を流れる黒部川にしても、そのあたりは最高の難所、下《しも》の廊下で、何百メートルもの垂直の断崖ばかりが続いていて、川からトンネルに取り付くことなどは思いもよらない。

拠点の作廊に取り付くことさえ容易でないのに、そこから横坑を掘ってやっと本トンネルのルートに接着し、そしてそこから片押しに、延々十キロ近くを掘り進もうというのである。途中で横坑を掘るにしても、それはズリ（爆破された岩石クズ）を最初の坑口まで何キロも逆送するのが不可能に近いので、捨て場を設けるためのものに過ぎない。（一七四ページ「仙人・東谷・作廊要図」参照）

――だが、設計がそうなっている以上は、施工はその通りにするしかない。

「さあ行こうぜ！」

翌朝早く、小町谷の元気な声がかかった。小町谷は作廊前進基地の挺身《ていしん》隊長である。

「ようし、行こう！」

北村や高原の、若い声が威勢よく応じる。一そう若い、まだ高校を出て間のない山本登や竹林勝平や桑原政義は、もう張り切って川岸に出ている。

「水筒を忘れるなよ。作廊には水は一滴もないんだぞ。弁当よりも水が大事なくらいだぞ！」

戦争末期には陸士の区隊長をしていた小町谷が、まるで初めて戦線に出る二等兵をでもさとすように、若い山本たちに注意する。

「はい、大丈夫です」

山本登が元気に答える。山本は富山県立福野高校の農業土木科を出ていて、やっと二十一歳になったばかりの青年である。身体が大きく頑丈なので、人の荷物でも持ちたいくらいである。ハンサムだが従順で温和で、そのくせ人一倍頑張りがきくので人気者である。

一行は十人ほどで、関電の若い技師も一人二人同行している。東谷までは川岸伝いに半時間ほどで来た。さていよいよ、作廊への登りである。

原始林とはいっても、びっしり隙間なく巨木ばかりが並んでいるわけではない。巨木の群生のあいだには、雨の日には『八千八谷』の一つになる細い狭い谷あいもあれば、雑草の繁った草地もある。

小町谷や北村は、以前にも調査に来ているので、ルートを心得ている。一行は谷あいや草地を選んで登る。

よもぎがぎっしりと、胸ほどの高さで繁っている。背丈ほどもあるいたどりが、無気味に折れ曲がった、青い細い腕を伸ばしている。

一行は山刀や登山ナイフで茨《いばら》を切り開きながら、険しい斜面を身体を斜めにして、ジグザグに登る。樹木はみずみずしい緑の葉を持った橅《ぶな》が多くて、中に榀《ねず》（黒檜）や姫小松がまじっている。姫小松というと名前はやさしいが、見上げる大木である。下流に多い橡《とち》の木は、このあたりではごく稀《まれ》で、むっつりと押し黙って、瘤《こぶ》だらけの身体で不機嫌に腕組みして立っている。

「どうだ、そこからこの線を、一気にここまで登ったら？」

「いや、もう少し勾配を緩くしないと、重い資材が上げられんぞ」

小町谷や北村や高原は、始終立ち停まっては声を掛け合う。単なる登山ではなくて、すぐに労働者を使って、資材運搬のルートをこの山肌に刻まねばならないからだ。

「登《のぼる》、そこまで行って立ってみろ」

「竹林はそちらだ、もっと向こうだ！」

そのたびに若い山本や竹林は、岩角につまずき、茨に手を傷つけられながら、標識を持っては走り回らされる。

それでも山頂近い目的の地点まで昼ごろには着いた。登りだけで四時間ほどかかっているようだ。

「この分だと、道さえ出来れば二時間で登れそうだなあ」

小町谷が、北村を見ていった。

「はァ、あんたらロートルには、まァそうでしょうがねえ。——われわれは若いから、一時間もあれば大丈夫だよ。登なんかなら、走ったら半時間くらいで登るよ」

「こいつ！」

小町谷が、こづく真似《まね》をする。

小町谷は年に似合わず頭の髪が薄いので、悪戯《いたずら》っ気の多い北村たちが、よく年より扱いしてからかうのだ。

山本登は高校時代からスポーツ好きで、中でも長距離が得意であった。なるほど走らせれば、道さえあれば三十分ででも登るだろう。——が、労働者たちが荷物を背負って、着実に登るペースを小町谷は考えているのだ。もちろん北村も、それは承知の上でからかっているのである。

「とにかく、検分ばかりしていても仕方がない。あすからさっそく道を付けさせよう。——おい多田、きょう中に労働者はどのくらい入るだろう?」

「まあ百人だなあ。しかし小町谷、労働者がおればさっさと道が付くというわけにはいかんぞ。ここは国立公園で国有林だから、木を一本切るにも、一々営林署の許可がいるんだぞ」

事務屋の多田は、その煩雑《はんざつ》さを思って、今から頭をかかえている。


翌日からは、集まった労働者を総動員して、作廊の山頂までの道つくりが始まった。道つくりといっても、大町側の扇沢や岩小屋沢で芳賀や大塚が指揮してやっているような、ブルドーザーが唸《うな》り、動力ショベルが掻《か》きさらい、ダンプ・トラックが土砂を運び去って行く、あの爽快《そうかい》でスピーディな作業ではない。

この前線には、まだブルドーザーはおろか、ジープ一台も来ていないのだ。たとえ仙人基地まで届いたとしても、それを山上のこの作業現場まで到着させる方法はないのだ。作業はすべてツルハシやショベルを振り回しての、昔ながらの土方工事である。

そのあいだにも、多田やその部下の事務屋たちが走り回って、小町谷や北村たちがチェックした、切り倒すべき木をメモして行く。それを営林署に届け、許可のあった木には係官に刻印を打ってもらって、それからやっと切り倒すのだ。切ったものにはまた刻印をもらい、資材として使うものは更に手続きして払い下げを受ける。

「こんな少ない人数では、とても能率が上がらんじゃないか！　もっとどしどし労働者を入れるようにしてくれよ」

何日かを、こんな慢々的《マンマンデー》なやり方を辛棒《しんぼう》して続けていると、現場の実情を見ていない監督の関電の技師たちは、声を荒くして命令してくるようになる。また若い北村や高原らも、辛棒し切れなくなって怒鳴り込んでくる。

「多田さん、どしどし手続きを進めてくれんことには、工事が全くはかどらんですよ。あんたら、大分《だいぶん》たるんどるんじゃないですか！」

多田は課員たちに、

「事務屋は潤滑油なんや。現場が働きやすいように、お膳立てをするのが俺たちの仕事なんや。現場は気が立って、手荒いことをいい出すが、俺たちが怒ってはおしまいや。どんなに腹の立ついいつけでも、にこにこ笑うて走ってくれよ」

頼むようにいうのだが、こう毎日せつかれては、その多田自身さえ神経が参りそうになる。

それは大成建設の方も同じだった。佐藤工業が作廊への山道を付けている同じ時に、大成建設は仙人谷から東谷までの、二車線くらいの大道路の建設にかかっていた。

つまり、道路についていうと、人見平のキャンプから仙人ダムの既設のブリッジを渡って、そこから東谷までの建設が大成の担当で、佐藤工業はそこから先、作廊の自分の工区までの山道づくりをしているのだ。大成の道路が出来ないと、佐藤のつくる山道は効果が生まれないわけだ。

その大成の方では、

「部長、きょうは労働者が九十六人はいりましたが、そのうち十七人は、キャンプからすぐ行李《こうり》をかついで帰ってしまいました」

労務の担当者が青くなって、工務部長の大熊惇に告げに来る。

「なぜなんだ?」

「こんなところはかなわんというんです。工事現場は断崖絶壁やし、宿舎といえばおんぼろの天幕やし……とても命が持たんというんです」

「馬鹿いうな、早う呼び戻せ!」

大熊が最初から憂慮していた通り、そんないやなことが毎日のように続くのだ。大熊といえども、いらだたしさに大抵は参る。

しかし、そんな悪条件の中でも、大成にしても佐藤にしても、しなければならない仕事は山ほどあった。

坑口へ取り付くために、道路づくりは急がねばならないし、道路だけでなく、資材を運ぶための軽便索道もつけなければならない。

工事を進めるためには、動力源としての電気が要る。ここは電気の『製造元』で、黒三や黒二その他の発電所からは、巨大な量の電力が阪神地方へ送り出されているわけだが、それは高圧の電気で、そのまま実地に使えるというものではない。だから工事用の変電所が要るわけで、それも東谷の一角に急いで建設しなければならない。

それらの工事のためには、ブルドーザーやパワー・ショベルや、コンプレッサーやダンプ・トラックや、やがてはトンネル掘りが本格化する日のためにジャンボーも要るのだが、そのどの一つにしても、『そのままの形』では、ここへは運び込めない。

なぜかというと、宇奈月から欅平《けやきだいら》までは関電の黒部鉄道（下部軌道）に積んで来るのだが、その鉄道というのが小さいのである。

その軌道は昭和二十八年からは地方鉄道法の適用を受けて、一般の観光客も乗せるようになっているが、それまでは工事専用の輸送機関だった。その頃は無理に頼み込んで乗せてもらおうとすると、切符には『生命の安全は保証せず』と印刷してあった。軌道の幅が〇・七六二メートルで、これは地方鉄道法の規定の中でも、一番狭いゲージである。

東海道新幹線のような、国際標準ゲージの一・四三五メートルと比べると半分以下で、一般の国鉄や私鉄の一・〇六七に比べても、三分の二ほどという狭い軌道である。

だから貨車も客車も小さく、まるで遊園地のお猿の電車みたいな可愛らしい電車で、それが垂直に近い黒部川の断崖を削った六十メートルほどの中腹《ちゅうふく》を、川に沿い山ひだに沿って曲がりくねって進むのだから、時速にしても改良を重ねた現在でさえも十六キロくらいで、何ほどの輸送力もない。

ダンプやジャンボーなどの巨大な土木機械は、まずここで最初の制約を受ける。スピードはともかくとして、車輛自体が小さいのだから、それからはみ出るものは積めないわけだ。国鉄の貨車と富山地鉄で宇奈月までは運んで来たにしても、そのままで下部軌道に積めるとは決まらない。——当然大き過ぎる機械は、積み込み可能なように、二つにも三つにも切るしかない。

次の段階では、もっと大きな制約が待っている。それは欅平の、例の二百メートルの地下の大エレベーターである。

エレベーターのタテ坑の直径が五・五メートルで、それを二つに仕切って一方を貨物用にしてあるということは、一切の工具や資材の大きさが、貨物エレベーターの寸法によって制約されるということである。ブルもショベルもコンプレッサーも、すべてバラバラの部品に分解され、その部品でさえもなお大き過ぎるというので、二つに切り三つに切って、やっと上部軌道まで上げるのである。そうしてやっと、仙人谷の基地に届くのである。

さて、切ったものは継がなければならないし、分解したものは組み立てねばならない。

「おい、このブルは、肝心のエンジンがないぞ！」

「ショベルのバケットの三分の一が、どこかへ行ったぞ！」

にわか造りの熔接・組立工場では、技師も工員もふらふらである。積荷《つみに》は宇奈月や欅平に分駐している係員が整理して、なるべく順序よく運んで来ることになっているのだが、何しろ莫大《ばくだい》な量である上に、軌道やエレベーターは資材だけでなく増員されてくる労働者も運ばねばならない。戦場そのままの忙しさなので、一貨車分がごっそり何処《どこ》かへまぎれ込んでしまうといったこともなくはない。――その都度、組み立てはすべてストップなのだ。

仕事はまだまだある。毎日のように何十人と増員されて来る労働者のためのキャンプの増設、雪に備えて、冬営宿舎にする上部軌道の横坑の整備、監督官庁への交渉――と、事務も現場も、気ばかりあせる毎日である。

――すべては、雪が来るまでの勝負であった。雪が来るまでに、つけるべき道はつけ、掘り始めるべきトンネルは掘り始めておかないと、冬の間の工事が出来ない。黒部では一年の半分近くが冬だから、冬の季節を無駄にすると、工事は工期の通りには仕上がらない。

一方では準備工事に追われながら、八月の初めには、東谷と作廊の山上とで、もうトンネル掘りが始まっていた。同じころに大町の岩小屋沢で始まった関電トンネルの、近代工法による快調な掘削とは打って変わって、青の洞門さながらの、ノミとツチによる難儀な工事であった。

大成がやっている仙人ダムから東谷までの道路も、佐藤工業がやっている東谷から作廊山上への山道も、八月中にはまだ出来上がってはいなかったが、それでもどうにか人間が歩けるくらいには開かれていた。

一方、東谷から作廊山上へは、資材運搬用のトラムウェー（ロープウェー）が、別の専門業者の手で建設されつつあった。五百メートル近い比高差を歩いて運ぶのでは、能率があがらないので、急いで取り付けている、斜距離八百六十メートルの空中索道である。が、今はまだ歩いて登るしかない。小町谷が最初に予想した通り、仙人―東谷間は約二十分、東谷―作廊の山道は二時間ほどかかった。技師も労働者も、弁当と水筒を持って、片道二時間半の道のりを、人見平から毎日通った。往復では、現場への通勤時間だけで五時間になる。時間も時間だが、険しい坂道のことだし、これでは通勤だけで大変な労働だ。

「頼むから、板の一枚でも、ショベルの一つでも、登る時にはついでに担いで行ってくれよ。工事をするにも資材がなくて困っているんだ」

小町谷が、技師や労働者や事務の連中の一人一人にまで、懇願するようにいう。

「しかし小町谷さん、こんなことしてたら能率はゼロや。何とか山の上で宿営して、往復の時間も全部、工事一本にしぼり込まんといかん」

　若い北村たちがいう。

「第一、雪が降り始めたら、こんな山道は絶対に通えないですよ。どうするつもりですか？」

「俺もそれを考えているんだ」

　小町谷は、頭をかかえる。

「冬営は一応、上部軌道の横坑という予定だったんだが、大熊さんと相談したところ、大成の人数だけで一杯になるというんだ。それに俺たちの方は、君のいう通り、仙人谷からではとても通えそうにない。いっそ馬力をかけてこの横坑を思い切り掘り進めて、このまま作廊の山の上の横坑で、千早《ちはや》城か赤坂城みたいに、冬のあいだ中、孤立して、籠城してしまおうかと思うんだ」

「それがいい、絶対にそれですよ！」

「しかし……、下界へは一冬中、下りられないんだぞ。南極探険隊に匹敵するような、大変なことになるんだぞ」

　小町谷は、きびしくいった。

「いいですよ、頑張りゃいいんだ。――それに、秋までにはトラムウェーが出来るし、山上にはヘリポートを作ればいい。千早城や雲南守備隊よりは恵まれているよ。やりましょうや！」

「うん、やるか！」

「千三百二十円のお正月だ。人跡未踏の黒部の山奥で、前人未到の冬越しだ。こたえられんぞ！」

その若さの元気が、やがて作廊前線の冬営を支えるものになったといっていい。千三百二十円というのは、一、三二〇メートルのことで、作廊基地の標高である。土木屋たちは一般にメートルを円というのだ。

「しかし……水がないぞ」

「水は引けばいいです。おい、山本ッ！」

気の早い北村はもう山本登を呼んで、上流のタル沢から尾根伝いに、パイプで水を引く実測を命じる。山本登は、すぐに労働者を連れて、出かけて行く。

北村の指揮で、山本登と竹林勝平と桑原政義とが担当して、やがてタル沢の上流から、仮工事として四分の三インチのゴムホースで水を引いて来ることになった。

作廊とタル沢は、地図の上ではすぐ近くだが、曲がりくねって進むので延長は三キロにもなる。その三キロの原始林を三地区に分けて、三人がそれぞれ十数人の労働者を使って、ゴムホースを引くのである。木の枝に縛りつけたり岩と岩の間を這《は》わせたりして、ホースは延々と険しい山肌を伝う。

「竹林が身体が悪いようです。宇奈月か欅平の診療所まで、下ろしてやって下さい」

工事がまだ半分も進まないある日、山本が北村にいって来た。

「病気か。病気なら仕方がないが――しかし代わりの人間は、ないんだぞ」

「僕がやります。僕が一人で二地区受け持って、竹林の分もやりますから」

山本と竹林は、高校の同級生だった。頑張り屋の山本は、病気のクラスメートの分まで引き受けて、一人で二人分の険しい山道を走り歩いて指図するというのだ。

「それならお前に任せるが……、引き受けた以上は、本給水の工事も二人分受け持つなあ」

「はい、引き受けます」

やがて仮工事を完成して、水はゴムホースを伝って、タル沢から直接作廊基地に届くようになった。基地では凱歌《がいか》があがって、間もなく仙人谷はベース・キャンプにして、小町谷を隊長に、北村たち作業隊は、狭く険しく、平地とて全くない作廊に前進キャンプを張った。

だが、給水作業はそれからが本工事だった。枝に吊るしたゴムホースなどでは、冬は凍結したり雪崩にさらわれたりで、何の役にも立たないことは判り切っている。

ほぼ同じコースだが、地面を一メートルほど掘って、二インチのポリパイプを埋めるのだ。区間は断崖の連続だから、一々ダイナマイトをかけて爆破しては埋めねばならないのだが、爆破の瞬間には、退避するのが大変だった。

普通は一メートルくらいの導火線で、百三十秒ほどで燃えるのだが、それを二メートルに延ばした。二百六十秒――つまり四分余りの間に七、八十メートルを退避するのだが、険しい黒部の原始林なので、それが容易なことでない。

何回も死ぬような思いをして、やっと給水の本工事が完成した。

その給水工事が完成して間もない或《あ》る朝だった。ポリパイプの水道から湧き出て来る、澄み切った冷たい水で顔を洗っていた北村が、突然大声で叫んだ。

「うわーッ、来てみろ、素晴らしい景色だぞッ！」

小町谷が、高原が、山本が、走り出て来て北村に並んだ。

「うわーッ、アルプス全部が一目《ひとめ》だ！」

若い山本が、歓声をあげた。

――正面にはそびえ立つ剱岳《つるぎだけ》があって、首をめぐらせると、遠く立山連峰と後立山連峰の峰々が手に取るようにくっきりと見えた。霧のような雲が、峰から峰へと絶え間なく速い速度で流れていて、下を見ると黒部川の下の廊下の激流が、遥かに遠く、白い牙を見せて躍っていた。それは壮大で優美で、神秘でさえある眺めだった。

「水も来たし、機械も来始めた。どうやらキャンプも落ち着いたんだ。俺たちも人間らしく、綺麗《きれい》な景色を見れば綺麗だと思えるようになったんだなァ」

小町谷が、感慨深げにいった。

すでに九月であった。——見はるかす風景は、もう秋のものなのだ。麓《ふもと》では木々が青青と繋っているけれど、頂上近くはすでに黄ばんでいて、白い冬が迫るのを告げていた。

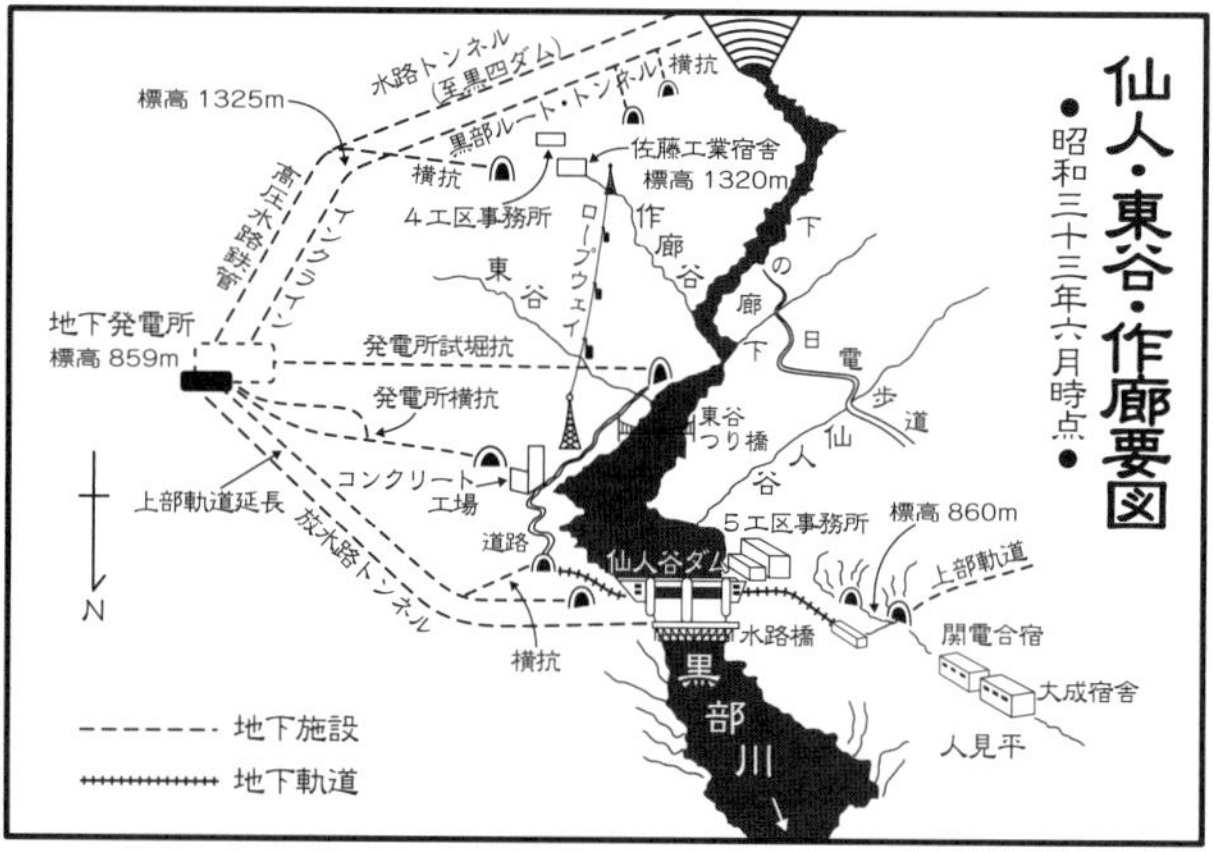
仙人・東谷・作廊要図
●昭和三十三年六月時点●
水路トンネル
（至黒四ダム）
黒部ルート・トンネル
横抗
標高 1325m
佐藤工業宿舎
標高 1320m
横抗
4工区事務所
高圧水路鉄管
インクライン
ロープウェイ
作廊谷
東谷
下の廊下
日電歩道
地下発電所
標高 859m
発電所試堀抗
発電所横抗
東谷つり橋
仙人谷
コンクリート工場
上部軌道延長
放水路トンネル
道路
5工区事務所
標高 860m
仙人谷ダム
上部軌道
水路橋
関電合宿
大成宿舎
人見平
横抗
黒部川
N
地下施設
地下軌道

※工事最盛期の状況

7 白い大敵

十月二十七日、作廊《さくろう》前線には初雪が降った。それは例年になく早い初雪で、一メートル近くも降り積もった。

人見平ではそれほどではなかったけれど、ダムも黒い天幕のキャンプも、一面にうっすらと化粧をした。見上げる北アルプスの山々も、一夜のうちに変貌して、目が痛いほどの銀白に輝いている。

「さあ、いよいよ冬だ！」

「いよいよ来年の四月まで、冬営だぞ！」

人里離れたといっても、全く何の誇張もなく、人間社会からは遠く離れてしまっている、この山頂のキャンプでは、朝は身体が凍りつくほどに寒かった。けれども、北国の富山に生まれ育って、子供の時から雪には馴《な》れ切っている佐藤工業の挺身《ていしん》隊員たちは、孤立した作廊の山上で、一そうの闘志に腕をさすった。

「じゃんじゃん能率をあげて横坑を掘るんだ。雪が来てしもうては、もういつまでもは、キャンプにはおられんぞ」

「食糧も資材も、いまのうちにどんどん上げておけ。水もタンクに汲《く》み貯めておけ。ポリパイプの水道も、いつ破裂するか判らんからなァ」

基地は色めき立って、すでに狭い山頂のキャンプにひしめいていた三百人ほどの技師や労働者が、冬営準備と工事の二手に分かれて、必死の突貫作業を始めた。

トラムウェーは、すでに二週間余り前の十月十一日には開通していた。ポータブル・コンプレッサーも組み立てを終わり、ピオニヤ掘削機も何台か着いて、工事は青の洞門から、どうやら昭和初期の工法ぐらいまでには前進していた。やがて分解したジャンボーの到着を待つばかりである。

「支保工が足らんぞ。鉄と木材をどしどし上げてくれ！」

「火薬を上げてくれんと掘削が進まんぞ。それに、ズリ出しのトロッコ用のレールを、もっと送れ！」

そんな催促が、前線の小町谷や北村から、仙人谷のベース・キャンプにいる多田のもとにひっきりなしに届く。そのたびに多田は宇奈月と欅平《けやきだいら》の駐在員に連絡して、貨車ぐりを都合してはいわれた資材を運び上げる。

貨車は宇奈月から、二十輛編成でひっきりなしに登って来る。欅平には林庄二が駐在していて、資材をエレベーターで上げ、上部軌道のレールに移して、仙人谷から東谷まては、数少ないトラックや人間の肩で運ぶのだ。

大成建設がやっている東谷への道路も、すでに九分通りは完成していた。貨物はその道路を通って東谷に来て、そこから開通したばかりのトラムウェーで空中を作廊に吊り上げられて行く。

トラムウェーは貨物専用で、人間の乗ることは許されていなかったが、気の立った作廊の連中は頓着がなく、どしどしトラムウェーを利用する。そのために能率は急激に上がるのだが、危険なので稲垣や事務課長の山本良勝などははらはらしている。

「そんなに鉄や木材ばかり上げて、一体どこに置場があるんだといって、上では怒っていますよ」

資材上げの能率がよくなりすぎると、狭い山頂は横坑の中まで満員になって、今度はトラムウェーに乗った連絡員が、逆の文句を持って多田にどなり込んで来る。


だが、雪はそのまま降り続いたわけではなかった。

何日か晴天が続くと、雪は消えて谷間には晩秋が戻って来る。

秋の黒部の景観は、縦に三段構えなのだった。高い山々の頂上近くが紅葉し始めるころには、中腹はまだ黄ばんだ程度で、谷底近くは青葉だった。それが次第に紅葉が麓《ふもと》にさがって来て、今は中腹から上は、葉を落としつくした、裸の木々が寒そうに風にふるえている。

雪の消えたあいだは、大成建設の道路部隊が馬力をかける番だ。

工事全体が大掛りなので、大成のキャンプは、十月下旬にはもう千人からにふくれていた。

道路工事に三百人、十一月中旬の完成をめざして、最後の突貫作業をしている。

工事用変電所に百五十人。東谷側と仙人谷側の二つの横坑掘削に二百五十人、放水路トンネルに百人。それともう一つ、東谷を渡った上流地点に、『発電所試掘坑』という小さな導坑を掘っていて、これにも何十人か。

発電所試掘坑というのは、発電所の『地下ビル』建設に備えて、その地点の地質なんかを確かめるために、最も早く到着しようとしているルートで、大成が乗り込む前から小さな業者が掘り進めていたのを、乗り込みとともに引き継いだものである。

ほかに冬営に備えて、上部軌道の志合谷《しあい》の横坑などを、二百人ほどが整備していた。横坑の極端にいえば、きのうまでは人間など影さえなかったこの奥山に、きょうは突然、千人からの大聚落《しゅうらく》が出現したのだ。この人たちに、食わさねばならない。また泊る支度もして上げねばならない。それも、岩石のむき出しのままのトンネルに寝させるのではなくて、トンネルの中に木造の家屋を建て並べねばならないのである。労働当局の監督がきびしいので、温度も湿度も人間の生活に『快適』なようにしなければならないし、火事やガス中毒の恐れがあるので、燃料は一切使えない規則だ。すべて電気による換気、暖房、炊事である。

が、大成だけでなく、佐藤も作廊で準備を進めているのだが、労働省は黒部の冬営には、基本的には「反対」で、まだ許可はおりていない。

　そのうちにも、雪はやんだかと思うとまた降り続く日がやって来る。すると労働者の中から、脱落者が次第にふえるのである。大成建設の工務部長であり、実質的には斎藤所長の代行者である大熊惇は、頭を痛め続けていた。

（これはいけない。こんな粗末な生活環境では、何年もかかる難工事を、とてもやり遂げることは出来ない！）

　目の回るいそがしさの中だったが、慎重な大熊は、二年先、三年先のことを考えた。

（こんなキャンプ暮らしでは、労働者の落ち着かないのは無理がない。労働者ばかりでなく、社員たちも参ってしまうだろうし、第一、俺自身にしても、間もなくへばってしまうだろう。この冬だけは横坑暮らしもやむを得ないが、毎年々々というわけには行くまい。――何とか環境を快適にして、生活に不安や不便のないようにしなければ……）

　それにはどうすればいいだろう？　大熊は毎日のように考え続けていたが、ある日、宇奈月へ行っていた斎藤が帰って来たので、思い切って相談を持ちかけた。

「斎藤さん、労働者たちが居付《いつ》かないのはご存じの通りなんですが、私自身も考えてみて、『それはもっともだ』と思うようになったんです。――こんな、娯楽も何もない……それどころか『生活』というものさえない、孤立した山奥で、冬は半年も雪に閉じこめられて、しかも危険極まる断崖や、深い坑《あな》の底で仕事をさせようというんです。それがこんな粗末なキャンプや、トンネルのねぐらでは、どうしても駄目だと思うんです」

大熊はいった。

「それはその通りだね。きょうも宇奈月に関電の平井さんが大町から来ていて……俺は平井さんと竹中さんに、叱られて来たよ。関電では毎日、のぼって来る労働者と、帰ってしまう労働者との数字を宇奈月でチェックしているんだそうだ。こんなに労働者の離脱の多いのは、何か根本的な欠陥があるはずだというんだ。しっかり労働管理をして、労働力を確保してもらわねば困るというて、ひどく叱られたよ」

大熊は大きくうなずいて、膝《ひざ》を進めた。

「それはみんな、生活環境の悪さから来ているんですよ。少なくとも衣食住だけは快適な生活を与え、テレビやなんか、娯楽設備も整えないと、四年五年と続くだろうこの難工事は、乗り切れませんよ」

「たしかにそうだ。で、君ならどうする?」

「世界の土建史に、前例がないと思いますが、すごく豪華な宿舎を建てたらどうですか?」

大熊は、斎藤の目を睨《にら》むように見つめて、いった。

「昔の飯場《はんば》といった概念とはおよそ遠い、公団アパート級の五階六階の鉄筋コンクリートのビルを建てるんですよ。もちろん暖房もエア・コンディショニングも完備するんです。食堂も風呂も娯楽室も清潔で完備したものにして、濡《ぬ》れた作業衣などはすぐに乾く、電気乾燥室などもつくるんです」

「だが……宿舎は工事場では仮設備なんだから、工事が終われば撤去しないといけないんだよ」

斎藤は、大熊の覚悟を試すようにいった。

「いいじゃないですか撤去したって。――どうせうちの社だけでも、五十億、六十億とかかる工事になるでしょう。ビルは何千万円か、悪くすると億という金がかかるかも知れませんが、工事の全体を考えた時には、十分その値打ちがあるんじゃないですか？――完備した合宿で士気を高め、能率をあげることが出来れば、仮に一億円かけたビルを工事完了後にこわしてしまうにしても、そんな金ぐらい安いもんじゃないですか！」

もともと痩せぎすな大熊だが、黒部にはいってからは責任感と過労とで、げっそり頬が落ちて来ている。その骨と皮ばかりみたいな青白い顔を一そう青くして、大熊は詰めよるようにいうのだ。その金額は、平成何年かの現代でならそう高額にも思われないかも知れないが、三十何年も昔の金額としては、目をむくほどのものであった。

「有難う――」

斎藤は落着いて、微笑を顔いっぱいに拡がらせていった。

「俺も実は、そう考え続けていたんだよ。きょうも平井さんと竹中さんに、そのことで予算やなんかを談じ込んで来たんだ。君が大局を考えて、そう進言してくれたのはわが

いねえ」
も着工出来るように、設計と見積もりと、それから場所の見当とをつけといてもらいた
「うん、まだOKじゃないが、大体みな賛成のようなんだ。来春雪が消えたらすぐにで
大熊はせき込んで、たずねる。
「で、相談の結果は？」
意を得たりだよ」

「しかし……、問題はまず、目の前のから片付けて行こう」
合宿ビルの話がひとわたり終わると、斎藤がいった。
「目先のその……労働者の離脱の問題だが……、とりあえずの対策はどうするかね？」
「環境の良化といったところで、もう今年はどうにもなりませんしねえ。とりあえず今
年は、金で行くしかないと思っているんです」
「というと……？」
「これから冬営の始まるまで、このキャンプのままの生活で、十日いてくれた者には一
日百円、二十日いてくれたものには一日二百円、三十日いた者には一日三百円といった
具合に、奨励の割増金をつけようかと思うんです。金よりほかに、何も酬《むく》いるものがあ
りませんからねえ」

「なるほど――」

　斎藤も、苦笑してうなずいた。

「まあ、予算の方は、所長によろしくお願いします」

「それは引き受ける。関電にもウンといわせるよ」

　所長である斎藤常務は、そういってやっと冷たくなった渋茶をすすった。

「まあ当面の問題は私たちで何とか切り抜けますが……、ところで所長、冬営の当局の許可は大丈夫なんですかねえ。まだ何が、ひっかかっているんです？　どんな手を打っているんです？」

　それが一切の出発点であった。どんなに完璧な冬営準備をしても、当局の許可がなければ実施は出来ないのだ。大熊は、一番不安な点をたずねた。

「大丈夫かといわれると困るが……、関電では、電力の需給計画を基礎に、太田垣さんや森さんや芦原さんたちが、通産省にも労働省にも十分話してくれているようだ。なんにしても黒四が三十五年中に一部でも動き出さないことには、京阪神地帯の電力バランスが、産業の振興による需要の成長に追いつかないんだから……関電としては真剣なわけだよ」

「で、反対論もあるんですか？　あるとすれば、その要点は？」

「やはり『安全』ということだよ。黒三の志合谷の雪崩をはじめ、黒部の電力開発は、

これまで、余りにも人間の犠牲が多かった。もちろん墜落事故や落盤や発破の事故もあるが、大きいのはすべて、冬季の雪による事故だ。寒さも寒さだが、雪崩とアワの惨害が目立って大きい。——黒三は戦争という特別の時代で、これはまあ別格として、同じように雪の事故が予想される状態の中で、冬営はどうしても許せないという意見が、労働省の一部には確かに強くあるんだ。——それに、坑内生活の不衛生と不健康——」

「でも……現在の技術でなら、黒部のアワにも十分耐え得る施設が出来るんじゃないですか。坑内生活にしても、エア・コンディショニングを完全にした上で、太陽灯なども活用し、医者にも栄養士にも常駐してもらえば、必ずしも不健康とはいえないんじゃないですか。われわれは責任を持って、それを良心的にやり遂げますよ！」

大熊は、まるで斎藤が労働省の高官ででもあるかのように、熱心に弁じ立てる。

「君のいう通りだよ」

斎藤は、苦笑しながらうなずいた。しかし、苦笑さえもがすぐに消えて、斎藤も真剣そのものの表情である。

「電力の需給バランスなどは、われわれにはよく判らんが、ともかく電力の需要というものは、毎年十パーセント以上も伸びるものだそうだ。しかも今年（三十一年）は神武景気などといわれて、工場の設備などもどこでも恐ろしいほど拡張されている。これからさき何年かは、恐らくは電力需要も飛躍的に伸びるだろう。国家全体の成長率も、年十パーセントはおろか、十何パーセントにもなるだろう。それを各電力会社は、五年先、十年先について精密に計算して、それにもとづいて電力の開発計画を立てるわけだ。黒四ももちろんその枠の中にあって、昭和三十五年の一部発電、三十八年の全部発電が完成されないと、関電のバランスは崩れるのだ。そういうことは、政府は十分知っているばかりでなく、政府自身としても達成させなければならん目標なんだ」

大熊は何度もうなずいた。斎藤は話を続ける。

「その上に……、これは株式会社の『家庭の事情』というものだが……、君自身にして

も、株式会社の一幹部だからよく判るだろうが……、関電も株式会社で、黒四には利子のつく金で設備投資しているわけなんだ。政府事業のように、要るだけの金を税金で取って、気楽にやっている仕事じゃないんだ。――ということは、何年後と定めた時には工事が完了して、そこから商品である『電力』が産み出されないと困るんだ。――設備には金がかかっていて、その金には工事中といえども利子を払い続けているんだ。のんべんだらりと工事が延びて、いつまでも資金が寝て、おまけに利子まで払うのでは、今度は会社としての経営のバランスが成り立たないわけだ」

大熊は、またうなずいた。

「その計算から、うちの仕事でいえば、発電所のビル完成が三十四年夏、変電所、開閉所が三十四年末、インクラインの斜坑は三十三年夏という具合に、工期がきめられているだろう。よその社の仕事だが、ダムは一部湛水《たんすい》可能が三十五年夏、黒部ルート開通は三十四年初めというようにきめられている。それらの工期がぴたりと合ってこそ、初めて三十五年中の一部発電が実現されるんだ。そして電力の供給が需要の成長に追いつき、会社としての関電も、経営のバランスが合うことになるんだ……」

「よく判ります」

「だから……、工期はどうしても守らないと困るし、またそのためには、冬営工事はぜひともするしかないんだ。当局には、どうしても諒解《りょうかい》してもらわなければならないし、またその責任上、君たちも絶対に注意して、事故は絶無を期してもらわなければならないんだ」

「それはもう、おっしゃるまでもなく……」

「やはり、現場に密着したものの意見が尊いから、君にもいずれ東京へ行って、労働省にも話してもらうことになるだろうが、それには正確な資料と周到な計画案の提示が何より大事だ。頼むよ」

「はあ、大丈夫ですよ」

冬営は、許可があるかどうかではなく、どうしても許可を取らねばならないことなのだと、大熊は心の中で、大きなうなずきをうなずいた。

雪の来るのは早かったが、本格的な積雪期に入るのは、この年は遅かった。

中央での監督官庁への運動に並行して、現地では冬営準備が、しゃにむに続けられていた。貯蔵する食糧や資材の運搬のためには、地元のボッカはもちろん、富士山の強力《ごうりき》までがかり集められた。

関電側の代表者である平井所長や芳賀、竹中の両次長らはもちろん、大成建設の大熊や、佐藤工業の山本良勝らも、何度も東京に出て労働省に陳情した。大熊や山本は、そのたびに厖大《ぼうだい》な提出書類の作製に泣かされた。

地元富山県の選出である松村謙三代議士なども、事業の国家的な重大性を思って、当局への諒解工作に骨を折ってくれた。

労働省側からは何度も調査官がやって来た。そして雪が降り積むぎりぎりの頃になって、やっと大臣決裁のかたちで冬営許可がおりた。

『火の用心に注意、特に漏電事故のないよう、電気設備に注意すること。従業員の栄養に留意、特にビタミン不足等を来《き》たさないこと。空気調節に意を用い、殺菌灯、太陽灯を活用すること。照明には蛍光灯を用い、臭気を宿舎内に生じないため便所は水洗式とすること。炊事、暖房にも、電力のほかは一切重油、ガス、木炭等の燃料は使わないこと』

そのほか多くの厳重な条件がつけられた。すべて事故を絶無にし、特に人間の生命と健康を守ろうという、監督当局の強い決意を示すものであった。

冬営は、奥山深い四、五工区のみでなく、町に近い大町側の、ダムを担当する一工区の間《はざま》組、関電トンネルの三工区の熊谷組でも行なわれた。ダム地点の越冬は、気象、積雪の調査が主で、人数も五十人ほどで、さして多くはなかった。

しかし、ここは、万一の場合の『脱出』の道がなく、その点が心配だった。

関電トンネルの越冬は大町側だから、まさかの場合にも大町市街との連絡は可能なわけで、ダム地点ほどの心配はなかった。この二ヵ所はどちらも坑内生活ではなく、雪崩の恐れのない場所を選んで、仮宿舎を建て並べるのである。

やはり問題は、四、五工区の『穴居《けっきょ》』だった。作廊の佐藤工業の横坑には約二百人、志合谷の大成建設の横坑には二百三十人ほどが籠城することになっている。身体の悪いものや、家庭的に長期の籠城の無理なものは、やめてくれ。

「いや、遠慮なく申し出てくれ」

責任者がそう方針を示して、厳重なレントゲン検査や身上調査の上で、越冬部隊は決定された。不適格なものは、志望しても下山させられた。

十一月の末になると、大成建設が担当した例の仙人谷―東谷の道路も、東谷の工事用変電所も完成していた。

しかし、横坑内の宿舎にする『家屋』と、その内部施設は容易に出来上がらない。『横坑内』とはいっても、きちんとした木造の長屋で、作廊には二階建のものまである。

作廊のキャンプには、既に雪が重く降り積もって、寒い苦しい日々が、山頂の挺身部隊に続いていた。

「頑張れ、もう何日かの辛抱で『坑《あな》』に入れるぞ！」

自分も身体をこわしていたが、小町谷は歯をくいしばって全員を励まし続けた。

苦しいのは、技術部隊ばかりではなかった。

仙人谷を本拠に、欅平や宇奈月に分駐する事務職員にも、苦闘の日々が続いていた。

下部軌道はまだいいとして、欅平の『地下エレベーター』と、貧弱な『上部軌道』がネックになって、食糧や資材の輸送は思う通りには捗《はかど》らないのだ。

冬営は物好きにするのではなく、工事を進めるためのやむを得ない『籠城』なのだ。十二月から翌年四月までの冬営中に、佐藤工業では作廊から横坑を掘り進めて、一つは水路トンネルまでたどりつき、一つは黒部ルートの本トンネルに取りついて、さらに千二百メートルを掘り進める予定である。

大成も東谷側と仙人谷側から掘っている二つの横坑を、冬中には結びつけてしまう計画である。そのためには食糧もいるし、資材も工具も要る。その輸送に、事務職員たちは寝る間もない。

軌道も地下エレベーターも、深夜まで動かした。それらが停止した後も、荷さばきや翌日の計画で、横になるのは二時にも三時にもなる。そして起きるのは、早朝の四時か五時である。そんな毎日が、九月から十二月の末まで続いた。

——動揺が、労働者だけでなく、一部の事務職員の家庭にも起こり始めた。

「うちのパパ、黒部へ行ってもう四ヵ月も帰らないのだけど、本当にそんなに忙しいのかしら？」

「うちも帰らないのよ。いくら何でも宇奈月と富山はすぐだのに、三ヵ月も四ヵ月も帰らないのは、変ですわねえ」

「宇奈月は温泉街《まち》で、バーもあれば料亭もあり、芸者もいるそうですわねえ。休みの日には宇奈月で遊び呆《ほう》けているんじゃないかしら？」

技術職員の家庭では、仕事で現場に行ってしまえば、どうせ離れられないものだという諦《あきら》めがある。しかし事務職員の場合にはそうは行かない。いくら忙しいとはいっても、代わり合って公休ぐらい取れるはずだし、また取っているだろうと思うのが『常識』である。

夫人たちから、不満や抗議や、果ては怒りの手紙まで来るのである。が、本人には、返事を書くほどの時間も、気持の余裕もない。

そんな事務職員の一人に、Aという青年がいた。大学の経済学部を出て、入社して数年である。

恋愛結婚をした新妻をT市に残して、彼は仙人谷に来ていた。夫人も大学出のインテリで、その時、初めての身重だった。

夫人からは、手紙がよく来た。初めは綿々とした愛情の便りだったのが、

「臨月が近づきましたので、心細いので実家へ帰ろうかと思います。いろいろご相談もあり、一度ぜひ、必ず——」

そのうちに、帰宅を促す要望に変わって来た。

Aは忙しくてとても帰れないので、その旨を率直に返事した。

「帰れないはずはないと思います。労働基準法による公休はあるはずですし——ぜひ次の日曜には、公休を取って帰って下さい」

「妻が臨月だという時に、何ヵ月にもわたって公休を与えぬような、そんな非人道な会社が、今日《こんにち》あるのですか！」

夫人は理路整然と、そして次第に鋭く、彼と彼の会社とを非難するようになった。

十一月の末に近いころで、戦場騒ぎも頂上のころだった。Aはたまりかねて、上司の多田事務課長代理に相談した。

「なんや君、それは帰って上げんといかんなあ。実はうちの女房も、このごろぶつぶつ文句をいうて来とるんやが、うちはまあ古女房やからかまわんが……、君んところは初《うい》

産《ざん》なんやから、それはすぐ、帰って上げてくれよ」

「そうですか。本当にいいですか？」

「いいともいいとも。次の日曜から二、三日、ぜひ帰って来いよ」

「じゃあお願いします」

Aは感謝して、日曜日からの公休を取りきめたが、その日曜日になって、お昼ごろ多田が気がついてみると、青年はそのまま働き続けていた。

「なんや君、まだ帰らないのか」

多田はいぶかって声をかけた。

「はあ。みんながこんなに忙しいのに、僕だけ帰るなんて、とても出来ませんよ」

Aは笑って答えた。

「そうか、無理するなよ。――ほんとに大丈夫か？」

「大丈夫ですよ。手紙出しときますよ。正月には帰らしてもらいますから――」

Aには、夫人は心から愛する人だったので、長い長い手紙を書いて、宇奈月から投函するように、ボッカ便に託した。

多田は気になったが、そればかりにかかわってはいられない。冬営入りがいよいよ迫って、事務屋の多田は兵站《へいたん》責任者として、それこそ身体が幾つあっても足りない忙しさなのだ。

十二月三日――その冬営がいよいよ始まった。作廊山頂の佐藤工業では、労働者のうち下山する者は下山して、残りの百七十人は、キャンプを畳んで坑内の宿舎に入った。続いて十一日、社員たちが坑内に移った。関電の技師も四、五人いる。

同じころ、大成建設は志合谷の横坑内に入った。

やや遅れて十二月下旬に、遥か上流のダム地点では、間組が冬営に入った。

間組の冬営は、作廊や志合谷の冬営よりも、或《あ》る意味では一そう悲壮なものだった。

御前沢のダム地点は、すでに何回も述べたように、西には立山連峰、東は後立山《うしろたてやま》連峰に囲まれる深い谷底で、どこにも出口がない。万一脱出するとすれば、冬山のアルピニストのように純粋に登山技術をふるって、これらの高山を越えねばならない。

その立山連峰を一ノ越をめざして、間組の撤収部隊は吹雪の降りしきる中を、命がけで越えて行った。最後の撤収隊はどうにも歩きようがなくて、ヘリコプターで救出された。

8 死生一瞬

四、五工区の冬営が始まると同時に、下部軌道の架線は例年の通り撤去されて、作廊《さくろう》と志合《しあい》谷の部隊は、山奥の雪の孤島に孤立してしまった。架線をそのままにしておくと、きびしい黒部奥山の雪崩によって、跡形《あとかた》も残さずはぎ取られ、押し流されてしまうのだ。

孤立といっても、連絡路はあることはあった。上部軌道と例の大エレベーターは、地下施設だから運転しているし、欅平《けやきだいら》から宇奈月までは、軌道に沿って『冬季歩道』という豆トンネルがあった。人間が立って、ちょうど背丈一ぱいの低いトンネルではあるが、歩けばどうにか宇奈月まで出られる。

作廊の部隊にしても、冬の間は運休かと思った『トラムウェー』が、幸いにも全期間運転を続けることが出来た。

その作廊の山奥の掘削現場にも、すでにジャンボーが着いていて、冬営直後の十二月十九日からは全断面掘削に移っている。大町側の関電トンネルのほど超大型ではなく、ガントリー型八連装のジャンボーだが、能率は青の洞門時代とは比較にならない。それにコンウェイ・ショベルも二台、二百馬力のコンプレッサーも二台動いている。

こうして冬営工事は、順調に進んだ。仕事は坑《あな》の中でのトンネル掘りだから、宿舎さえ安全なら、夏でも冬でも、雪でも雷雨でも、工事にはどうというほどの違いはない。

「皆にうまいものを食わせてやれないのだけが、つらいなあ」

山本良勝や多田は、いつもそれをなげく。野菜は殆《ほとん》ど乾燥野菜だし、肉も魚も缶詰が多い。ビタミン補給には十分に錠剤を配っているが、ビタミン剤なんか、食ってうまいというものではない。

しかし……若い連中は元気だ。

「おい、一ぱいやっか！」

黒部ルート主任の北村守など、仕事には鬼みたいに熱心だが、茶目っ気と悪戯《いたずら》では誰にも負けない。若い社員連中を集めては、食糧置場から酒を持ち出して来て、忽《たちま》ち酒宴を張る。

「寝るか、仕事するか、飲むかよりほかに、何もすることがないじゃないか。山本さんや小町谷さんが怒ったら、俺が怒られとく。心配せんとさあ飲めよ！」

飲みながらも、あすの仕事のことを打ち合わせ、さかんに発破をかけるのだ。

「労働省との約束もあるんだ。いいか、冬営宿舎での事故は、絶対に出してくれるなよ。工事もそうだが、特に宿舎の生活では注意するんだぞ。もし宿舎で大きな事故でも起こったら、冬営は忽ち禁止になるんだぞ」

幹部が神経質なほど注意するせいか、事故は幸いに起こらない。

昭和三十二年のお正月は、こうして雪の孤島で迎えた。家の近い者は正月休みは家へ帰らせたが、幹部や一部の要員は、山で新年を迎えた。どうやら、僅《わず》かだが餅も料理もあり、酒もあって、賑《にぎ》やかなお正月だった。

しかし、正月が明けて間もなく、招かざる悲劇が、連続してやって来た。

変事はまず、大成建設におとずれた。

一月二十二日の夜だった、大熊が宿舎で寝ようとしていると、労務係が飛んで来た。

「部長、大変です。火薬事故で、二人死んだようです！」

「何ッ！」

大熊は、はじかれたように跳ね起きた。

「現場はどこだ、原因は何だ？」

手早く身支度を整えながら、大熊はたずねた。同時に同じ部屋の社員を一人起こして、同じ横坑の中にある診療室へ、医師を呼びに走らせた。

「東谷の連絡トンネルです。火薬事故とだけで、その他の詳細は……」

「わからないのか。けど……火薬事故というのは困ったなあ。監督官も、それが一番きびしいんだ」

そのうちに、医師が看護夫を連れてやって来た。この年の冬営はまだ男ばかりで、看護も炊事もここには女性はいなかった。

「ご苦労さんですが、じゃあ願います。行きましょうか」

大熊は医師をねぎらいながら、報告に来た社員に案内させて、何人かの非番の社員や労働者を連れて横坑の宿舎を出た。

外は降り積もった白い闇で、零下十何度の酷寒だったが、気が立っているので寒さは感じなかった。一同は臨時運転の上部軌道に乗って仙人谷に出て、出来て間のない東谷への道路を急いだ。

「危ないぞ、落ちないでくれよ。ミイラ取りがミイラになっては大変だ」

道は広いしっかりした道路だが、雪の夜道なので、懐中電灯で照らしてはいても、足元は定かでない。大熊は一同に注意しながら先頭を歩いた。

現場には、トンネルいっぱいに大勢の技師や労働者が群れていた。近づくと重傷者の重いうめき声が聞こえた。

「何だ、助かっていたのか！」

そのうめき声を聞きつけて、遠くから大熊が、声をはずませて呼びかけた。

「いや、二人死にました、ほかに二人が重傷なんです」

群の中から頭《かしら》だった一人が答えた。

「なに、四人もなのか！」

大熊の悲痛な声だった。うめき声は生きている証拠と、一瞬喜んだのは糠喜《ぬかよろこ》びだったのだ。

「死んだのは酒井英夫と宮川博の二人です。坑の中は暑いものですから、何人かが裸になって作業していたんです。よくわからんのですが、一方が火薬を詰めているのを知らずに、一方が掘って行ったらしいんです。それが火薬に接触したらしくて、突然に爆発して四人がやられたんです」

医者と看護夫が、生き残った二人の手当をしている側で、頭らしい一人が大熊に報告する。現場には血や肉が飛び散って、むごたらしい情景である。

「そうか。ダイナマイトは特に注意してくれんと困るんだが……。手当がすんだら急いで診察室へ運んでくれ」

大熊は、ぼそっといった。工事現場で事故が起こると、一番不幸なのはもちろん本人とその家族だが、直属の上長としても身を切られるようにつらい。家族の悲しみを思うと耐えられないし、その上に監督官庁からは手ひどく叱られ、時には工事の進捗《しんちょく》にも支障を来たすのだ。

――しかもなお、どんなに周到に注意していても、工事をしていると、やはり不測の事故は起こって来る――。

（あすはまた基準局に呼びつけられて、こっぴどく叱られることだろう）

大熊は苦い胆汁が、口の中一杯に広がる思いであった。――もとより叱られることそれ自体が、それほど苦しいわけではなかった。

かつて黒四の工事全体が始まる時に、大町の安全会議で、監督官である藤沢新作が述べたとおり、人間一人の生命は、たしかに全地球に匹敵するほどに尊いのだ。それはその中に身を置いて、自分自身常に生命の危険の中にいる大熊としては、実感として身に沁《し》みて思うことなのだ。

けれども、現実にこうして事故は起こったのだし、またこれからも、どんなに注意していてもやはり起こるだろう。それを承知で、またあすからも大熊は、危険な工事に技師や労働者たちをかり立てなければならないのだ。——それは或《ある》いは、長い遠洋航海に小さな漁船を送り出す、漁業会社の幹部の気持かも知れないし、または大爆発事故や台風のさ中へ、記者やカメラマンを飛び込ませる、新聞社の編集局長や社会部長や、写真部長の気持なのかも知れない。

人間が、人間のために、何かを打ち立てようとする時に、どうして犠牲が、いつも目的そのものの中に内在するかのように、あるのだろう。人間全体の生活や将来に、何かをプラスするために、同じ人間が、自分の尊い生命を、どうして捧《ささ》げねばならないのだろう。——幾ら考えても割り切れない矛盾だけれど、それはまた、避けようのない現実でもあるのだ。

（黒四が始まって、僅か半年足らずの間に、うちだけでも既に六人もの犠牲者を出した。どうかこれ以上は多くならずに、工事が安全に進んでくれますように——）

大熊は、心の中で祈った。

――最初の犠牲者が出たのは八月三十一日で、新潟県出身の小池松蔵が落石に当たって死んだ。二番目は奈良県吉野郡の宮原隆で、これも落石の犠牲者だった。三番目、四番目は青森県出身の下山鉄男と秋田県出身の千葉定男で、起重機が倒れて、下敷きになって同時に殉職したのだった。

(どの事故も、注意すれば避けられただろうと、理屈ではいえる。しかし……現実には、それは避けられなかったのだ。この黒部で……、絶壁と険峻《けんしゅん》の黒部で、俺自身だってとても生身《なまみ》で帰れようとは思っていないのだが……)

大熊は合掌して、運び出されて行く二つの遺体を見送った。

――犠牲は大成建設ばかりではなく、お隣りの佐藤工業にも、また大町側の他の組にも出ていた。佐藤工業では、工事が始まったばかりの八月三日に、地元の富山県下新川《にいかわ》郡入善《にゅうぜん》町の出身で、鳶《とび》職の伊林義春が、作廊で足場を組んでいて、二百メートル下の黒部川に転落して殉職したのが初めだった。続いて石川県出身の覚田保も、同じように転落している。関電職員の中からも、同様に転落によって、富山県出身の竹沢弘文が殉職している。

大町側の間《はざま》組や熊谷組にも殉職者があって、この夜の二人を含めて、最初の殉職者である関電の森下義男をはじめ十六人の尊い人柱が、すでに黒四建設のために捧げられているのだ。

翌朝は、果たして富山の労働基準局から、きびしい叱責《しっせき》が来た。

「急いで責任者が作廊まで上がって、佐藤工業の無電で、昨夜の事故を詳細に報告せよという電話です」

労務の社員が、大熊にそう取り次いだ。

「そうか。すぐ行くと答えておいてくれ」

大熊はためらわずに答えて、すぐに身支度にかかった。

都合でそのまま下山して、自身で労基局へ出頭しなければならないかも知れない。上部軌道は全部がトンネルだから冬でも運転しているし、欅平の二百メートルの地下エレベーターも動いている。富山まで行くにしても、歩くのは欅平から宇奈月までの、下部軌道ぞいの冬季歩道の豆トンネルだけだが、「それだけ」とはいっても、それでも二十キロほどはある。大熊はその歩行に耐えられるように、防寒衣をまとい、厚い皮の手袋をして事務所を出た。

仙人谷で上部軌道を降りると、昨夜と同じように東谷まで歩いて、トラムウェーに乗った。トラムウェーは先にも述べた通りに資材の運搬専用で、人間は乗ることを許されていないのだが、誰もが規則には構わずに乗っている。雪の黒部の奥山を、徒歩で作廊まで登るなどは、とても出来ない相談なのだ。

資材専用だから、人間の乗る座席などはない。平べったい一枚の板を、四本のロープで吊るしているだけである。その板に資材を載せるだけでなく、物によっては下に吊り下げることもあって、板の四隅からはかなり長いロープが垂れ下がっている。

大熊はその板の上に座って、ロープを握りしめた。トラムウェーが動き始めると、作廊の宿営隊に上げる水のタンクが一しょに積まれていて、それがだぶだぶこぼれて、腰から下がぐっしょり濡《ぬ》れた。

トラムウェーは忽ち高度を増して、空中を斜めに登って行く。ちょうど黒部川が彎《わん》流《りゅう》している所なので、やがて流れの真上になる。山も川岸も雪で真っ白だが、川だけは黒黒と流れている。それが忽ち目の下二百メートル、三百メートルと、飛ぶように低まり遠ざかって行くので、眺め下ろすと目がくらみそうで恐ろしい。

が、ロープをしっかり握りしめているうちに、トラムウェーは無事に山頂に着いた。運転は下でしていて、作廊には到着駅があるばかりだった。

「やあ、これは大熊さん、昨夜は大変な事故だったそうで、ご心配でしたねえ。ところでわざわざ何事ですか？」

佐藤工業の小町谷が、到着駅にいて、大熊を見ていぶかってたずねた。

「いや、その事故でですねえ、こちらの無電をお借りして、富山へ報告せよと命令されましてねえ。ごめいわくですが一つ……」

「無電ですって？　それは困りましたなあ。——それは何かの思い違いで、無電なんかないですよ」

　小町谷は、ほんとうに気の毒そうに、眉をひそめていった。

「なに、無電がない！　そいつは弱った」

　さすがの大熊も、これにはげんなりした。この寒空を寒風に吹かれて、薄気味の悪いトラムウェーを千メートル近くも上って来て、目ざす無電がないとは処置なしだった。

「まあ入ってお茶でも飲んで行って下さいよ。この寒いのに、すぐに帰られるわけにも行かんでしょう」

「いや、急ぐことは急いでいるんですが……。しかし、折角《せっかく》来たんだから、一つあなたの方の冬営ぶりでも拝見して帰りましょうか」

　苦笑して横坑の事務所へ入ろうとした時だった。その横坑から、佐藤工業の社員が一人走り出て来た。

「大成建設の大熊部長さん、いられますか？」

「はあ、私ですが——」

「あのう、仙人谷の事務所から電話なんですが……」

「そうですか、有難う――」

大熊は、急いで事務所に入って、電話に出た。電話は有線の専用電話で、佐藤工業のこの作廊前線と、仙人ダムの関電の事務所とをつなぐものだった。

「もしもし、部長ですか。いま宇奈月から連絡で、富山の労基局が、すぐにじきじき富山まで出て来いという指令なんですが……」

電話の主は、大成建設の労務の社員だった。

「よし判った。すぐ引き返すからそういっといてくれ」

さすがにやれやれと思ったが、仕事に忠実な大熊は、それだからといって、少しも躊躇《ちゅうちょ》しなかった。

「小町谷さん、お聞きの通りですよ。事故の報告と対策で、急いで富山へ行かねばならんので、このまま失礼しますすよ」

「そうですか、それは残念でしたねえ。じゃあまず、お茶だけ一杯。――トラムウェーは停めさせときますから」

「そうですか。じゃ遠慮なく」

番茶を一杯だけ、大熊はご馳走《ちそう》になった。冷え切った身体には、それがどんなぜいたくな飲物よりも、大熊にはおいしく思われた。

「じゃあこれで――」

大熊は挨拶して、再びトラムウェーに乗った。小町谷が乗場まで見送ってくれて、大熊が乗ってしまうと、下の運転室へ電話で合図した。

トラムウェーは動き始めた。大熊は右手でロープを握りしめ、左手を振って小町谷に別れを告げた。小町谷も忙しいので、しばし見送ってから事務室のある横坑に帰ろうとした。

十メートルから二十メートル、トラムウェーはすでに断崖の駅を離れて、黒部川の真上に近づいて行く。

その時だった。大熊は不意にがくんと、ひどい衝撃を感じた。一瞬、トラムウェーの板がひっくり返ったのだ。大熊は空中に投げ出された。

（しまった！　俺の一生もこれで終わった！）

瞬間、大熊は思った。身体が空中で逆立ちしていて、遥《はる》かに五百メートルの、目のくらむ真下に、黒部川の流れが黒々とあった。

「助けてくれーッ！」

そう叫んだのだろうが、大熊には明確な記憶はない。だが咽喉いっぱいの大声で、何かを叫んだのは事実だった。

横坑に入ろうとした小町谷が、その声を聞いたのが幸運だった。小町谷は走り出て、元の到着駅まで飛んで来た。

　見るとトラムウェーの水平な板が、縦にひっくり返っていて、その下に大熊が、逆さに宙吊りになっている。

　大熊の片足が、板を吊るしたロープにひっかかっていて、両手がしっかりと、板から垂れ下がった別のロープを摑んでいる。だがその足が外れ、その手がロープを放したら、大熊は五百メートルを黒部川に落ちて、恐らくは形態をさえとどめず、粉々になってしまうに違いないのだ。

「しっかりしろッ！」

　思わず小町谷は乱暴に叫んで、トラムウェーの連絡電話に飛びついた。

「運転を停めろ！　急いで逆に上に動かしてくれッ！　人間が宙吊りになっているんだぞッ！」

　小町谷は、必死でわめいた。下の運転手がすぐに電話に出たのも幸運だったが、しかしそのあいだにも、トラムウェーはさらに十メートルほども下り続けている。

（俺は……まだ死んでいないのか！　一体これはどうしたことだ？）

　宙吊りになったままで、大熊には、何が何だかさっぱり判らなかった。しかし自分が、半ば空中に投げ出されながら、何らかの理由で宙に停まっていることだけは判った。右足が、錐《きり》で突き刺すように痛かったし、ロープを摑んでいる両手も、ちぎれそうに痛

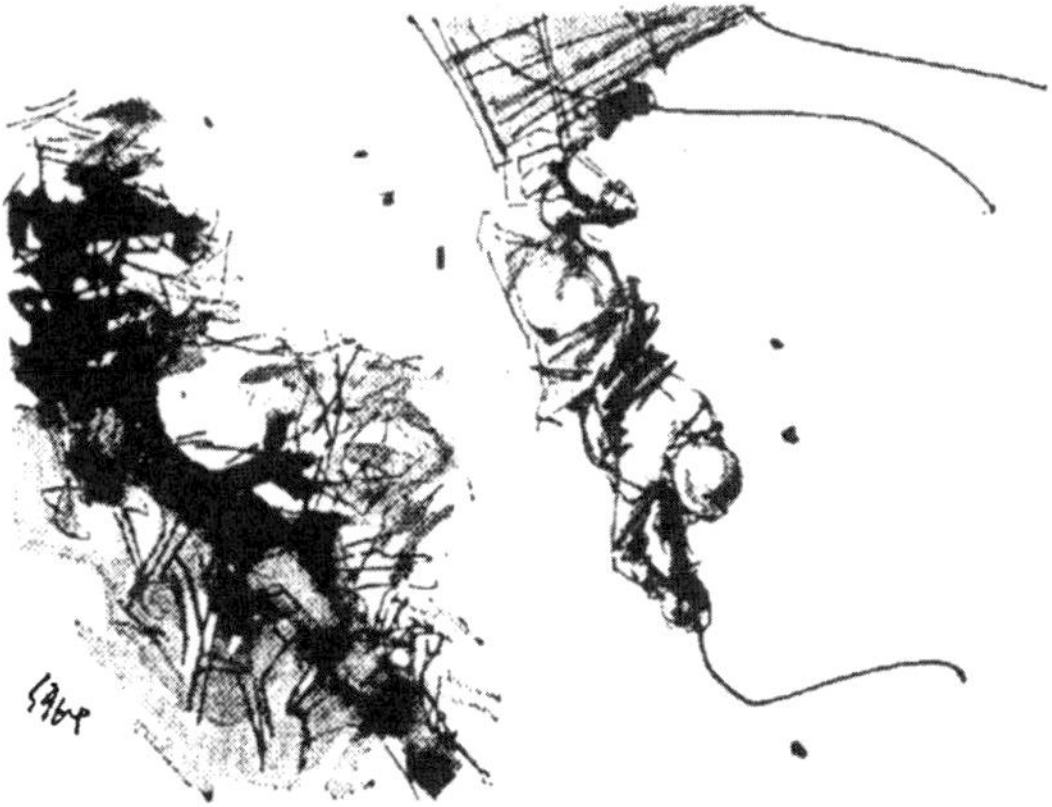

んで来たが、なおも懸命に、大熊はロープを握り続けた。

「みんな出て来ーい！　みんな来てくれーッ！」

　小町谷は、今度は事務所の方に叫んだ。どやどやと、何人かが事務所から飛び出して来た。宙吊りになった大熊を見て、誰もがアッと叫んだ。

　トラムウェーは漸《ようや》く停まって、それから逆に上昇して来る。それは普通の速度なのだが、いらだつ身にとっては信じられないほどの遅さに思える。

「頑張って！　頑張って！」

　口々に叫びながら、北村や山本登たちは、到着駅の断崖のぎりぎりまで身体を乗り出し、手を伸ばして、一瞬でも早く大熊の服でも手足でもを摑もうとする。

トラムウェーは、やっと頂上に帰って来た。大熊の身体に手がかかるや否や、背の高い山本登が真っ先に、大熊を抱き止めておろそうとした。

「痛いッ、足が痛いッ！」

大熊が叫んだ。逆立ちになった右足が、上から板を吊ったロープともつれ合っていて、取れないのだ。

「早く足をはずせ」

小町谷が叫んだ。北村たちがロープから外そうとすると、足は脛《すね》から下が折れた藁《わら》人形のようにガクガクだった。

「有難う、皆さん――」

耐えようのない痛みに、そのままそこに倒れながらも、気の強い大熊は、丁寧に一同に礼をいう。


すぐに横坑の佐藤工業の診療室に担ぎ込まれて、大熊は手当を受けた。

右足が、脛と足首の間で複雑骨折しているほかに、頭部を強打していた。

「手袋のおかげですよ、大熊さん。あの厚い皮の手袋が、ずたずたに裂けていましたよ。もし素手だったら、とてもロープを握ってはいられなかったでしょうから……」

小町谷がしみじみといった。

「しかし、どうして板がひっくり返ったんでしょう？」

痛み止めの注射をしているので、大熊は間もなく元気を回復した。不思議そうに、自分の遭難の原因をたずねた。

「今後のこともあるので調べてみたんですが、あの板の下に吊るして垂れ下がっている四本のロープのうちのどれかが、下の岩か木の根にひっかかったんですよ。岩か何かを引きずった跡が、崖の端の方に残っていましたよ。――それでその抵抗が板に来て、水平の板が垂直に傾いてしまったんですよ。足は折れて大変ですが、しかしもし足がロープにかからなかったら、それこそ大変でしたからねえ」

「そうでしたか、なるほど。――黒部では実際、死生は一瞬ですからなあ」

大熊は、自分の命も危なかった大怪我を、まるで他人事《ひとごと》のようにいった。

「しかし……急いで富山の基準局に出頭しなければならんのだが……」

「何をいうんですか、大熊さん」

小町谷が、さすがに呆《あき》れて大熊の顔をつくづく見た。

「あんた、九分九厘死ぬところだったんですよ。やっと、奇跡のように助かったんですよ。それもこんな大怪我をして……ですよ。労基局どころじゃない。ゆっくり療養しなきゃ、しようがないですよ！」

「そうですかなあ」

大熊は残念そうに、包帯でぐるぐる巻いた、象の足みたいにふくれ上がった自分の右足を見ていたが、

「しかし小町谷さん、私は坂道で転んで怪我した、ことにでもしといて下さいよ。絶対にトラムウェーに乗ったことは報告しないで下さいよ。私の不注意で転んだ——それが一番いいですから」

「はあ——」

答えながら小町谷は、大熊の配慮の深さに胸を打たれていた。自分自身が何ヵ月か、あるいは一年もかかるかもしれない重傷を負っていながら、大熊は工事のことばかり考えているのだ。

トラムウェーは佐藤工業が管理しているもので、業務の途中、それに乗っての事故だといえば、大熊自身としては第一級の公傷になるだろうが、しかし佐藤工業には責任が残るのだ。

そのうえ、トラムウェーは人の乗用を禁じられたものだし、それに乗っていて事故があったとすると、今後の当局の取締りは、比較にならぬほどきびしくなるだろう。すると必然的に、工事の進行に悪影響を及ぼすはずだ。——大熊はそこまで考えて、すべてを自分の不注意による怪我として、消し去ろうとしているのに違いない。——小町谷は、胸に熱く、迫って来るものを覚えた。

その夜は佐藤工業の診療室で一泊して、翌日、大熊は出来たばかりの作廊のヘリポートから、ヘリコプターで富山市に運ばれて行った。

前日も大熊は、佐藤工業に迷惑をかけては悪いので、も一度トラムウェーで下山するといい張ったのだが、佐藤側としては、幾らなんでもそんなことはさせられなかった。

「何を水臭いことをいうんですか大熊さん。もし私が上部軌道で怪我でもしたら、あんたは私をトラムウェーで作廊に帰らせますか！」

小町谷や多田が、口を尖《とが》らせていった。

「それはまあそうだが……」

「水臭いことをいわないで下さい。医者が動かしてもいいというまで、何日でもここで養生して下さい」

「じゃあ、ご厚意に甘えますか……」

やっと大熊は、下山を諦めた。実際に重傷の身体で下山は無理だったし、強いて下山したところで、志合谷の大成建設の診療室は昨夜の二人の重傷者で満員なのだ。

その夜、佐藤工業の医者と看護夫はつききりで大熊の手当に当たってくれたが、深夜になって腹を減らした二人が食堂に行って留守になると、大熊は慌《あわ》てて仙人谷から登って来て、つき添っている自社――大成建設の社員にいった。

「俺も腹が減ってたまらん。朝食からあと、何も食っとらんのだ。佐藤では俺の飯を忘れたのかなあ」

「そうですか、それはいかん。すぐ行って来ますよ」

社員は飯を取りに食堂へ行ったが、すぐに引き返して来た。見ると手ぶらで、佐藤工業の多田が一しょにいる。

「大熊さん、滅茶をいっては困りますよ」

多田は苦笑していった。

「あんたは方々《ほうぼう》を打っているので、どこに内出血しているか判らんのですよ。精密検査が終わるまでは、絶食してもらうより仕方がないんですよ。――もし食べてもらってはいけないものなら、うちの倉庫を空っぽにしても、あんたに思いきりご馳走していますよ」

多田も小町谷も、先にも述べたが前身は陸軍士官学校出身のプロ将校で、大陸の戦野を走り歩いている。負傷者の手当の知識などは下手な医者よりもあって、一生懸命に大熊の身体を心配して、定石通り絶食をさせていたのだ。

「そうでしたか、それは悪かった」

今度は大熊は、頭をかいて謝った。

――ヘリコプターで富山に着いた大熊は、すぐに赤十字病院に入院した。右足の複雑骨折のほかに方々に打撲による内出血があって、最初は二ヵ月ほどといわれた診断が、結局は、全治までに十一ヵ月かかっている。

大熊が去って行ったあとで、小町谷と多田は、籠城の職員たちにしんみりいった。

「なあみんな、ほんとに安全には注意してくれよなあ。落ちて死んだりしては、かあちゃんや恋人が泣くからなあ。北村や登なんか、元気すぎるから心配だぞ」

「大丈夫ですよ、注意してますよ」

北村は元気にいった。山本登は、にこにこ笑ってうなずいている。


大熊の宙吊り事件があってから一ヵ月ほどの間は、仙人谷でも東谷でも作廊でも、何の事故もなく、工事は順調に進んでいた。

特に佐藤工業では、専務で黒部の所長でもある中嶋粂次が、

「黒部の工事では、土木機械は一度上げたが最後、どんな故障があっても修理に下ろすということは出来ない。だから絶対に故障の恐れのない、世界の最優秀品を揃えろ」

そういって、金額の張るのは承知で、すべて定評のある機械ばかり輸入して使っていた。

そのせいか故障も事故もなく、困難な黒部奥山での片押しのトンネル掘削が、意外なほど順調にはかどっていた。

このころになると、作廊の横坑も掘り広げられて、事務職員もかなりの数が籠城に参

加していた。

事務課長代理の多田清二は、臨月の夫人のことで休暇を願って来たことのあるA青年のことが、絶えず心にひっかかっていた。

Aは結局は休暇も取らずに頑張っていたが、正月休みで年末に下山する何人かと一しょに、やっと家に帰ったのだった。ところが中一日でもう山に来て働いているのだが、それから以後、しょんぼりしてしまって全く精彩がない。

「どうしたんだ君、どこか悪いのか?」

「いいえ、別に――」

何をたずねても、はかばかしい返事がない。

そのうちにも、夫人からはたまに手紙が来るようだが、その内容も話さなくなった。

ところが或《あ》る日、事務課の先輩格の一人が、むつかしい顔をして多田の所へやって来た。

「多田さん、困ったよ。Aが会社をやめたいというんだ」

「ふーん。それで理由は?」

「それが……よくは判らんのだが、何でも細君《さいくん》が、別れるのがいやなら会社をやめて帰って来いというんだそうで……」

「なるほど――」

多田は、心にうなずくところがあった。

「Aをすぐ呼んでくれないか」

その社員が退くと、間もなくAがやって来た。

「やあ、どうだ――奥さんは元気か。子供さんも大きくなったろうなあ」

多田は、出来るだけ快活に、笑って大声で話しかけた。

「はあ、二人とも元気だという話ですが……」

「いう話って、お正月には子供さんに会って来たんだろう？」

「はあ、それが……」

Aの声がとだえた。見るとAは、目に涙を湛《たた》えている。

「どうしたんだ君、元気を出せよ」

なおも笑って、多田はいった。

「はあ、――多田さん済みませんが……僕を退社させて下さい」

「退社って君、黒部が困るんなら、本社へ帰ってもいいんだよ」

「いや、やはり……そうは行きません。そんな勝手は出来ません」

「どうしたんだ。遠慮なく話して見給《みたま》え」

「はあ……。それが実は、すっかり話がこじれてしまいまして……、私がお正月休みに女房の実家に行っても、女房も子供も、顔を見せないんですよ。女房の実家の母が立ちはだかって、私は上げてももらえないんですよ」

Aはぽろりと涙をこぼした。

「もっと詳しく話してみないか。出来ることなら何でも僕が相談に乗るから……」

「はあ」

Aは多田にやさしくいわれて、椅子にぺたりと腰を下ろすと、男泣きに泣き始めた。

「実はお正月休みにT市に帰った時に……」

「うん――」

Aの話というのは、こうだった。――大晦日《おおみそか》に郷里の市に帰ると、Aは自分の家にも寄らずに、駅からまっすぐ夫人の実家へ行った。臨月の夫人が実家に帰りたいといって来たのは先にも述べた通りだが、その後夫人は実家に帰り、そこで出産も終わっていたのだ。

「ごめん下さい」

宇奈月で買った土産物や、子供のおもちゃを持って、Aが玄関でいうと、夫人の母堂《ぼどう》が現れた。

「どうも長いあいだ帰れなくて……申し訳ありませんでした。やっとお正月休みが取れたものですから……、B子や子供は元気でしょうか？」

　にこにこと、Aは挨拶した。

「あなたはどなたですか？」

　冷たい声で、母堂が答えた。

「どなたって……僕ですよ、Aですよ」

「存じませんねえ」

　母堂の声は、いっそうそっけなかった。

「存じませんて……そんな……」

「いいえ。妻が初めての臨月でも帰って来ず、子供が生まれても帰って来ないような婿は、うちにはおりません。——自分はきっと宇奈月あたりで浮かれ遊んでいて……、そんな人でなしには、私の家では用事はありません」

「そんな……僕は何も……」

「いいえ、いい訳は聞きません。帰って下さい！」

「でも……、じゃあせめて……一目でも子供の顔を……」

「駄目です」

　母堂は、玄関の障子をぴしゃりと閉めたのだった——。

「多田さん、私はどうすればいいんでしょう？　あなたはきっと笑うでしょうが、私は女房を好きなんです。何といわれても、好きで、別れるなんてとても……」

「そうか……」

多田は腕を組んで考えた。武骨者で、うちでは亭主関白である多田には、A青年の複雑な気持は十分には判らない。しかしまた、判るような気もする。

（しかし……、うちのばあさんも、多少はぼやいているようやが、亭主がこんなに忙しいのに、と、一声怒鳴りつければおしまいや。しかし……人間には一人々々違った立場があって……）

多田は思案を続けたが、やがて、

「それはいかん、家庭というものは大切だから、波風を立ててはいかん。——どうや、俺が口をきいてやるから、本社へ転勤してT市へ帰れよ」

そういって、も一度熱心にAにすすめた。

「駄目です」

A青年は、涙の中にもきっぱりと答えた。

「皆さんがこの黒部の山奥で、こんなに苦労しているのを知っていて……、私だけが転勤など、とても出来ません。……山を下りるなら、やはり会社をやめるしかありません！」

多田だけでなく、小町谷をはじめ、おしまいには事務課長の山本良勝も出て来て本社への転勤をすすめたが、A青年はついに聞かなかった。

「山の男としては、女房と別れてでも山で頑張るべきだと思います。しかし私にそれが出来なくて、皆さんを捨ててこの苦しい危険な山を下りる以上は、おめおめ会社にとどまることは出来ません」

古いと人はいうかも知れないが、山で生死を共にしている男たちにとっては、それは涙が出るほど共感の出来る論理だった。

(俺だって、そんな場合にはきっとそうするだろう！)

みんな、そう思った。それが山の論理であり、男の論理でもあるのだった。

「じゃあ仕方がない。元気でやってくれよなあ」

多田がいって、その夜はA青年のために、別れの宴を張ることになった。

別れの宴とはいっても、狭い事務所に手のすいた者が集まって、酒をくみ交わすだけの会である。蛍光灯が輝き、暖房もエア・コンディショニングも行き届いてはいるが、何しろ暗いトンネルの中のバラック宿舎なので、殺風景なことはおびただしい。

「やっぱり帰ってしまうのか、淋しいなあ」

多感な北村守などは、工事の監督の僅《わず》かな暇を盗んでやって来ると、すぐに目を赤らめている。

「はあ、ほんとに僕も辛《つら》いです」

酒をつがれながら、Aは鼻をすすり上げる。

やがて酒が回ると、

〽黒部万年氷でさえも
　春の風吹きゃ下から溶ける
　とけた水なら冷たいだろに
　黒部女はなぜ深なさけ
　宇奈月湯の町お湯が湧く

せめてもの景気づけに、誰かが歌い始めた。山に乗り込む前に、宇奈月の宿で覚えた『宇奈月小唄』で、苦しいにつけ楽しいにつけ、酒盛りではいつも歌って来たなつかしい歌なのだ。すぐに何人かが声をそろえたが、さっぱり小声で盛り上がらない。

「何だ、もっと威勢よく歌えよ！」

北村なんかが得意の発破をかけるのだが、別れの宴ともなれば、歌声だってそんなに張り切ってというわけには行かないものだ。

〽黒部宇奈月、小原《おわら》を舞えば

梅と桜の、オワラ、裾模様
エレベタ登れば高熱隧道《こうねつずいどう》
焼けますこげます六百度の高熱《たかねつ》

歌は今度は『越中おわら節』になったが、やっぱり気勢は上がらない。やがて、「さあ、朝の早い者は適当に寝てくれよ。俺は現場を一回りしてくる。A君、元気でなあ」

工事は徹夜で続いているので、責任者の小町谷が、見回りに席を立ったのをしおに、送別会はお開きになった。

「はあ、あなた方もお元気で――」

Aは現場に行く連中を送り出すと、横坑の出口まで出て、扉を開いて下の作廊谷を眺めおろした。雪は五メートルも八メートルも積もっていて、切り立った断崖は、二、三百メートルほど一気に険しく駈《か》けくだっている。深い黒部谷は、重く濃密なその白い闇の遥かな彼方《かなた》の底にある。

（あすの朝、あのトラムウェーで作廊から下ったら、俺はもう二度とこの職場に帰って来ることはないのだ！）

Aは白い闇に向かって、声を忍ばせて泣いた。

Ａは翌朝早く、僅かの荷物を持ってトラムウェーで山をくだって行った。

一同は、胸をつまらせてＡを見送ったが、しかしＡがいなくなったからといって、作廊の生活や仕事に、何の変化があるわけではなかった。

それはお隣りの大成建設で、がっちり全体を支えていた大熊が重傷で入院してしまい、所長の斎藤もまた、一月末に社用で外遊してしまっても、工事は微塵《みじん》のゆるぎもなく続いているのと同じだった。機構が――メカニズムが、既に一定の方向に向かって、すべてを動かしているのであった。

だからといって、一人々々の努力の価値が小さいというのではなかった。関電の社員も、佐藤や大成の社員も、下請けの班長や労働者の一人々々までが、すでに機構の志向するところを体得して、それぞれが英雄的な役割を果たしているのだ。

掘削は昼夜の区別なく続いており、事務の職員にしても、資材や食糧の調整に、夜も昼もない仕事が続いている。

――そんな或る夜のことだった。正確には昭和三十二年二月二十四日の午後十二時近く。

佐藤工業の小町谷と北村が、ぼつぼつ寝ようかと事務所で一服していると、労働者が一人、息せき切って走り込んで来た。

「大変です、社員さんが一人、大怪我なさったんです！」

「何ッ、どこでだ？　誰だ？」

「名前は知りません。切羽の近くで測量なさっていて……」

「あッ、伊藤か山本だ！」

北村が叫んだ。

「今晩遅く、トンネルの切羽で精密測量をするんだといってました。行きましょう！」

叫ぶと一しょに、もう診療室に走って行った。小町谷もゴム長に足を突っ込むのももどかしく、懐中電灯を握って部屋を飛び出した。医師や看護夫や社員たちが、担架を持ってすぐにその後を追った。

切羽まではかなりあった。能率が順調にあがっているので、既に本トンネルが何百メートルか掘られていた。下はほぼ平らかに整理されて、レールが切羽まで続いているのだが、それでも石ころが、いたるところに転がっていた。

小町谷も北村もそれに続く一同も、石ころにつまずきながら懸命に走った。走っているうちに前方が明るくなって、何人かの労働者が、一人の重傷者を担いで出て来るのに出会った。

「おーい、誰だッ、誰が怪我したんだア！」

遠くから、北村が叫んだ。

「山本登です！　バッテリー・カーに刎《は》ねられて！」

向こうから、伊藤薫雄《しげお》の聞き覚えのある声が叫び返して来た。

「それで、大丈夫かァ？　大丈夫なんかァ――？」

走りながら、小町谷がくり返し叫んだが、返事は返って来なかった。


運び出す一行と、出迎える一行とが出会ったところで、山本登は肩から降ろされて、医師の応急手当を受けた。それから担架で診療室に運び込まれた。

「どうです、大丈夫ですか？」

山本とは同郷の砺波市出身で、平素から弟同様に可愛《かわい》がっている北村守が、手当を終わった医者に心配そうにたずねた。

「何ともいえんですなあ。轢《ひ》かれた上に全身ひどい打撲傷で、内出血がひどいんです。何とか朝までもてば、手の打ちようもあるんですが……」

「そんなにひどいんですか？」

「重態です。近親者を呼ぶ方がよくはないですか」

医者の口調は、婉曲《えんきょく》だが絶望を意味しているようであった。

（あんなに元気で、あんなに張り切っていた登が……）

北村は暗然とした。いつもにこにこしていた登、いつも人の分まで引き受けて、二人分も働いてくれた登、――その山本登が、満二十二歳にも満たない若い身で、どうして

散って行かなければならないのだ！

若い社員の一人が、自分で買って出て、実家への連絡にトラムウェーの運転員を電話で起こして、下山して行った。

山本登の枕元には、工事課長の能登常一も、計画課長の小町谷も、主任の北村もその他の若い仲間も詰めていた。そこへ伊藤薫雄とバッテリー・カーのオペレーターとが、泣き顔で入って来た。

「済みません、私たちの不注意で……」

「不注意って、どうしたんだ？」

小町谷が、平素に似ぬきびしい声でたずねた。

「実はですねえ……」

伊藤が涙声で話し始めた。伊藤と山本は、トンネルの進路の測量のために、切羽にいた。伊藤が測量器を構えて坑口側に立ち、山本は照明具を持って切羽の側に立っていた。

山本の後ろ、切羽のすぐ手前には、バッテリー・カーが、坑口へ向かう用事があって待機していた。つまり坑口側から順にいうと、伊藤・山本・機関車の順で、切羽までの間にいたのである。

山本の照明だけを目標に、測量は坑内の一切の電灯を消して行なわれていた。やがて測量器を見ていた伊藤が、中心がはいったので「オーライ」と叫んで懐中電灯を振った。

それは山本への合図だったのだが、バッテリー・カーの運転士は、自分への合図と誤認した。スイッチが入れられて、バッテリー・カーは坑口に向かって走り始めた。

その時、山本は照明器を下に向けておろしていたので、伊藤の懐中電灯のほか、坑内は真ッ暗闇であった。その闇の中で、山本のギャーッという悲鳴が起こった。

バッテリー・カーは急停車したが、間に合わなかった。山本は刎《は》ねられて、瀕死《ひんし》の重傷を負った。

「大変だーッ、みんな来てくれえッ！」

伊藤とオペレーターの叫び声に、坑内にいた連中が駈け集まった時には、山本は無残にも虫の息で横たわっていた——。

「そうだったのか――」

小町谷がうなった。能登も北村もみんなも、声もなくうつむいている。

「済みません、僕らの不注意で山本君をこんなにして……」

「いつまでも泣くな！」

小町谷が一層きびしい声でいった。

「不注意といえば登もだし、不可抗力といえばすべて不可抗力だ。しかし……何とか助かってくれればいいがなァ……」

それは全員の願いであり、祈りであった。その祈りの中で、山本登は苦しい呼吸をし、意識不明を続けていたが、負傷から二時間ほど経った二十五日の午前一時すぎに、ふっと意識を回復した。

「おい山本、しっかりせよ！」

「登ッ、頑張るんだぞッ！」

小町谷や北村が、枕元に顔を寄せて激励した。山本は、苦しい息の中で、弱い、うるんだ細い目で周囲の人々を見回したが、

「皆さん……有難う……長いあいだ……お世話になりまして……」

低いが静かな、はっきりした言葉でいった。――その言葉を、小町谷や能登や北村やみんなは、生涯忘れることがないだろう。

「何をいうか登ッ！　助かるんだぞ、頑張れッ！」

北村が、もう一度枕元で、涙声で叫んだ。

山本登はもう何もいわず、軽く一同にお辞儀をすると、そのまま目をつむって、二度と返らない意識不明におちいってしまった。ちょうど一時二十分だった。

――山本登の遺体は、その夜は仲間のお通夜を受けて、早朝トラムウェーで下山して、宇奈月のお寺に安置された。多田をはじめ何人かが、遺体を護《まも》って山を下りた。

父の山本祐次が、急を聞いて砺波から駈けつけて来た。父はわが子の変わった姿に長い黙祷を捧げたが、やがて多田にいった。

「多田さん、この子はもう二十二にもなるんやが、おとなしい子やった。――おとなし過ぎてわしは心配なんやが、登はもう男になっていたでしょうか？」

「はァ？」

意外な質問だった。多田はしばらくとまどったが、そのうちに、きびしい男親の愛情が、激しく胸を貫いて走った。

「ええ、それは大丈夫です。男に――なっていましたとも」

「そうですか、それはよかった。高校を出てからは山ばかりにいて、山で苦労するばかりで……、女も知らんと死んだかと思うと、この子があんまり可哀《かわい》そうで……」

それきり父は黙って、ひとには涙も見せずに、また長い祈りを続けるのだった。

しかし、多田清二は知っていた。山本登は、清らかな身体で死んだのだった。かつて多田も一しょに岐阜県の或る発電所建設所にいた時に、村の旧家の娘に恋人らしい人がいて、山本は公休の日などに、連れだって映画など見に行っていた。しかしおとなしい山本は、それ以上の関係には進んでいなかったと、同年配の友人たちが証明している。

宇奈月でも下呂温泉でも――多田は山本登を連れて過ごした何度かの夜を思い起こした。そのどの夜にも、山本登は健康で清らかだったのだ。

（可哀そうだったのだろうか？　俺が、気がきかなかったのだろうか？）

多田は、溢《あふ》れ出る涙を拭おうともしなかった。じっとわが子の遺体に祈る、老父の肩の後ろ姿を見続けた。

9　二つの破砕帯

大町側で一、二、三工区の指揮をとっている芳賀公介《はがきみすけ》には、昭和三十二年の正月から早春にかけては、大変愉快な、楽しい時期であったといえるだろう。

宇奈月側の四、五工区が、工事だけでなく冬将軍との悪戦苦闘もあって、血まみれ泥まみれの闘いをくり返しているあいだ、大町側では至極順調に工事が進んでいたのだ。

その第一は、アルプスの山腹を貫く関電トンネルの、予定通りの進捗《しんちょく》だった。

前年の八月初めから掘り始めたトンネルが、準備に追われながらも九月十八日までに導坑式で約百五メートルを掘り、その二十七日からはジャンボーが入って、十月には一三五・四メートル、一日平均にして七・一三メートル（稼働十九日）を進めたことは先に述べた通りだが、その後はさらにピッチが上がっていた。これを記録に見ると、次の通りだった。

月	稼働日数	進行	日平均	
十一月	（三十日）	一三四・四メートル	七・八一メートル	うち無進行　四日
十二月	（三十一日）	一四二・九メートル	七・八四メートル	
一月	（三十一日）	二四〇・七メートル	七・七七メートル	うち無進行　三日
二月	（二十八日）	三一七・五メートル	一一・三四メートル	
三月	（三十一日）	三一二・〇メートル	一〇・〇七メートル	

一月までは予定の日進十メートルには及んでいないけれども、それでも日本のトンネル工法に新紀元を画した佐久間での平均、七メートル強を上回る出来栄えである。それが二月には日進十一メートルを超えて、ついに待望の『二桁』の数字を実現、その好調が、三月にも持続されているのだ。

　待望の日進十メートル突破に気をよくした熊谷組では、さらに今後の飛躍に備えるために、二月の中ごろ、工事課長の大塚本夫をアメリカへ研究に旅立たせた。

　重機械による全断面掘削の先進国であるアメリカでは、すでに『日進十八メートル』が実現されている。休日が多い関係で、月進記録はその三十倍に達しているわけではないが、そのアメリカの技術を完全に採り入れた上で、日本流に月間いっぱい稼働すれば、月進五百メートルも夢ではなくなって、関電トンネルは殆《ほとん》ど迎え掘りの援軍を期待しないでも、工期内に貫通の可能性が生まれる。

アメリカでの大塚の視察結果は、細部ではいろいろ得るところがあった。しかし何よりも大きかったのは、全般的にいって日本も今ではほぼアメリカのレベルに達しているという確信を得たことであっただろう。それまでの不安が自信に変わり、大塚は「やがて日進二十メートルも可能だ」といった抱負をいだいて、四十日間の勉強ののち、三月下旬に帰国することになる。

が、その留守中は、芳賀の相手は専ら船生睦郎《ふにうろくろう》である。

「この調子で押せば、何とか工期までには漕《こ》ぎつけられそうだなあ」

好成績に、芳賀は船生に持ち前の人なつっこい微笑を見せる。

「はあ。まあ何とかそう行きたいもんですが……やはり小断層は多いし、地盤はよくないですよ」

「それは判っているよ。しかし何とか頑張ってやろうじゃないか」

請負《うけおい》側としては、予算金額だけでなく実算もあるわけで、まして今度の黒四のような難工事ともなると、当然相当の割増しが最後には期待出来る。船生は建設作業所次長という責任の地位にいるだけに、純技術的な判断のみではなく、経営上の駆け引きからも工事が容易だというはずはなく、むしろ難儀さを訴え続けるのが常識と見ていいだろう。ベテランの芳賀には、その辺の察しもつくわけで、難工事だといわれても、簡単に承認してしまうわけではない。

（何にしても……数字は順調な進捗を語っているのだ。このまま馬力をかけさせて、ぐんぐん能率を上げさせなければ――）

そう思って、笑顔で士気を鼓舞したり、渋い顔を見せて経費を引き締めたりするのが仕事なのだ。しかし、

「君、宇奈月側の佐藤や大成の仕事も順調に進んでいるし、この分なら工期通りにいけそうだねえ」

工事全体の責任者である平井寛一郎が、芳賀の顔を見て微笑すると、

「はア。でも……必ずしも楽観は出来ませんよ。何しろ地盤が悪いですから……」

その時には、芳賀が慎重なことをいう番になる。

快報はトンネルの進行ばかりではなかった。

間組《はざま》が請負っているダムの構築は、工事全体の中でも最大の工事だが、その着手はまだしばらく先のことだった。しかし間組では、少しでも早く工事の能率を上げるために、ダムサイトの切り広げや道路付け用に、ブルドーザーを何台か、雪の立山を越えて

黒部に入れようといい出したのだ。

「思い切ったことをやるんだなあ。成算はあるのかいな？」

　去年の十一月、間組の工事部次長の松垣一夫や、設備課長兼堰堤《えんてい》課長の中村精にその話を持ち出された時に、芳賀はその年の六月に、自分も初めて越えたあの立山から一ノ越、黒部川への、険しい坂道を思い浮かべた。

（あの時俺は、『おそぎゃアとこや』と胆《きも》をつぶしたものだ。今はもう馴《な》れてしまってそれ程には驚かないけれど、それにしてもあの千五百メートルもの鋭角の斜面を、果たしてブルドーザーなど、運転出来るものだろうか？）

　芳賀はちょっと首をかしげたが、松垣や中村は笑っていた。

「出来るか出来ないか、なんて問題じゃなくて、どうしても下ろしてしまうんですよ。ブルドーザーもなしに工事は出来ませんからねえ」

　松垣がいう。

「それはその通りだが……」

「いや、雪が固まってしまえば、雪ぞりでも動かす要領で、山を思いきり大きくジグザグに縫って、下ろしてやろうと思うんですよ。今のうちに分解して室堂《むろどう》まで運んどいて、三月ごろやってみますよ。——何しろこの計画は、うちの社長が『ハンニバルやナポレオンに負けるな』といって激励してくれているわけですし、建設所長代理の三枝《さえぐさ》にも相

談しまして、ブルドーザーを四、五台つぶさせてくれと頼んどきましたよ。三枝は、よかろう、好きなようにつぶしてみろとの返事でしたので……まあ、失敗してつぶしてしまう気で、やってみますよ」

「ほほう、ハンニバル作戦――ナポレオン作戦か。さすがに神部《かんべ》さんらしくて面白いねえ。じゃあ一つやってもらおうか」

芳賀も破顔して、賛成したものだった。

間組社長の神部満《まん》之助《のすけ》は、業界でも有名な気骨のある男で、この建設所にも『黒部大ダム建設所』と、自ら壮大な名前をつけて自分で『所長』を兼ねており、雪のアルプスを越えてローマに攻め入った古代カルタゴの英雄ハンニバルや、ナポレオンを持ち出して、それらの英雄たちに負けずに、この冒険を成功させせろと号令しているのだ。それがいかにも神部流に思えて、芳賀は愉快でたまらなかった。

——その冒険も、すでに三月も末になった今では、すでに一部の成功が伝えられている。大型が二台と小型が二台だが、小型を先頭に、すでにブルドーザーは、吹雪の立山を、一ノ越から黒部へと下りつつあるという。

(ブルドーザーが入ったら、ダムサイトの掘削も一気にはかどることだろう)

関電トンネルの快調な掘削と並んで、それも芳賀には楽しい展望の一つだった。

そして最初のブルドーザーが無事に御前沢《ごぜんさわ》までたどりついた三月末の或《あ》る日、或る意味では工事全体の進捗よりももっと楽しいことが、芳賀に訪れた。

芳賀にとって何よりも嬉《うれ》しかったこと——それは学校が春休みになって、芳賀が目に入れても痛くない三女の順子《よりこ》が、姉の祥子《さちこ》と二人でスキーを担いで大町にやって来たことだ。

「ああ寒い!　大町って寒いとこね」

突然飛び込んで来た電報に、芳賀が慌てて信濃大町駅に駈《か》けつけると、順子はオーヴァの肩をすくめながらも、にこにこしていた。

「山の中だからねえ、折角《せっかく》来たって、雪よりほかには何もないよ」

「でもそれでいいのよ。それが目的なのよ。だってスキーに来たんだもの」

順子は機嫌よくいった。

芳賀は姉妹を、この月の四日に出来たばかりの、日向山《ひなたやま》高原の関電クラブハウスに泊めた。クラブハウスは木造二階建の瀟洒《しょうしゃ》な建物で、暖房もエア・コンディショニングも完全で、下手なホテルよりは行き届いている。——そういえば建設事務所も、社員合宿も、すでに昨秋同じ日向山に近代的なのが建って、駅前の仮事務所から移って来ている。

「どうかね、よっちゃん（注＝長女の由江）はまだお嫁に行くといっていないかね？」

芳賀は祥子に聞いた。順調なこのごろの仕事と生活の中で、芳賀の気がかりはそれだけだった。

「いってないわよ。中野さんはやはり立派な方だと思うけど、——でもお父さまと同じ土木屋だと思うと、やはりどうしても気が進まないんだって」

祥子は遠慮なく答えた。

「まだそんな同じことを……」

芳賀は仕方なく苦笑した。

「でも無理ないと思うわ。夫がちっとも家にいない家庭なんて、あたしだっていやだもの」

祥子が、続けていった。

「まあ、たまに来て、そうお父さまをいじめなさんな。それよりスキーはどうする?」

苦笑を続けながら、芳賀は話題を変えるより仕方がなかった。

「そうね。すぐ滑りたいわねえ」

二人が支度するあいだに芳賀は事務所に電話して、手すきの社員の中で、スキーの上手な一人に案内を頼んだ。

「じゃあ行って来るわ!」

順子ははしゃいで、祥子の手を握って踊りながら出て行った。

「その間に仕事を片付けて……」

その夜の団欒《だんらん》を思うと気持が一そうはずんで、芳賀は事務所に行って急いで仕事を片付けると、一時間ほどでクラブハウスに戻ったが、部屋に着いてみると、順子がぐったり寝転んでいた。

「どうしたのだ順ちゃん、疲れたのか?」

「うん、疲れた。えらてえらて……」

順子は名古屋弁で、疲労を訴えた。

「汽車の疲れだろう。ゆっくり眠るとすぐ直るよ」

「うん――」

　その夜は食事もそこそこに、順子をベッドに就かせたが、翌《あく》る日にも順子は、ほんの三十分も滑らないうちに疲れ果てて、クラブハウスに帰ってぐったりしている。

「どうしたんだろう。風邪でも引いたのかな?」

「でもなさそうよ。順ちゃんこのごろ、ずーっと何だか元気がないのよ」

「じゃあ早く名古屋に帰って、西山先生に診てもらうか。さっちゃんには気の毒だけど……」

「わたしはいいわ。そうする方がいいわねえ」

　次の日は一日中、順子は部屋に閉じこもって、窓から雪景色を眺めながら、スケッチブックを出して好きな写生をしていたが、それにも根《こん》が続かないようだった。

肩を落として、しょんぼりした表情で、ただ鉛筆を握っているばかりである。

（去年の夏、あの子に送ってやるうらしまつつじを描きながら、俺は何となく、順子とあの小さな高山植物に共通するはかないものを感じたのだったが……、あれがやはり、悪い予感だったのだろうか……）

芳賀は、胸のふさがる不安を感じた。

祥子が学校の同窓会があって、急いで帰らなければならないと、うまい口実を考えついたのに、順子は異議を唱《とな》えなかった。

「さっちゃんが帰るのなら、私も帰る」

そういって、二人は翌日の汽車で帰って行った。

それから二週間ほど経った四月十二日のことだった。芳賀が次長室にいると、女事務員が一通の手紙を届けて来た。見ると差出人は長女の由江だった。芳賀が開封しようとしていると、先日アメリカから帰任したばかりの熊谷組の大塚工事課長が、ひどく冴《さ》えない表情で入って来た。

「どうしたの、元気がないなあ」

大塚を見て、芳賀は手紙をそのまま机に置いて、いつもの微笑でいった。大塚はいずれ仕事の話だろうから、その方が先なのだった。由江の手紙は、どうせ私用にきまっている。

「いや芳賀さん、困りました。大変なことになりそうです。実は二週間ほど前から、度々切羽《きりは》付近で崩壊のあったのはご承知の通りですが……」

「うん、報告は見ている。君もいやな時に帰って来たもんだ」

「はア。——で、きのうはとうとう工事が不可能な状態で、たった一メートルしか進まなかったんです」

大塚は一枚の紙を取り出して、芳賀の前に広げた。それは工事日報で、芳賀も毎日見ているものだが、なるほど前日の十一日には、当日進行の欄に「1」と記入されていた。

「なるほど——」

大塚が、岩盤の悪くなっている実情を、順序立てて話すのを聞きながら、芳賀がうなずいて机を見ると、そこには未開封の由江の手紙があった。芳賀はその手紙にも、なぜかただならぬ胸騒ぎを覚えた。

その不吉な予感は、当たっていた。

大塚が帰ってから、芳賀が由江の手紙を開いてみると、順子の病気の知らせだった。

順子は大町から帰った後も、何かしら疲れるといっていたが、新学期が始まる頃からは、胸の痛みまで訴え始めた。

それでも我慢して通学させていたが、顔色が余り悪いので西山先生に診てもらったところ、先生は「どうして今までほうっておいたのだ」と驚いて、近く名古屋大学病院で精密検査を受けることになった。いまのところ風邪か十二指腸が悪いのではなかろうかということだが、何にしても心配でならない。――手紙はそんなことを訴えていた。

西山先生というのは西山静といって、若い女医である。名大宇佐美内科の出身で、宇佐美内科の後を継いだ山田内科で研究を続けるかたわら、中区にある土木診療所に勤務している。由江が身体を悪くしたことがあって、その時に診てもらったのが始まりで、今では芳賀家のホーム・ドクターのように親しくしている。

明るいさっぱりした人柄で、太っていて、一見男まさりに見えるのだが、実はやさしい細やかな情愛を持った人で、芳賀家では、みなが信頼し切っている。

(西山先生がそんなにいうのなら……これは大変かも知れない!)

ほっそりと、はかなげな、順子のうなじを瞼《まぶた》に浮かべて、芳賀公介は思った。きのうまでは白銀のアルプスの上に、青々と晴れて輝いていた晩冬の黒部の空だが、今は黒い厚い不吉な雲が、工事の上にも芳賀個人の上にも、重く息苦しくのしかかって来る思いだった。

順子の見舞いに帰ってやりたいのは山々だったが、トンネルが難関に逢着《ほうちゃく》した今は、芳賀は現地を離れることは出来そうもない。

(切羽の崩壊も順子の不健康も、きっと局部的、一時的なものに違いないんだ。そのう

ちに工事が順調にもどったら、ゆっくり順子を見舞ってやろう）

芳賀は、自分自身にそういい聞かせると、妻と由江とに簡単な返事を書き、順子には絵葉書に、これも簡単な見舞いの言葉をしたためた。それからすぐにベルを押して、女事務員に、土木課長の村山功や、第三工区長の成瀬大治や、工区長代理の小倉正司たちを呼び集めるように命令した。

芳賀や大塚たちの願いには、背を向けるように、関電トンネルの難工事は、日が経っても順調には戻らなかった。四月十日に八・五メートルの進行を見たのを最後に、能率はどかどか落ちて、二十一日には五メートル、二十二日には三メートルしか進まなかった。

「コンウェイ・ショベルが切羽に当たっただけで、もう岩がぼろぼろ崩れ落ちるんですよ。これでは危なくて、掘削が出来ませんよ」

このごろは切羽に詰めきりの、工区長代理の小倉が報告に来て話す。

「小断層は最初からあったんですが、このごろは切羽に、いつも白い粘土層が何本か斜めに走っているんですよ。そうかと思うと、切羽全体が軟弱花崗《かこう》岩で、いま小倉君がいったようにぼろぼろこぼれたり、絶えず湧水が切羽ににじみでていて、時には噴流状にふき出して来たり……大規模な破砕帯でもなければよいがと、心配ですよ」

成瀬も眉を曇らせていう。

その成瀬や小倉の心配は、不幸なことに、事実になってしまった。

四月二十七日のお昼ごろのことである。大塚が、切羽から百メートルほど離れた場所でジャンボーの点検をしていると、切羽付近にいた坑夫たちが何十人か、一塊《ひとかたま》りになって走り出て来た。

「どうしたんだ、お前たち！」

大塚が声をかけた。

「鏡が崩れて来たんだよ！」

一人が叫んで答えた。鏡とは、現場の言葉で、切羽の掘削平面のことである。

「ごーっと山鳴りがして、切羽全体が崩れ落ちて来たので、急いで退避して来たんだよ！」

「何ッ、それは大変だ！」

大塚はジャンボーから飛び下りると、逆に切羽に駈け込んで行った。

トンネルの地面が、何だかぽっくりと全体に浮き上がって来ている感じだった。切羽に近づくと、崩壊を防ぐために〇・五メートルという極端に狭い間隔で建て込んである、三十キロから五十キロの頑丈なレールの支保工が、上下からの大地の圧力で、ぐんにゃり、しわんでいる。

大塚がなおも切羽に近づいて行くと、支保工の陰に、何人かの人影が見えた。

「誰だア、大丈夫かア?」

大塚が叫ぶのへ、

「課長ですか、気をつけて下さいよ」

落ち着いた大声が返って来た。このトンネル掘削の現場を受け持っている、下請の笹島班の班長、笹島信義だった。

「切羽が百立米《りゅうべい》ほど崩れたようなんです。なあに、おさまったらすぐに崩れた土砂を取り除けて、工事は続けますから……」

笹島は気の強いことをいった。

それもまた当然で、部分的な崩壊はすでに一ヵ月近い以前からあったが、あたかも帰国した大塚の前に立ちはだかるかのように、三月二十四日に四十立方メートル崩れたのを手始めに、二十九日には六十立方メートル、三十日には十八立方メートル、四月七日には三十三立方メートルと、大きく崩れ始めたのだ。四立方メートルや五立方メートルの崩壊は何度もあって、笹島はその度に急いで崩壊土砂を片付けては、休まず掘削を進めて来ているのだ。

「そうか。しかし百立米も肌落ちするようでは危ないぞ。今度は気をつけてやってくれよ」

「大丈夫ですよ」

　笹島は崩壊が落ち着くと、例によってすぐに土砂の取片付《とりかたづ》けにかかったが、その日は跡片付けと支保工の補強とにかかりきって、掘削は三メートルしか進まなかった。

　翌四月二十八日も、しわんだ支保工の補強に暮れた。二十九日には掘削を再開したが、切羽がよほど脆《もろ》いとみえて、僅《わず》かの震動でも鏡面が崩れ落ち、ジャンボーによる全断面掘削は全く不可能になった。

　そのために二十九日の午後と三十日とは、先ず支保工を建て込むスペースを生み出すために、切羽の両端の部分だけを切り抜いた。ジャンボーはおろか、火薬さえ使えないので、手掘りの原始工法に逆戻りだった。

　大塚や小倉からの報告で、芳賀や村山などの関電側幹部は、船生もまじえて三十日の午後、切羽の視察に行った。

　切羽の鏡面は相変わらず、ばらばらと腐った岩屑を前へ落とし続けていた。

「こりゃア、えりゃアことだ」

　芳賀はうなった。

「鏡が前へ落ちるようになっては、トンネルは収拾がつかぬのが常識だが、――これは根本的な対策の必要がありそうだな」

「そうです。も一度地質の検討を、専門家に徹底的にやってもらう必要がありますよ」

村山も眉をしかめた。フォッサ・マグナの影響を受けた大断層があるかも知れないとは、最初から心配していたことだが、幸運にもそれを避けて、無事にトンネルがアルプスの彼方の黒部の川岸に貫通することが、関係者すべての願いであり、祈りでもあったのだ。

だが——もはや情勢は楽観を許さぬようであった。幸いに破砕帯が小規模なもので、二、三日の手戻りをくり返すだけで突破出来れば、何よりのことだが、そうでない場合も想定して、対策は周到に講じておかねばならない。

「ともかく注意してやってくれよ。非常事態になったら、かまわずに全員が急いで退避してもらいたい。くれぐれもいうが、一人といえども死傷者などは出さないように……」

「まあ、大丈夫とは思いますが……しかし注意しますから」

芳賀の注意に、船生も大塚も笹島も、緊張した表情で答えた。

それから芳賀たちはトンネルを出て事務所に帰ったのだが、——その日を最後に、関電トンネルの掘削進行が何ヵ月間も停滞し、はては黒四建設の全体はおろか、関西電力というマンモス会社の命運にまでも関するような重大事態に至ろうとは、その時には、さすがに予想さえもしなかった。

さて、――こんな難局を迎えても、現場の関心は、やはり『工期』であった。それまでに何度かあった小破砕帯で、この一ヵ月、能率は極度にあがっていない。それを取り返すためには、順調な時には疾走するように能率を上げ、悪いときにも、たとえ一メートルでも二メートルでも、這《は》うようにして進めて、全体の数字を伸ばして行かなければならない。

――工事は徹夜で続いた。

三十日の夜半になると、鏡の肌落ちもどうやら落ち着いて来た。

「もう発破をかけてもいいでしょう。やってみましょうか?!」

五月一日午前三時五十分。笹島は大塚の決断を得て、しばらくぶりの小発破を、トンネル内にとどろかせた。

切羽は、何事もなかった。コンウェイ・ショベルが進入して来て、久しぶりに爆破したズリ出しを行なったが、鏡面にも別に異状はなかった。

「よし、大丈夫だッ、ジャンボーを入れろ!」

能率は、一刻をせき立てているのだ。午前七時、ジャンボーが、岩小屋沢の坑口から計算して一、七八一メートル地点に当たる切羽を目ざして動いた。

「ストップ!　ストップ!　後退させろッ!」

坑夫の一人が叫んだ。切羽から十メートルほどの手前だった。

「盤《ばん》ぶくれが来ているッ！　支保工がジャンボーにつかえているぞッ！」

その坑夫は、絶叫した。

「何ッ、盤ぶくれが来たッ？」

全員が、ギョッとしてあたりを見回した。ジャンボーはトンネルの真ん中を、両側に建て並べた支保工とはかなりの間隔を保って通行するはずなのだが、それが片側の支保工につかえているのだ。

地盤が弱くなって、トンネルが押しつぶされようとしているのに違いない。地盤が固い時には、山の圧力は前後左右複雑な『せりもち』状態になって、トンネルは安全なのである。しかし地盤が弱くなれば、無限大の山の重さが、天地左右からトンネル一つ押し潰《つぶ》すのはわけがない。

「後退ッ、後退ッ！」

ジャンボーは急いで退避した。退避が終わってから調べてみると、頑丈な鉄の支保工が、至るところでたわみ、曲がり始めていた。

「すぐに補強だッ、熔接だッ！」

急いで資材を運び入れて、曲がった支保工には新しいレール材を添えて、大至急で熔接が始まった。

船生と大塚と笹島は、切羽付近を詳しく調べてみた。盤ぶくれは、既に肉眼でも明らかだった。地面は不気味に浮き上がり、天井は重苦しく垂れて来ている。両側の壁面も、徐々に内側へとせり込んで来ているようだ。遠く微《かす》かに、ごーッと鈍い山鳴りのような音が聞こえるのは気のせいばかりだろうか。

正午ごろ、熔接部分が折れて、次々に飛び始めた。ごーッと、今は明らかに山鳴りが、全員の耳を不気味に打った。

「退避だッ、全員退避せよッ!」

船生が、悲痛な叫びで命令した。今の今まで、一センチでも退くまい、半センチでも進めようと、精魂こめて守り続けて来た切羽だが、もはや放棄するのほかはない。

全員が切羽から何十メートルか退いた時、ひときわ大きな山鳴りが聞こえた。同時に、ギリギリ・グォーン・ダダーン!

耳がつんぼになりそうな轟音《ごうおん》が、坑内にとどろいて、切羽から十メートルほどにわたって、見る見る鉄の頑丈な支保工が、片っぱしから飴《あめ》のように押し曲げられ、へし折られていった。つないであるボールトが、パチパチ音を立てて外れて飛んだ。

同時に、切羽の鏡面が、ダンプが土でも捨てるかのように、一気に無造作に崩れて来て、その上部から滝のような湧水が、せきを切ってほとばしり出た。

忽《たちま》ち、敷(地面)は急激にせり上がって、切羽近くでは、それは坂のような勾配になっ

た。もはや補修はおろか、危険で調査に近づくことも出来ない。

「関電の事務所へ、急いで報告してくれ！現場では対策も何も、立たんというてくれ！」

船生が、使い番の労働者に叫んだ。切羽の崩壊は暫《しばら》くして止まったけれど、水は引っきりなしに噴き出て来た。手を切るような冷たい水で、まるで何千万年もたまっていたアルプスの腹の中の水が、一気に吐き出されるかの、激しさであった。トンネルは忽ち、激流の水路に変わった。

報告を受けた芳賀や村山や、その他の技師たちが飛んで来た。

しかし、急にどう出来る手立てもなかった。

「仕方がないですな。どうにもならないで

す。しばらく模様をみて、それから手当てしましょう」

大塚がいった。さすがの大塚にも、山が激している時には、逆らうことは出来ないのだ。

翌五月二日も、切羽では崩壊が続き、湧水は一そうひどくなって、関電トンネルの掘進は、今は思いも及ばない状態になってしまった。

相次ぐ熊谷組現場からの報告によって、関電側全体の受けたショックは大きかった。

――このトンネルが、そしてこのトンネルだけが、人跡未踏といわれた秘境黒部の上流地帯に、直接に現代の『文明』を運び込むルートなのである。日本最大を誇る大アーチダムの、莫大《ばくだい》な量のセメントや鉄材や骨材にしても、或《あ》るいは十キロ余り下流に掘削しつつある地下発電所に据える、巨大な発電機にしても、このトンネルが貫通してこそ、初めて運び入れることが可能になる。――逆にいうと、このトンネルが貫通しないでは、ダムも発電所も、どれ一つ建設することは出来ないし、作廊や東谷でどんなにトンネルの掘削がはかどったにしても、『永久の廃坑』となるばかりである。

それは単に、アルプスの山腹に、有史以来初めてのトンネルをうがつという、歴史的な意義だけでなく、黒部の奥地と『文明』とを結ぶ、黒四建設の一切の死活の鍵なのだ――。

しかし、建設事務所長の平井寛一郎は、芳賀や村山の報告にも、顔色を変えなかった。

「まあそんなにあわてなさんな。破砕帯というたところで、アルプス全体というわけではなかろうし、ゆっくり実地を拝見しようじゃないか」

落ち着いて、平井はそういった。

(俺があわてては、全機構が浮き足立つばかりだ!)

平井はそう考えて、懸命に自分を抑えたのに違いない。電気工学を専攻した、つまり緻密な技術者でもある平井だから、フォッサ・マグナに沿うこの地帯が、どんな地質状態であるかについては、必要な予備知識は当然あった。それは掘り続けたなら、極端にいえば、アルプスの山一つを崩してしまわねば終わらない、破滅的な大破砕地帯であるかも知れないのだ。——しかし平井は、そんな危惧にはまるで気もつかないかの、悠々とした表情を見せた。

「ちょうど当山《とうやま》先生も来ておられるし、私も専門外のことだから勉強にもなる。みんなで行ってみることにしよう」

まるで黒部の珍しい滝でも見物に行くかの、気楽そうな言葉だった。

当山先生というのは、地質学者である日本大学の当山道三博士である。先に述べたこのトンネルの別の坑口、——岩小屋沢坑口からは一キロほど東に当たる、例の支坑の掘進を受け持っている栃尾久班長が日大の出身で、博士の弟子に当たるので、招かれて視察に来ているところだった。

芳賀や村山のほかに、熊谷組から船生次長や大塚工事課長も一しょになって、一行はトンネルを入った。

「なるほど、これはかなりひどい」

平井がいった。量を増した湧水で、トンネルは坑口から、既に川であった。その激しい流れをゴム長で歩いて、一行は切羽に急いだ。

切羽に近づくと、敷（地面）は一そうふくれて、八十センチから一メートル二十ほども浮き上がって来ていた。

太い鉄の支保工がつぶれて、切羽から六、七メートルは土砂が無残に崩れ、その上をザアザア、冷水が洗っていた。

しかし、その土砂と冷水の激流の切羽には、なおも工事を続けている幾つかの黒い人影があった。彼らは保安帽の上からビニールの布をかぶり、ゴムの合羽《かっぱ》を着て、枕木や木材を担ぎ込んでは、必死に突っかい棒を立て、またサンドルを組んでいるのだ。

「やあ、ご苦労さん、怪我しないように、注意して下さいよ！」

「ああ、所長さんですか。なあに大丈夫ですよ」

黒い影の一つが、元気な返事をよこした。

「これ以上崩れて来られては、たまりませんからねえ。出来るだけしっかり守って、ま

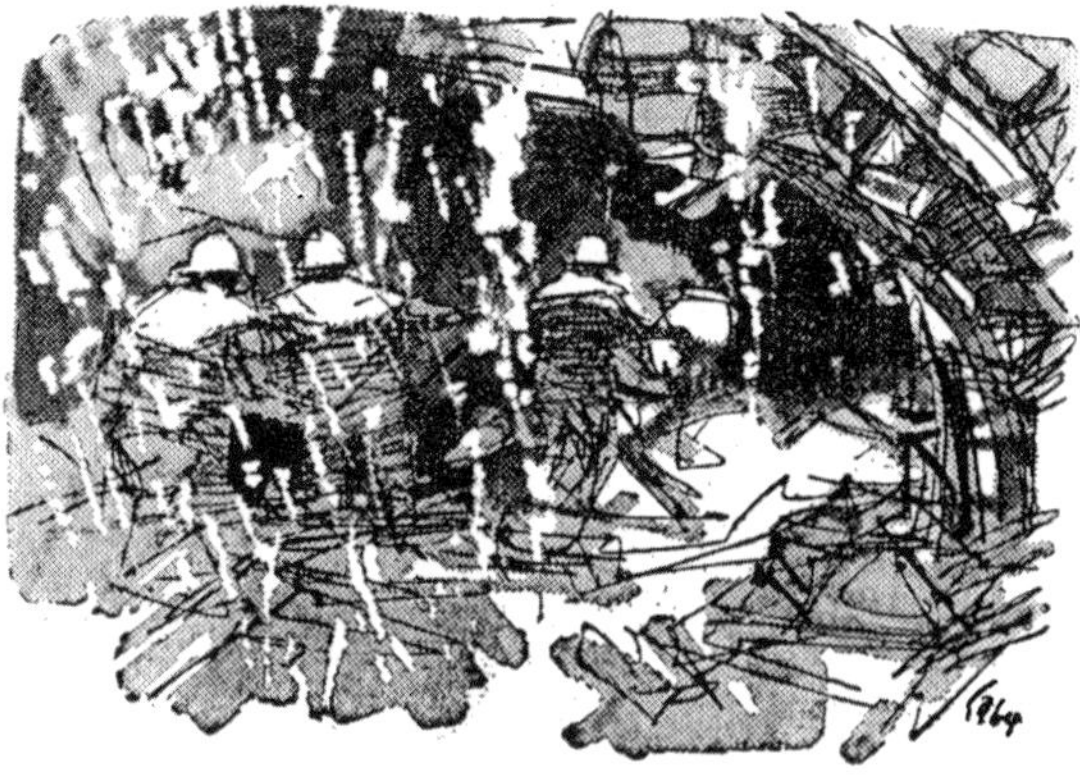

ず、とにかく、崩壊だけはくい止めておかなくっちゃあ」
返事の主は笹島信義だった。答える間も手は休めずに、運んで来た木材を切羽一ぱいに井桁《いげた》に積み上げている。中央に人間の通る空間だけを残して、トンネルの『空間』全部が井桁に組んだ木材で埋まるのだ。いつ掘進が再開出来るかのめどは立たないにしても、ともかくその日のために、これ以上の崩壊はさせまいと、彼らはこうして、生命がけでサンドル組みに挺身《ていしん》しているのだ。
「水はどんな性質の湧水なのか、流れ出ている岩石はどんな種類の岩石なのか、十分に資料を持って帰ってくれよ！」
芳賀が、ついて来た何人かの若い技師たちに指令する。

「はあ、そうしましょう」

若い技師たちは、恐れげもなく切羽の崩れた土砂の上にまで進んで、水をくみ取り、そこここの流れ出た岩片や泥を採取している。

かなり長い時間、一行はそれぞれの立場から、崩壊個所を検分したが、

「くれぐれも注意して下さいよ」

平井がいうのへ、

「はあ、大丈夫ですよ!」

笹島が元気よく答えたのを最後に、やっと引き揚げにかかった。


その夜は深更《しんこう》まで、事務所の一室で対策が討議された。

――当山博士の見解によると、この破砕帯はやはり糸魚川―静岡線という、大断層地帯に関連したものである。詳しい地質学的な説明は省略するが、要するに地質年代において、楔《くさび》状地塊が鳴沢・赤沢両岳の間に圧入して、岩石の圧砕現象を起こし、そのために単純な平面的断層ではなくて、立体的な、複雑な断層群が生じているものと考えられる、ということであった。

また、湧水はこの断層――圧砕された岩石のすき間を通って、長い年代にわたって地表から滲《にじ》み込んでいた水であって、それがトンネルの掘削が破砕帯にまで及んだため

に、岩盤の初期応力の解放によって、岩と岩との間がゆるんで、すき間が大きくなり、急激な湧水という現象になったものであろうということであった。

それでは破砕帯の規模はどのくらいかというと、これもまた専門的な地質学的な説明は省略するが、地表面の亀裂や断層状態から考えたり、また鳴沢・赤沢両岳の黒部側では、大町側よりは断層帯の存在が少ない点などから推測して、それほど大きいものではなく、結論としては鳴沢・赤沢両岳の稜線を越えたあたりからは、堅固な岩盤に復《かえ》るだろう——ということであった。

これらの推論が正しければ、破砕帯の幅は、五十メートルから、精々《せいぜい》百メートル程度で、その突破は困難には違いないけれど、不可能というわけではあるまいと考えられた。

「じゃあ、理論的なことはほぼそれで判ったわけだが、具体的に工事は、どんな具合に進めればいいだろう?」

当山博士が退席したあとで、平井寛一郎が、問題を具体的対策にもどした。

「やはり、水を抜くことじゃないですか」

芳賀公介が、まず提案した。

「まだ確かなことはいえないけれど、きょう拾って来たところでは、流されて来ている岩石は、全部花崗岩の岩塊や、岩片ですよ。泥のようなものは長石で、長石は花崗岩の構成物質の中では一番水に弱いですからなあ。——つまり、このあたりの地質は、すべて花崗岩で、それが断層破砕作用によってクラッシャーにかけたように、打ち砕かれており、そのすき間を地下水が滲み込んで、長石を溶かしては段々《だんだん》すき間を広げたものでしょう。だから、水をどんどん抜き取りながら、一方ではセメント注入などによって、地盤を固めて行けば、やがて元の堅固な岩盤に戻るんじゃないですか」

「しかし……水はどれだけあるのか判らない。何しろ三千メートル近いアルプスの山だからなあ。水が無限にあるとすると……?」

「まあ、そう心配すると、きりがないですが……」

芳賀が、やっと笑った。

「とにかく破砕帯が百メートル内外だとすると、ぎっしり水がつまっているにしても、そのうちには、減りますよ」

「それもそうだなあ。――じゃあ、それで行くか」

平井も笑った。別におかしくて笑うのではないが、まだこの時には、気持の上でもせっぱつまってはいなかったのだ。

村山や成瀬や小倉や、その他の技師たちもうなずいた。

――基本的な対策は、その夜のうちに決められて、翌五月三日から直ちに実施に移された。それから七ヵ月間の長い長いあいだ、破砕帯との必死の格闘に、日本中の権威者の意見を集め、世界の文献の主要なものを悉《ことごと》く参酌して、対策は毎日のように練り直されたけれど、根本的な方針としては、この夜の検討の線はついに間違ってはいなくて、曲げられずに一貫されたのだ。

対策の第一は切羽までの復旧と補強である。そのためには崩壊地点のすぐ手前の『八メートル』を、急いでコンクリート巻き立てして、それを足場に、特殊の大型支保工を使って、一日も早く切羽までの失地を回復する。

第二には、第一の工事に先立って、いま現場でやっている、坑木を組んで切羽に到着する『井桁』作戦を急ぎ、そこからボーリングによって、破砕帯の幅を正確に探る。

第三は水抜きであった。そのために本坑の左右に、何本かのパイロット・トンネル、すなわち水抜き坑を掘ることになった。

「まずそれで間違いあるまい。早速あすから掛かることにしよう」

平井がいった。

「やりましょう！」

芳賀や他のスタッフも口々に答えて、翌三日からは、早くも第一号パイロット・トンネルを、本坑の右側に掘り始めることに決めた。続いて九日からは、左側に二号パイロット・トンネルを始める。

打合せが終わって、芳賀公介が合宿の自室に帰ったのは、とっくに夜半を過ぎた時間だった。

芳賀は疲れていた。全体を統轄《とうかつ》する平井には平井で心労があるが、こういう難局にさしかかると、現場を受け持つ技術担当の芳賀には具体的な処理の責任があって、疲労も一そう直接的なのだった。ウイスキーでも一杯ひっかけて、芳賀はすぐに寝ようと思った。

煙草《たばこ》を吸わない芳賀には、鬱屈《うっくつ》した時の気分の転換には、やはり酒しかないのだった。

机にすわって、ウイスキーの瓶を取ろうとした芳賀は、ふとそこに、一通の速達郵便が置かれているのを見た。

差出人は、長女の由江だった。きょうは午後中を留守にしていたので、係の者が気をきかして、合宿へ届けておいてくれたものに違いない。

ウイスキーを湯呑についで、ちびちびと舐《な》めながら、芳賀は由江の速達の封を切った。二、三行読み進むうちに、芳賀の眉がふと曇った。思わずウイスキーを一口に飲み乾して、芳賀は湯呑を置いて両手で手紙を広げて持った。

――順子が、非常に悪いというのである。新学期には我慢して登校していたが、一週間ほどすると疲労が激しくてどうにもならず、とうとう登校出来なくなったと――そこまでは前便にもあった。それから西山先生に診てもらっているのだが、西山先生は、順子や家族の前では、心配することはないといいながら、かげでは深刻な顔をしているようだという。

　――それがとうとう、四月三十日には自宅で倒れてしまったのだ。

「たちの悪い貧血ですよ。輸血しなくちゃ」

　電話で飛んで来た西山先生がそういって、その日から絶対安静で、一日二五〇ccの輸血を始めている――。

「輸血までしているのか！」

　手紙を握ったままで、芳賀はつぶやいた。輸血というのは、医者の見解ではどんなものなのか知らないが、素人の考えでは、殆ど瀕死の重病人にするものであった。

「そんなに悪かったのだろうか――」

　芳賀はまたつぶやいた。ほんの一ヵ月半ほど前に、スキーに来ていた時の順子を、芳賀は思い浮かべていた。二、三十分滑っただけで、もう消え入りそうに疲れを訴えていた順子。うらしまつつじのちっちゃな花のように、たよりなく、はかなげだった順子。

（悪い時には悪いことが……。順子を見舞いに帰ってやりたくても、俺は今は、職場を離れることは出来ないのだ――）

　芳賀は、いても立ってもいられぬ、もどかしさを覚えた。悩みはトンネルの破砕帯一つではなくなったのだ。

　破砕帯――そうなのだった。由江も芳賀も、家族の誰もがまだ告げられてはいなかったけれど、順子の病気は、救いようのない、肉体の破砕帯かも知れないのだった。それを……西山静という女医一人だけがおぼろに気付いていて、秘《ひそ》かに胸を痛めていたのだ。

しかし、芳賀公介には、順子の病気についての感傷にばかり、浸っている暇はなかった。

翌五月三日からは、前夜決定した基本対策にもとづいて、早速パイロット・トンネル——水抜き坑を掘らなければならない。

芳賀は早朝に起きると、村山土木課長と二人で、平井所長をクラブハウスに迎えて、現場に行った。現場では工区長の成瀬大治と、工区長代理の小倉正司が出迎えた。成瀬は丸まっちい背の低い身体で、小倉は痩せたひょろ高い身体で、どちらもやがて五十に手の届く年配だが、疲労を物ともせずに、坑口近くに建てたバラックの事務所に頑張って、危機の突破に徹夜の指揮を続けている。

「よう、ご苦労だなあ。急に年寄りみたいに、目がしょぼしょぼしているぞ。——ところで現場はどうかね？」

危機にも、さも無頓着げな微笑で、平井が二人をからかった。

「はあ、水は一向減りませんし……どうもいけません」

「そうか、それは困ったなあ」

平井は他人事《ひとごと》のように笑って、水びたしの坑口を、先頭に立って入って行った。

切羽に近づくと、水は脛《すね》まで届きそうな深さで、急流になって流れていた。手を浸してみると、切れるように冷たくて、とても長くは浸していられない。

切羽近くで、徹夜で調査を続けた関電の若い技師たちを見て、

「どうだ、水の状況は？」

芳賀がたずねる。

「はあ、水温は摂氏四度、水量は毎秒五百リッター近くあります。水圧はまだ正確には測れていませんが、一平方センチ当たり四十キロ程度のようです」

若い技師は顔色は青ざめ、既に唇の色は無かったが、声だけは元気よく答えた。

トンネルもこのくらい奥になると、気温は年間を通じて摂氏六、七度の低温である。その薄ら寒さの中で、ゴム長の脛までを冷水に浸し、頭からは滝飛沫《たきしぶき》を浴びて徹夜作業をしているのだから、いくら毛のセーターを着込み、雨合羽をまとい、頭は保安帽の上からビニールの布で包んでいるとはいっても、技師たちも労働者たちも、凍え切っているのが当然である。それでも一歩も退かずに、彼らは自分自分の持ち場を死守しているのだ。

「毎秒五百リッターか！」

芳賀はつぶやくと、切羽の向かって右肩から、滝になってほとばしり出ている激流を
見上げた。——一メートル立方が千リッターだから、その半分ほどの大量の水が、毎秒
この狭いトンネルの中に流れ出ているのだ。そしてトンネルの入口まで、ほぼ千七百
七、八十メートルのあいだ、水はこの暗闇の通路を冷たい激流になって、流れ続けてい
るのだ。

数字だけでは実感が湧かないけれど、後日になって、やや減水してからトンネルがい
つまでも水びたしでは作業が出来ないので、トンネルの中央に溝を掘った。溝は幅約一
メートル、深さ二メートルほどの深い溝なのだが、湧水はその溝を満たし、時には溢《あふ》れ
ながら激しく流れたといえば、ほぼ想像がつくだろう。

「ともかく急いで水を抜くんだ。パイロット・トンネルをどこに掘るか、早くきめよう」
芳賀は成瀬や小倉や徹夜の技師たちや、熊谷組の船生や大塚や、それから現場の笹島
などと、関係者を手元に呼び集めた。

パイロット・トンネルは破砕帯の水を抜くのが狙いだから、それは破砕帯そのものに
もぐり込んで行くものでなければならない。かといって、本坑がいま出会っているよう
な大破砕帯そのものの中に入ったのでは、本坑と同じように、パイロット・トンネルの
掘進自体が不可能になる。

切羽に近くなければならないのは当然だが、あまり近すぎては、本坑の崩壊にまき込

まれてしまう恐れがある。

「まずこのあたりが妥当のようだ」

そんないろんな条件を議論し合った末に、第一号水抜き坑は、いま埋没している切羽から三十メートルほど手前の、岩小屋沢坑口から一、七五〇メートル地点の右側と決まった。続く第二号パイロットは、第一号とほぼ向かい合う左側と決めた。

「さあ、いまからすぐ掛ろう！」

熊谷組の大塚工事課長の号令で、笹島が指揮して、すぐに斧指《よきさし》や坑夫たちが呼び集められて、掘削の準備にかかった。

パイロット・トンネルは直径二メートルの導坑式円形トンネルである。第一号は本坑からほぼ直角に、十メートルほど右へ掘ってから、今度は直角に左に折れて、本トンネルに平行して掘り進む。それが本坑の進路の破砕帯部分に相当する距離に達してから、破砕帯の方向に向かって多数のボーリングを傘型にして、破砕帯の水をこちらへ流れ込まそうというのである。第二号の場合も、同じ狙い、同じ方法である。

「ご苦労だが、じゃあ頼むよ」

平井が笹島たち現場の人たちの肩を、一人ずつ叩いていった。

平井はそれから、そのあたりにいる労働者の一人々々にまで激励の言葉を掛けて、芳賀たちと一しょに切羽を去った。

手配を終わっての帰路となると、張りつめた気持も緩んで、坑口までの二千メートル近いトンネルは長い。下は切羽からの湧水の流れだし、天井からはぼたぼたと漏水がある。トンネルの壁は、すべてまだ荒削りの凸凹《でこぼこ》だらけのむき出しの岩肌で、何の風情もない。

はじめのうちは、声を交わしていたが、いつの間にかみんな黙ってしまった。黙ってしまうと、人それぞれの思いが、それぞれの胸のうちを去来する。小倉は切羽の労働者の保温設備のことを考えているのかも知れないし、成瀬は今晩の交代要員のことを思い耽《ふけ》っているのかも知れない。

平井は、部下の前では笑顔しか見せたことがないけれど、いまは誰にも見られない渋い顔で、トンネルと工事全体の行くすえを、暗然と考えているに違いなかった。

——芳賀は、二つの苦悩に代わる代わる胸を締められていた。目の前には、工事全体の動脈であるトンネルの破砕帯があった。その突破は自分の責任なのだが、懸命にトンネルの水を抜いている向こう側には、病める順子の顔が、ゆがんであった。そこでは順子が、水抜きとは反対に、病み疲れた身体に苦しい輸血を続けているのだ——。

やがて平井や芳賀たちはトンネルを出て、坑口近くの第三工区のバラック建ての事務所で一休みした。

「なんだ、芳賀君、君《きみ》、馬鹿に顔色が悪いじゃないか」

二つの心配事に、打ちひしがれた芳賀の疲れ切った表情を見て、平井がいった。

「はあ、ゆうべはちょっと……眠れなんだものですから……」

「君が眠れないなんて……酒でも切れてたんじゃないかな」

平井は笑ったが、ふと真剣な表情にもどって、

「大分無理が続いているから、身体でも悪くしたんじゃないの？」

やさしい口調で、のぞき込むように芳賀の顔をみた。

「いいえ、私は至極頑健ですが、しかし——」

「私は頑健だが、って——じゃ誰か病人でもあるんだね、心配事でもあるんだね？」

「いえ……まあ」

「遠慮しなくていいよ。お互いに家族から遠く離れて、こうして山奥に来ていると、留守宅の出来事は心配なもんだ。――お互いに遠慮なく話し合おうじゃないか」

「はあ……」

芳賀は薄い不精ひげを撫《な》でながら、暫く考えたが、平井にまで黙っていては、もしもの時に水臭いと叱られると思って、

「実は……三女の順子というのがですね……」

なおもためらいながら、原因不明の重病で、このごろ輸血している実情を話した。

「それは心配だねえ。これからすぐ、見舞いに帰って上げないといかん」

「いや、こんな時期ですから、それはとても……」

「何をつまらん遠慮をするんだ」

平井は、怒ったようにいった。

「そのために、所長もいれば次長もいるんじゃないか。土木課長も工区長もおる。――戦いは長いんだ。仲間や部下を信じて、お互いに助け合わなければ、この困難な工事は出来上がらないんだ。方針は決まり、指示も済んだんだから、二日や三日、君がいなくても、現場は動くよ。――幸いきょうは祭日だし、あすは土曜日だ。世間では飛石《とびいし》連休などといっているだろう。ぜひ帰って上げてくれ給《たま》え」

「しかし――」

芳賀はなおもためらい続けたが、平井は諾《き》かなかった。

「名古屋なら、松本から急行で四時間かそこらじゃないか。これからすぐ発《た》つんだ。松本までは車で行き給え」

そういって、自分で指図してジープを呼んで、松本駅まで芳賀を送り届けることを命じた。

「すみませんなあ、ほんとうに――」

「何をいうんだ君、十分みて上げてくれ給えよ」

「じゃあ、ちょっと合宿に寄って……」

「ああ、僕もじゃあ一しょに帰る」

芳賀はジープで合宿に寄って、順子へのみやげに、日ごろ描きためていたアルプスの花々の絵を鞄《かばん》に詰めた。

「皆さんによろしくね」

平井はそこで降りて、おだやかに芳賀に手を振って、クラブハウスに帰って行った。

芳賀がその夜、名古屋の東山に近い自宅に帰ってみると、順子は奥の日本間で、白いネグリジェを着て横たわっていた。芳賀の帰宅を聞いて駈けつけてくれたのか、枕元には白い診療衣をつけた西山女医がいた。

「順ちゃんどうだね？　ほら、おみやげをどっさり持って来て上げたよ」

芳賀が鞄を開けて、高山植物の花の絵を、枕元に積むと、

「まあ素敵！　お父さま有難う」

順子は仰向けに寝たままで、二、三枚を取り上げて嬉しそうに見ていたが、

「ねえ、またあした見せてもらうわ」

疲れるのか、すぐに見るのをやめた。

（あんなに好きな、花の絵だというのに！）

芳賀の不安は高まったが、そ知らぬ顔で暫く雑談してから、西山女医に目で合図して、そっと座を立って玄関脇の応接間に入った。西山が入って来るのと前後して、台所にいた姉の由江が、エプロンで手を拭きながら、そっと応接間に来た。

「どんな具合なんですか？」

不安そうに芳賀がたずねる。

「それが……まだ十分には判らないんですけどね、貧血で疲労がひどいんですのよ。それに……赤血球が大分《だいぶ》減ってるようなんです」

「赤血球が減ったというと――？」

「でもまあ、大したことはないかも知れないんです。暫く輸血を続けると同時に栄養を取って、疲労の回復と体力の充実をはかるのが第一ですわねえ」

「そうですか。何分よろしく願います」

ほとんど容態は判らぬままに、芳賀は頭を下げるしか仕方がなかった。ダムやトンネルの現場のことなら、三十年もやって来て、人によっては日本一の技術者などと評されもするけれど、病理学の知識などは、痩せてはいても健康な芳賀には、これまで関心さえなかったのである。

——しかし、傍で聞いている由江は、そうではなかった。

（赤血球が減った、——逆にいうと白血球が殖《ふ》えたのではなかろうか？　そうすると、これは……？）

大学で食物学科を修めた由江には、専門的ではないにしても、相当に生理学の知識があった。由江はある恐ろしい病気の名前を連想し、ぞっと寒気がし、全身が毛羽立《けばだ》つのを覚えるのだった。

芳賀にとっては、順子の容態も心配だったけれど、トンネルの難工事は、捨てておけないことだった。順子の病気はいわば私事で、芳賀一家だけのことなのだが、トンネルの難工事は、黒四建設の全局に影響し、関電という大きな組織の前途にまでひびくものである。それは関電二万五千の職員と、その家族の生活にまで影響を持つ公事なのだ。

だから芳賀は、いつまでも自宅にとどまるわけにはいかなかった。月曜日の朝早く、心を残したままで中央線の列車に乗った。

　そして順子の容態は、芳賀が去った後も、少しもよくはならなかった。

「先生、あたしきっと直るわね。すぐに直るわね」

　無邪気な順子は、西山の顔を見る度に、甘えるようにそういって聞く。

「そうとも、すぐ直るわよ。だから輸血も辛抱して、おいしいものをうんと食べるのよ」

　素直で疑いを知らぬ順子に、西山はそう答えるのが身を切られるようにつらかった。

　一日二五〇ccの輸血は、十日間続けたが、打ち切って三日も経つと、貧血は元の通りに戻っていた。血は少しも殖えていないのだ。

（自身に、血を造り出す機能が……失われたのでは……？）

　西山は、不吉な予感に心を暗くした。

　白血病――恐れはそれだった。

　それは血液の癌《がん》といわれる。いわば骨髄の救い難い破砕帯であって、癌ならば手術によって救われる確率があるが、白血病には治癒の公算は全くない。

（順子さんは、白血病ではないだろうか？）

　西山は、それを恐れた。


　一方、黒部に帰った父の芳賀にも、暗い毎日が続いた。

芳賀だけではなく、平井や船生や大塚や笹島など、関電トンネルの直接担当者はもちろん、黒四の工事にたずさわる全部の人間にとって、――五月から六月にかけての毎日毎日は、重苦しい日々の連続であった。

湧水は、殖えるばかりで一向に減らなかった。せっかく大塚がアメリカで仕入れて来た新知識も用いようがなく、本坑の掘削が停止したままであるのはもちろん、水抜きのパイロット・トンネルも、進むかと見れば忽ち行きづまってしまうのだ。

高原の春は遅いので、白い山桜を皮切りに、桃や林檎《りんご》やしゃくなげなど、いろんな花が時を争って乱れ咲いたし、アルプスの山々は白い冬衣を脱いで、日一日と燃えるような新緑に衣更《ころもが》えして行ったけれど、工事の関係者たちには、神秘な自然の移り変わりに、心を向けるゆとりなどなかった。

五月三日に着手した第一号パイロット・トンネルは、地盤は固い岩盤ではなく、いわゆる破砕帯ではあったが、それでも初めは比較的成績よく、坑木を組んでは前進して、五月中は日進平均三・二メートルと、ほぼ順調に進んでいた。しかし、地圧は相当に大きくて、最初は直径二メートルの円形だったものが、やがて一・五メートルに縮小されていた。

五月末から六月になると、掘進は急速に困難を加えて、坑木が折れ、切羽の決潰《けっかい》が続いた。

六月中旬までには約百メートル掘っていたが、小さな坑内で湧水が毎秒二十リッターもあった。そして六月二十一日には、切羽付近で作業員が頭に重圧を感じ、吐気を覚え、またカンテラの火が消えるという変事が起こった。

「悪いガスが発生したらしい。ここは暫く休むしかない――」

大塚や笹島にはつらいことだったが、こうして一号パイロット・トンネルは、或る期間放置されることになった。

その以前に、第一パイロット・トンネルの六十メートルほどの所から、三号パイロットと名づける枝坑を、本坑の中心線に向かって掘り始め、九日間で二十メートルほど掘進していたが、これも切羽から大量の湧水が、岩片や岩泥を含んで噴出して来て、どうにも手のつけようがなくなった。

同じように三号パイロットの少し先から、四号を掘っていたが、これも三号と同様九日目に切羽が潰《つぶ》れてしまった。

一方、五月九日に着手した本坑左側の第二パイロット・トンネルは、意外に岩質がよくて、一日四メートルから時には六メートルを超える進行を見、十日間で四十四メートルも進んで関係者を喜ばせていたが、それも長くは続かなかった。

ちょうど十日目の五月十八日に、手前の方で盤ぶくれが起こり、十何本かの坑木が、忽ちへし折られてしまった。それを補修しているうちに、六月一日には四九・二メートルまで掘進した時に、切羽が大きく崩壊してしまった。

　本トンネルの進行方向から大きく左に迂回して、本トンネルと斜めにクロスしているらしい破砕帯を直角に横切る五号パイロット・トンネルを計画、二号の枝坑として六月二十三日から掘り始めたが、やがて、大湧水に会い、鏡が押し出され、坑木が折れて、放棄するほかなくなった。

　こうして、或る種のサボテンのように、本坑を幹にして左右に枝を伸ばし、その枝からまた枝坑を伸ばして行ったが、そのどれもが、全く成功を見なかった。

　五月はとっくに過ぎ、六月も空《むな》しくいった。六月の下旬からは、枝坑での木製の支保工を鉄製に取り替え、コンクリートの巻き立てまでしているのだが、湧水と地圧で、一部が強化されれば他に弱いところが出来て、そこが忽ち潰されてしまう。

「全く、どうにもなりません」

　工事を請負っている熊谷組の船生や大塚が訴えてくると、

「頑張るんだ、辛抱するんだ、そのうちにはきっと水が減る」

　芳賀はさも自信ありげに激励するのだが、実は芳賀自身にも、まるで成算はない。

「これはもう、駄目かも知れませんよ。基本的に……他のルートも考えてみるのが、いいんじゃないですか」

　今度は芳賀が、悲痛な顔で、平井寛一郎に訴える番になる。

「まあそう気短かなことをいいなさんな。丹那《たんな》トンネルは六年の計画が、ここと同じように大湧水と崩壊とで、結局は十五年十一ヵ月もかかっているよ」

平井は例の微笑で、芳賀をなだめるわけだが、その平井にしても、胸の中の悲痛さは変わりがない。

悪い時には悪いことが重なるもので、六月の下旬に、芳賀は順子の容態が一そう悪くなって、とうとう名古屋大学病院に入院したという知らせを受けた。

「貧血は、多少よくなったようなので、今月の三日と四日は学校に行きましたが、困ったことに今度は流感にかかりまして……毎日三十九度の熱を出しました。それで、西山先生のすすめもあり、二十二日から山田内科に入院させてもらいました」

家からの便りには、そう書かれてあった。

(流感か。――それなら間もなく癒《なお》るだろう)

心配は心配でも、芳賀は一応そう考えて、気を休めることにした。一方に破砕帯の困難をかかえており、その上に順子の容態まで思いわずらうのだから、芳賀にしても、たまったものではなかった。

(この破砕帯を突破したら……順子の病気も癒る!)

いつの間にか、芳賀は、そう考えるようになっていた。そう思ってみると、順子が病に倒れた日は、ちょうど関電トンネルに突如破砕帯の困難が襲いかかって来たのと、同じ日であった。

（きっとそうだ。トンネルの回復するのと、順子の回復するのとは、きっと同じ日になる！）

しかし、順子の病状は、芳賀が知らないだけで、そんなに楽観の出来るものではなかった。

——順子の入院しているのは、名古屋大学病院の新病棟六一〇号室だった。新病棟は、建ったばかりの六階ビルで、構内の古びた他の建物から見ると、不釣り合いなほどにスマートである。順子の病室は、最上階の六階で、二室続いた、高級マンションのように気持のよい部屋だった。

入口にキッチンを兼ねた控え室があって、病室はその奥だった。右手にベッドがあり、正面の窓に添ってソファがあった。出窓には、順子の好きな鉢植えの草花が、いっぱいに並べられてあった。

芳賀が、順子の病気と破砕帯とを思い合わせて、順子の全快の日を考えている、ちょうどその同じころであった。

「芳賀さん、ちょっと——」

大学病院に見舞いに来ていた由江が、主治医の柴田昌雄に呼ばれた。柴田は順子が入院してから担当になった山田内科の医局員で、若いがやさしい、親切な医者だった。何気なく由江が医局員室について行くと、西山女医も来ていて、椅子にかけて待っていた。

「実は……順子さんの病状についてですがねえ……」

由江を前に掛けさせると、柴田はいい難そうに口を切った。

「はい――」

「実は……何度輸血しても血が殖えないんです。ということは……造血機能が……あるいは、失われているかも知れないんです」

由江は、心臓が早鐘《はやがね》を打った。かねて恐れていた或る病名が、今は現実の言葉で聞かされる――かも知れない。

「では……、でも、まだ疑いの段階なんですか？」

「それが……」

柴田が口ごもって目を伏せた。

「よっちゃん、驚いちゃ駄目よ。やはり白血病だったのよ」

西山が、代わっていった。

「やはり……そうでしたか」

唇を噛んで由江はいった。それでは……順ちゃんは、死ぬのだ！　――由江は涙が瞼《まぶた》に溢《あふ》れ、嗚咽《おえつ》が咽喉を裂いてほとばしり出ようとしたけれど、歯を噛みしめて、辛うじて耐えた。くくと鳩の鳴くような微《かす》かな一声だけが、由江の唇を漏れて、聞こえた。

「あなたは……ご存知だと思うけど……血液は、健康体の場合、一立方ミリの中に赤血球が男では五百万、女では四百五十万くらい、白血球は生理的動揺がありますが、男女を通じてまず五千から八千、それから血小板が、平均二十二万くらいあるでしょう。――これらの血液は、おもに骨髄、それからリンパ腺、脾臓《ひぞう》などで造られるわけですが、骨髄に病変があって、造血出来なくなる場合があるのです」

由江はうなずいた。悲しいけど、由江はそれは知っている。

「白血病は、この造血機能が失われた状態で、原爆症の場合なんかだと、白血球が三十万にも五十万にも殖えて、そのために血液が白くなったりするわけです」

由江はまたうなずいた。柴田は由江の理解が進んでいるのを見て、言葉を続ける。

「そこで順子さんの場合ですが、貧血症状はひどかったけれど、調べてみると白血球は……殖えていないんです。むしろ減っているんです。そして赤血球も減って、二百五十万くらいで、正常値の六割ぐらいなんです」

「じゃあ、白血病では……」

ないじゃないか、といおうとして、由江は口をつぐんだ。柴田がうなずいた。

「ええ、だから一見白血病とは見えないんですが、骨髄を調べてみると、やはり駄目でした。やはり白血病でした。――こんなのを非白血性白血病といって、急性にはよくある型なのです」

由江は、三たびうなずいた。可哀そうな順ちゃん、いたましい順ちゃん、――今はもう涙が、ぽたぽたと、瞼から溢れ出るのを、由江はどうすることも出来なかった。

「それで……あとどのくらい？」

「長くて……一年以内」

柴田が、つらそうにいった。

「慢性では、ごく稀《まれ》に十年といった例もありますが、急性では、発病から長くて一年です。――原爆症やレントゲン技師などの場合はともかく、一般にはまだ原因も判っていませんし、遺伝も関係がないようです。――それに……残念だけど現在では、まだ治療法もないんです」

「じゃあ……長くて来春……？」

柴田と西山が、黙ってうなずいた。それから西山がいった。

「ねえ、よっちゃん、落ち着いて聞いてね。順ちゃんのことについて、私と柴田先生とで相談したのよ。――人間って、どうせいつかは死ぬものよねえ。でもそれは、いつか、なんだわねえ。つまり、不定の未来に死ぬわけよ」

何を西山先生は、いうのだろう？　由江は不審に思いつつも、うなずいた。

「でも順ちゃんは、可哀想《かわいそう》だけど、いつ死ぬかがきまっているのよ。それで、私と柴田先生とで相談して、順ちゃんの短い生涯を、出来るだけ仕合《しあわ》せにして上げるために、これからは順ちゃんのしたいことを、病気にさわらぬ限り、何でもさせて上げることに決めたのよ。もちろん手を尽くして、一日でも長く生きてもらうように計らうのは……当然だけど……」

「はい――」

今度は納得して、由江はうなずいた。

「それでねえ、容態のいい時には、土曜日なんかには、お宅に帰らせて上げたいの。お父さまの帰られた時なんかは、出来る限りそうしたいの。それに大好きな絵を描いてもいいし、展覧会だって映画だって、あたし達がきょうは体力があると安心出来る時には、もちろん私たちか看護婦が付き添ってだけど……見に行かして上げようと思うのよ」

「先生、有難う――」

由江は、わっと泣いた。泣きながらも西山と柴田の思いやりが、快い温泉のように自分をひたして来るのを覚えた。と同時に、他人である西山や柴田までが、こんなにも順子を思ってくれるのだから、姉である自分は、順子の限りある生涯を仕合せに過ごさせるためには、どんなことでもしてやらなければならない、と思った。

「お父さまは黒部が難工事だとかで……、だから申し上げるのは、どうかと思ったのよ。つらいでしょうけど、あなただけに話したわけよ。――本人にはもちろん絶対にいわないことにして、ご両親にどうするかは、あなたに任せるわねえ」

由江は何度目かのうなずきをうなずいた。――トンネルの破砕帯に苦しむ父に、とてもいえた話ではない。――苦しくても、自分の胸一つで耐えるのが当然だと、由江は健《けな》気《げ》にも覚悟した。

10 一本の鋲《びょう》

破砕帯の無為《むい》は、やがて満二ヵ月を超えた。

水は減るどころか、殖えるばかりだし、切羽《きりは》は板や丸太を打ち付けて、崩壊を防ぐのが精いっぱいである。

坑内には絶望感が……満ちて来る潮のような、どう遮りようもない重苦しさで、徐徐にだが確かに、ひたひたと全員を浸して来る。

苦しいのは、平井も芳賀《はが》も、成瀬も小倉も、船生《ふにう》も大塚も同じだが、その苦しさを最も直接に自分の肉体で受け止めているのは、絶えず切羽を守って、労働者を指揮している笹島信義だった。

この時点では、トンネルの現場には七百人ほどの労働者がいた。三交代の昼夜兼行だから、一班は二百三、四十人になる。そのうち四、五十人が、本坑の後方へ土砂を運び出す係りで、残りの二百人ほどは、それぞれ本坑や各パイロット・トンネルの切羽にいる。

気温は低く、水は手を切るように冷たいので、長い時間の作業は出来ない。そのために八時間労働の中で、さらに一時間働いては二時間休む態勢を取った。各パイロットの切羽には七、八人の坑夫がいて、その後ろに、本坑までの輸送係りが十人ほどついている。

作業は殆《ほとん》ど、崩れて来る岩石や土砂の運び出しと、支保工の強化など、保守作業ば

かりだった。攻撃に転じて、どの一つのパイロット・トンネルかをでも掘り進めたいとあせるのだが、その転機は、いまだにつかめていない。

「今までの工法にしても、丹那《たんな》でやったのと同じように、水抜き坑、迂回《うかい》坑、ボーリング、セメント注入と、定石通りに進めているわけだが……、また関門海底トンネルの教訓も取り入れているわけだが……、どうだろう、この際、直接にこれらの工事に当たった先輩の意見を大いに聞いてみては……」

そんな或《あ》る日、平井が芳賀にいった。

「それもいいでしょう。お願いします」

芳賀が素直に賛成したので、七月からは積極的にそれらの人々を招いて意見を聞いた。

それまでにも、部外の権威者の意見はもちろん聞いていた。日大の当山道三《とうやま》博士の見解を聞いたことは先にも述べたが、地質調査関係については、関電から電力中央研究所に出向している田中治雄の意見を多く聞いている。

また六月二日には、北大教授の福富忠雄博士に現地を視察してもらい、博士は、破砕帯の幅を、八十メートルと推定している。（その推定は、後になって正しかったことが確認された）

会議に列席したり、個人で意見を述べたりした人たちの、一々の氏名は省略するが、その中には国鉄の丹那トンネルや関門海底トンネルなどの難工事を直接手がけた、沼田政矩《まさのり》、釘宮磐《くぎみやばん》、星野茂樹などの先輩たち、また国鉄の現役技術陣からは、高原芳男、高坂紫郎、坂本英雄、伊崎晃、その他の人々が参画した。またアメリカ人の技師も、参考に招いて、意見を聞いたが、

「こんなルートは、やめなさい」

と、あっさりいって帰ってしまった。

電力界の大御所といわれる松永安左衛門も、八月二日には小田原の自宅からわざわざヘリコプターで大町まで激励に来たし、芳賀たちの大先輩で、水力発電所建設の一方の権威者とされた中部電力副社長の石川栄二郎も、たびたび芳賀たちに意見をよせている。

――しかし、それらの対策はすべて、芳賀たちが最初に決めた基本方針の、外に出る

ものではなかった。

「破砕帯の水は三十女だ。つつけばつつくほど大変になる。暫《しば》くさわらずに、ほうっておけ」

国鉄の先輩たちの中には、そんな説を唱《とな》える人もあったが、従うことは出来なかった。なぜかなら、国鉄は国家事業だから、丹那に十六年かかり、関門に六年かかっても、びくともしないのだが、株式会社である関電は、このトンネルに十年も、いや五年でもかかっていては、潰《つぶ》れないまでも大変なことになってしまう。

——既に各工区の作業や資材で、百億近い金が出てしまっている。契約を全部支払ったものと考えると、四百億近い工事費の大半が、既に出ているともいえるだろう。——今さら立ち停まれることではなかった。

しかし……にもかかわらず……作業は現実には、六十日経ち八十日経っても、一歩も進んではいないのだ。それは、やりきれない焦躁《しょうそう》感であった。

笹島は殆ど一日中、切羽から百メートルほど坑口に寄った『見張り』に詰めていた。見張りはちょっとした事務室で、技術者もいれば事務員もいる。坑内の各切羽、坑外の事務所に通じる電話もあり、身体を温める電熱器もあって、坑夫たちの休憩室にもなっている。

船生や大塚は毎日やって来るし、時々見回りに来る芳賀にしても、初めは笹島たちに発破をかけていたのが、

「どうだ、どうにか進みそうか？」

次第に心細げにたずねるようになった。

「大丈夫ですよ、やりますよ」

笹島も最初のうちは威勢よく答えていたが、六十日経ち、七十日経つと、答える言葉がなくなってしまった。平井や芳賀の方も、日ごとに表情が沈痛になるばかりで、このごろでは、見回りに来ても、何も聞かなくなっている。

初めは誰の心にも、焦躁感ばかりがあったのだが、どんなにあせっても一歩も進まない日が長びくので、やがてそれが、暗い深い絶望感に変わってしまう。

追い打ちをかけるように、労働者の間に動揺が起こった。

労働者たちの動揺は、最初はわが身の安全についてであった。

湧水と崩壊と、鉄の支保工さえもがバリバリと折れる地圧の中での作業は、たしかに危険きわまるものだった。

笹島は最初の崩壊が始まるや、あるだけの木材を全部坑内に運び込ませて、本坑の切羽近くはサンドルで固めた。サンドルというのは、木材を、人間の通路だけ中央に残して、坑内にびっしり井桁《いげた》に組む、前述の方法である。これだと余程《よほど》の地圧がかかっても、

トンネルの全面崩壊はなく、また人間の圧死するような事故は起こらない。

事実、事故はなかった。破砕帯の全期間を通じて、最高の危険に対しては、人間の注意力もまた最高度に働くということを示すかのように、死亡、重傷などの事故は全くなかったのだ。

その実績で、労働者自身の不安は間もなくおさまったのだが、動揺は家族の側から押し寄せて来たのである。

「関電の黒四工事は、トンネルが大破砕帯に出会って、今や絶望的な危機である」

「関電は黒四工事を放棄するかも知れない。関電自体としても、経営の危機である」

新聞やテレビやラジオが、そんなニュースを流していた。それは、家族たちの耳には、

「破砕帯は、どえらい大きなものだそうな。きょうあすにも、トンネルが全部崩れるかも判らんそうな」

そんな極端なかたちで、報道され、理解されていた。

「チチキトクカエレ」

「ツマキュウビョウスグカエレ」

そんな電報が、次から次にと、労働者たちに来るようになった。

「多分嘘《うそ》だと思うんだが……、帰る必要はないと思うんだが……」

受け取った労働者自身がそういっても、雇い主の笹島としては、帰さないわけには行

かない。

「そんなこと、いって、もし本当だったらどうするんだ」

一人でも手の減るのは身を切られるようにつらいが、そういって帰郷させるよりほかはなかった。

しかし、そのうちに、笹島自身には落ち着きが帰って来た。

焦躁と、長い長い絶望の日々と……、そのあとで、

(しかし……俺自身は力いっぱいやって来た。これは俺たちの工法の誤りや、怠慢のせいではなかったのだ!)

七月末から八月を迎えた頃には、笹島はむしろさばさばした心境になっていた。

(成否は問う必要がない。ただ、男として、俺は全力をあげて、悔いのない仕事をしておくのだ!)

気持がそう割り切れてくると、顔色までが明るくなる。芳賀や船生が泣き出しそうな表情で見張りを訪れても、

「なあに、間もなく水も減って、ドカンと工事は進みますよ」

笹島は、生まれつきの精悍《せいかん》な顔に闘志を漲《みなぎ》らせて、再びそう答えるようになった。

しかし、湧水は減らない。ついに秒間六百六十リッターに近く、圧力は一平方センチ当たり四十二キロと、恐るべき数字が示された。

その危機と絶望のさ中だった。

「太田垣社長が、視察に来られる！」

八月のはじめ、関電事務所は神にすがるような期待と、一種の恐れに緊張した。

太田垣士郎が、初めて関電トンネルの破砕帯を視察したのは、八月三日のことだった。

太田垣は顧問の斎藤孝二郎たちを随《したが》えて、正午ごろ大阪から松本駅に着いた。駅頭で建設事務所長の平井寛一郎に迎えられて、自動車で大町に来ると、すぐに鹿島大橋の渡り初め式に臨んだ。

鹿島大橋は、北大町専用駅から扇沢にいたる、いわゆる『大町』ルートの鹿島川に架けられた橋である。昨年の今ごろ、岸田幸一たちが苦心していた用地の買収も片付いて、大町ルートの道路部分は既に七月十五日までに完了していた。この橋の竣《しゅん》工《こう》で、これまで川床を渡ったり、大回りしていたダンプもトラックも、直行できるわけで、大町駅から日向山の事務所あたりまでは、僅《わず》か十分ほどで突っ走れることになる。

「やあどうだ、やってるなあ。みんな色が真っ黒になったじゃないか、元気そうだなあ」

気軽にそんなことをいいながら、太田垣は渡り初めをすませると日向山の建設事務所に来て、平井や芳賀たちから工事全般の進行についての報告を聞いた。

「うまく行ってるじゃないか。大町トンネル以外は、すべて予定通りに進んでるじゃないか。君たちの努力のおかげだよ、有難う」

破砕帯の困難さについては、重役会のたびに平井が大阪本社に行って詳細に報告しているし、技術担当の森副社長も度々現地に来て検分している。その絶望的な難局についても、太田垣は知り尽くしているはずなのだが、丸で何一つ知らないかのように、明るい表情でいった。


——事実、工事の全局についていえば、破砕帯以外はすべて順調に進んでいた。

上流の一、二、三工区では、大町ルートはきょうの渡り初め式で完工したわけだし、山の向こうのダムサイトでは、六月一日から間組《はざま》の仮排水路の掘削が始まっている。六月二十日からは、鹿島建設による、高瀬川の骨材プラントの建設も開始されている。

下流の四、五工区では、五月十日からは人見平で、六月十五日からは作廊の山頂で、いずれも鉄筋コンクリート五階建の堂々たる合宿ビルの建築が、大成建設と佐藤工業の手で始まっている。これが出来上がれば、この冬からは冬営の苦労も、地獄がまるで天国になる。さらに肝心の地下発電所の掘削も、二日前の八月一日から始まったし、八日にはインクライン掘削に着手の予定である。

――進んでいないのは太田垣のいう大町トンネル、すなわち『関電トンネル』の破砕帯だけなのだが、しかしその一点が、工事の全局面を決定するものであるだけに、当事者は苦しいのだ。

「はあ、――ところがそのトンネルが……大変なことでして……。申し訳ありません」

芳賀が首を垂れていう。

「大変なことって君、仕事には一つや二つの困難は、つき物じゃないか。何も悲観することはないよ。――それじゃあぼつぼつ、その大変なところを見せてもらおうか」

太田垣は、一そう気楽そうにいうと、自邸の庭先でも見に行くような調子で、立ち上がった。


事務所から岩小屋沢のトンネル入口までは、道路がよくなっているので一走りだった。トンネル入口で自動車を降りて、太田垣は元気にトンネルの奥へ歩いた。

太田垣は数え年で六十四になるが、かくしゃくとしていた。大きな身体に似合わず、或る理由で、少年のころから六十歳ぐらいまでは、病気がちだったが、六十を超すころから急に健康になって、ゴルフに精出しているせいもあるのか、足腰まで若者のようにしっかりしている。

「やあ、ご苦労さんだねえ」

「やあ、しっかり頼むよ」

坑内で作業している人たちに会うと、太田垣は一人ごとに声をかけ、親しそうに話しかける。

トンネルの中央には例の排水溝が出来上がっていたので、湧水は大たい、激しい勢いで溝を流れて、通路はそんなに濡《ぬ》れていない。それでも上からはぽたぽた落水がある。

本坑の見張りあたりで概要を説明すればよかろうと、随行の人たちは考えていたが、太田垣は、立ち止まろうとはしなかった。

「君、切羽まで行かなくちゃあ判らないよ。パイロット・トンネルだって、一本々々入ってみなくちゃあ」

「しかし社長、いつ崩れるかも知れませんし……危ないですから」

「危ないって君、みんなそこで仕事してくれてるんじゃないか。仕事をいいつけた僕が、行かないという法はないよ」

仕方がないから笹島に先導を頼み、一行は本坑の切羽はもちろん、各パイロット・トンネルの末端まで見て回った。笹島は突然いいつかったことだし、太田垣の顔を知っているわけでもないので、誰か関電の重役が来たんだろうという程度の気持で、気楽に坑内を案内して歩く。

破砕帯はちょうど、最悪の時期に当たっていた。切羽ではどこも、水が滝のように噴き出していて、労働者たちは押し出されて来る岩屑《がんせつ》や土砂の処理だけで、精いっぱいの有様だった。そここここに、関電のマークの入った保安帽をかぶった若い技師たちが、三、四人ずつ一塊《ひとかたま》りになって、寒さにぶるぶる震えながらボーリングをしたり、屈《かが》み込んで計測に熱中したりしている。

「ご苦労さん、大変だねえ。しっかり頼むよ」

太田垣はそんな技師たちにはもちろん、労働者の一人々々にまで、危険な切羽でも声をかけて歩いた。ゴム長に雨合羽《あまがっぱ》を着て、皆と同じように保安帽の上からビニールの布をかぶり、湧水と落水でずぶ濡れになっているのだから、これが社長の太田垣士郎であろうとは、大《たい》てい気づかない。

「どうだろう、うまくいくだろうかねえ、――君はどう思う?」

狭いパイロット・トンネルを、背を屈めて歩きながら、太田垣は笹島にたずねた。

「はあ。――ともかくわれわれは、ベストを尽くしているからねえ」

笹島は明るい表情で答えた。このごろは心境もふっ切れているのだし、社長の太田垣とは知らないから、別に硬くなることもない。

「そうか、それは何よりだ。皆でベストを尽くしたら、何事でもうまく行くものだ。安心したよ」

太田垣は立ち停まって笹島の顔を見て、これも明るく笑っていった。

太田垣の坑内視察は、丸二時間も続いた。午後四時に入坑して、出坑したのは長い夏の日も沈もうとする六時過ぎだった。

「社長、寒いですから、お風邪でも召すといけませんから、もうぼつぼつ……」

昭和二十六年に太田垣が阪急電鉄社長から関電社長に就任して以来、既に七年近くも仕えている秘書の市橋などが、心配して出坑をすすめても、

「まあそういうなよ、何度もは来れないんだから――。俺は大丈夫だよ」

太田垣は諾《き》かなかった。

――引っきりなしに運び出される岩石と土砂、押しつぶされて、残骸をさらしている鉄や木の支保工、破産した商店の倉庫のように、やたら厚い板を打ちつけ、鉄のレールで突っかい棒をされた無残な切羽、その上からどうどうと湧き出し、噴き出している滝のような湧水。そして、案内している平井や船生の、暗く沈んだ顔。芳賀の悲痛な顔――。

目《ま》のあたりにそれらを見て、太田垣とても、内心は平気でいられるわけがなかったろう。

黒四は、放棄されるだろう、関電は、崩壊の危機に瀕《ひん》するだろう、太田垣は引退するだろう――既にそのような不吉な噂《うわさ》が、まことしやかに世間には広まっていた。当然

その幾つかが、太田垣の耳に達していないはずはない。

だが――太田垣は、一度の弱音も吐いていない。

「金は幾らでも使ってくれ。機械は世界中で一番いいのを使ってくれ。すべては僕が責任を持つ。君たちは何も心配せずに、ただトンネルの貫通だけに、全力を尽くしてくれ」

森や平井に、弱気のきざしが見える時には、太田垣はいつもそうくり返して励ましたが、それは単なる強がりではなかった。

(子供の頃に、死にそこない、長じてからも何度も死にそこない、そして自分の一番大切なものは、既に失ってしまっている俺だ。世俗の名誉や富貴が、何の惜しいことがあるものか――)

太田垣は、他人にはそんな顔は見せなかったけれど、心の中ではいつもそう思っていた。

(電気は要る。生活のためにも産業のためにも、電気は空気や水のように要る。それは、単なる産業といったものではないのだ)

太田垣はそう考えていた。しかも黒四の発電力二十五万八千キロワットというのは――平成の現代でこそ大したものではないといえるが――当時としては、滋賀県と奈良県の全電力需要をまかなうほどの大きなものだったのだ。だから太田垣は、この大きな仕事を成し遂げるためには、自分が関電社長という地位を賭けてしまっても、惜しいとは思っていなかったのだ。

（あの一本の鋲を吸い込んだ時に、俺の命は十二歳で終わったかも知れないのだ。それを……こうしてこの年まで生きさしていただいて……、俺はそのお礼のためにも、何を捨てても世の中のために尽くさなければならない！）

パイロット・トンネルからさえ秒間二十リッターも流れ出る破砕帯の湧き水を見つめて、太田垣は、或る尊いものに祈りながら、そう思っていたに違いない。

一本の鋲――。

そう、黒四全体を支えた鋲は太田垣自身なのだが、その太田垣を支えたものは、朽ち果てた一本の鋲――だったのかも知れない。

太田垣士郎は明治二十七年二月一日、兵庫県城崎《きのさき》町湯島に生まれた。父は太田垣隆《りゅう》準《せつ》といって、医者であった。母をふくといった。女三人男二人の五人姉弟で、士郎は三番目で、長男だった。弟一人は夭折《ようせい》している。

士郎が数え年十二歳の時というから、明治三十八年のことだったろう。その時士郎は、小学校の高等科二年生だった。

当時の小学校は尋常科が四年で、高等科が四年だった。中学などに進学するものは、高等科の二年を了《お》えて進むのが通例だった。

士郎も県立豊岡中学（現豊岡高校）への入学を目ざして、勉強も人並みにはしていたが、一方当時は日露戦争の最中で、温泉地の城崎には療養所があって、いつも傷病兵が千人ほど来ていた。そのために軍国熱が盛んで、子供たちには兵隊ごっこが人気の的だった。士郎も、勉強よりは兵隊ごっこが好きなようで、毎日餓鬼《がき》大将になって、悪童たちを集めて元気に戦争ごっこに明け暮れていた。

日付は判らないが、その年の、或る日のことである。士郎は登校の途中、文具屋で雑記帳を綴《と》じる鋲を買った。今でも売っているが、直径六、七ミリの平たい丸い頭があって、二、三センチほどの先の尖《とが》った二本の脚がついている、あの黄色い金属の鋲である。

士郎はその鋲をもてあそぶうちに、その一つを何気なく口に入れて歩いた。その時、悪童の一人が来て、後ろから士郎の肩を叩いた。士郎は振り返って、

「よう！」

答えようとした時に、思わずその鋲を、吸い込んでしまった。

アッと思ったが、遅かった。屈《かが》み込んで、一生懸命に咳《せ》いてみたが、鋲は出て来ない。

士郎は息がつまって、驚いて家に飛んで帰って、父に告げた。父は医者だから、これ

も驚いてすぐ診察し、鋲を取り出そうと手立てを尽くしたが、気管深く入ってしまっていて、外からは見えないし、取り出す方法がない。

父はその日の患者は断わって、すぐに人力車を仕立てて、士郎を連れて京都に行き、京大病院で診察を受け、そのまま入院した。

そのころではまだ珍しかったレントゲン診察を受けると、確かに鋲は、気管の奥深くに見られた。外科と耳鼻咽喉科を転々としたが、明治三十八年の医術では、気管を切開して鋲を取り出すことは出来ず、また仮に肺まで落ちていったとしても、肺の切開手術も出来なかった。要するに大学病院でも、端的に鋲を取り出すことは、不可能なのだった。

「気長に、出て来るのを待つしかないですなあ」

主治医はそういって、咳《せき》や痰《たん》を催させて、内科的に取り出す手段をめぐらしてくれたりしたが、鋲はやはり出なかった。

父は士郎について一ヵ月余りも京大付属病院にいたが、結果は何も得られなかった。

「運を天に任せるしかありません。いつか出るかも知れませんよ」

頼みがいのない結論だった。士郎はやむを得ず退院して、城崎に帰って自宅で寝た。

医者である父の隆準にとっては、士郎の容態は、要するに『絶望』ということであった。

それは、きょうあすに死ぬということではなさそうで、或いは長く生きるかも知れなかった。しかしまた、鋲の鋭い脚の一本が士郎の気管なり肺なり心臓なりを突き破れば、いつ『死』の転機が、士郎を襲うかも知れないのだった。

「士郎はうちのお客さんだ。いつ帰ってしまうかも判らない。本人の好きなようにさしてやろう」

父は母にいった。母は泣くしかなかっただろう。

家業の医術を、士郎に期待することは出来なかったので、長姉の節也《せつや》に婿養子をもらって、家業を継がせた。姉の夫は道夫といって、但馬出石《たじまいずし》藩の藩医池口家の出で、金沢医専から京大産婦人科に学んだ人である。

士郎はそれから、弱い子になった。時々喀血《かっけつ》があり、学校も長く休んだ。中学の入試もその年は受けられず、同級生よりは二年も遅れて、高等科四年を卒《お》えてから豊岡中学に入学した。

しかし、中学に入ったからといって、健康が帰って来たわけではなかった。鋲はなお、士郎の気管内にあって、士郎は中学でも休学し、友人よりさらに一年遅れた。

思うに『死』というものについて、深い恐れを抱くのは、むしろ少青年時代ではあるまいか。壮年となり老年に近づくにつれて、人は死自体には日一日と近づくわけだが、むしろ恐れは薄らぎ、消えてゆくのが通例ではないだろうか。人生の諦観《ていかん》が、死もまた待つべきものと、長い時間をかけて教えてくれているのかも知れない。

いま当時の士郎の心境を考えると、うたた心うずくものがある。友人たちが屈託もなく遊びたわむれているかたわらで、士郎は胸の奥の一本の鋲に思いわずらい、あすの死を考えねばならなかったのだ。

悲しかっただろうし、恐ろしかっただろうし、また自らがみじめで、耐えられなかったでもあろう。——しかし、それればかりだっただろうか？

鋲を抱く日は長かった。一年経ち二年経ち五年経っても、それは士郎の気管の中にあった。日ごと日ごとの死との対決——その間に、聡明《そうめい》だった少年士郎は、人生を考え、人生のはかなさや空《むな》しさや、また恐ろしさ、尊さを、骨身に徹して思ったのではないだろうか。それは士郎に、人生そのものを深くきびしく考えさせ、士郎の人間としての幅を、たぐい少なく広いものに育てて行ったのではないだろうか——？

「病身でしたが、むしろ明るい、やさしい少年でした。思いやりがあって、友だちのためには、どんなことでもしてくれる男でした」

今は年老いた当時の学友たちが、口をそろえて、中学時代の士郎をそう語っている。悲しみの底にありながら、士郎はけなげにも自分に耐えて、そんな少年に育って行ったのであろう。

肉親の誰もが、すべて士郎の前途に悲しい諦めを持っていたが、その中で、絶望しない人が一人だけいた。母ふくの母堂《ぼどう》、土岐じゅんで、祖母は当時太田垣家で暮らしていたが、士郎の全快を、固く信じて疑わなかった。

祖母は弘法大師の信者だった。

「士郎よ、望みを失ってはいけないよ。お前はお大師さんが助けてくれる。お前の銑は、お大師さんが必ず取って下さる」

祖母はそういって、士郎を励まし、自分では毎日毎日、城崎の裏山にある温泉寺に詣でて、自分の身に代えてもと、士郎の快癒をお大師さんに祈った。

士郎の気管に銑が入ってから六年目の、明治四十四年十一月二十一日のことである。二十一日は『お大師さんの日』で、熱烈な信者だった祖母は、つねづね、「私はお大師さんの日に招かれる」といっていたのが事実になって、前年のこの日に、世を去っていた。

だから、その日は祖母の祥月命日であり、一周忌の法事があった。

士郎は祖母の仏前に詣でてから、その午後は居間で昼寝をしていた。すると祖母の声で、

「士郎、士郎！」

と呼ぶのが夢うつつに聞こえた。士郎は思わず跳ね起きて、

「はーいッ！」

大声で返事して咳《せ》き入った。

その咳とともに、ぽろりと咽喉《のど》から、鋲が飛び出して来た。

「鋲が出たッ！」

士郎は驚喜して、鋲を掌《てのひら》に置いた。銹《さ》びた、朽ち果てた鋲であった。士郎が脚の一本にさわると、何の抵抗もなく、ぽろりともげた。

「お父さん、鋲が出たよッ！」

士郎は叫んで、父の診察室に走り込んで行った。父は鋲を受け取って、しばらくは呆《ぼう》然《ぜん》と眺めていたが、やがて父の目に、ゆっくりと涙がにじんで来た。

「士郎――、お前を助けてくれたのは、おばあさんだ、ということは、弘法大師さまだ。

お前はきょうから一日千回、南無大師《なむだいし》遍照金剛《へんじょうこんごう》を唱《とな》えなさい。私も唱える」

士郎の話を聞いて、医師で無神論者で、神仏などは全く無視し続けて来た父が、涙を流してそういった。——その父も昭和二年七月の同じお大師さまの日、二十一日に逝ったのは、士郎には胸搏《う》たれることであった。

——これらの出来事を、偶然の暗合《あんごう》と解するのもよい。深い人生の神秘とうなずくのもよい。ともあれ、すべては『事実』であって、太田垣士郎がそれによって、その人生観に、たとえようもなく大きな影響を受けたことだけは、否定出来ない。

晴れ晴れとした士郎は、それから剣道をやり、馬術に打ち込んだ。五高から京大経済学部に学び、大正九年、友人よりは数年遅れて二十七歳で卒業すると、間もなく小林一《いち》三《ぞう》の阪急電鉄に入社した。

小林は、新しい経営者だった。誰も気のつかない新しい着想と、的確な見通しを持っていた。それを彼は最も合理的に押し進めた。

太田垣士郎は、小林門下の逸材として知られた。社長であり師である小林と同様、彼もまた合理主義者として知られ、頭の切れる、新時代の経営者とされた。

昼間、世間に見せる太田垣の顔に、抹香《まっこう》臭い影などは微塵《みじん》もなかった。それはあくまでも冷徹な、合理主義者としての、企業家としての顔だった。

しかし太田垣は、大学時代にも阪急の青年社員時代にも、絶えず参禅していた。

「観自在菩薩《かんじざいぼさつ》、行深般若波羅蜜多《ぎょうじんはんにゃはらみった》、時照見五蘊皆空《じしょうけんごおんかいくう》、度一切苦厄《どいっさいくやく》、舎利子色不異空《しゃりししきふいくう》、空不異色《くうふいしき》、色即是空《しきそくぜくう》、空即是色《くうそくぜしき》……」

朝、会社へ出る前のひととき、仏前に端坐《たんざ》して般若心経《はんにゃしんぎょう》をあげるのを一日も欠かさなかった太田垣のもう一つの姿は、同僚友人といえども殆ど知らなかっただろう——。


破砕帯視察を済ませた夜、太田垣はクラブハウスで夕食会を催した。関電側からは顧問の斎藤をはじめ、平井や芳賀などの現地の幹部、それに太田垣に随行して来た秘書の市橋などが出席した。

客は間組、鹿島建設、熊谷組など一、二、三工区担当の建設会社と、大町ルートの道路を施工した日本国土開発など、各社の幹部たちだった。

夕食が終わって、太田垣はロビーで暫く休息した。今や焦点は破砕帯なので、他の各社は遠慮して、ロビーには、関電と熊谷組の幹部たちだけが居残った。

「ああ、平井君、船生君、——きょうトンネルで僕を案内してくれた、あの身体の大きな男は誰だい?」

太田垣がたずねた。

「あれは笹島信義君です。笹島班の班長で、関電トンネルの労務を一手に引き受けている男です。笹島がどうかしましたか?」

「いや、あの男は明るい顔をしていたんだよ。そうか、それはよかった。あの男ならきっと破砕帯を掘り抜くよ。なあ芳賀君」

太田垣は笑顔で、横にいる芳賀に呼びかけた。

「はあ、まあ何としてでも……」

にこりともせずに、芳賀は答えた。

芳賀は悲痛な表情を続けているのだが、その悲痛さは、闘志を失った虚脱とは、別のものだった。

（破砕帯が突破出来れば、順子《よりこ》の病気も癒《なお》る！）

芳賀の心にいつから萌《きざ》した悲願は、今では不動の信念にまで高まっていた。冷厳な技術屋である芳賀が、『白血病』の何であるかを正確には知らなかったとは、信じ難いことであろう。だがそれは事実であった。

破砕帯の幅を知るために、盛んにボーリングを行なっているのだが、それがまだ的確には摑み得ていないのと同じように、順子の病状も、ただ性質《たち》の悪い貧血とだけで、芳賀には何一つ正確には認識されていなかったのだ。それは不思議な『盲点』だったともいえよう。だが、それは芳賀には、むしろ救いでもあっただろう、芳賀はこの時点でもなお、順子の全快を信じていた。

（だから破砕帯は……是が非でも克服しなければならない！）

何としてでも――そう太田垣に答えた芳賀の心中は、表情よりも一そう悲痛なものであったのだ。

誰かが太田垣にいった。

「しかし社長……」

「アメリカの技師もいっていましたが、このルートは、残念ですが結局駄目かも知れません。何とか別のルートも考えては……」

「というと君、――破砕帯では既にすべての科学的、技術的方法を講じ尽くしたということかね？」

太田垣はそちらに向きを変えた。笑顔を消して、きびしい表情であった。

「いいえ、そういうわけではありませんが……、それはまだ方法はあるでしょうが……」

「じゃあ、その方法を、やり尽くしてみようじゃないか」

太田垣は、きっぱりといった。

「他のルートなら、障害は全くないと決まっているのなら、話は別だが……、たとえ他のルートを掘ってみたって、アルプスの山の腹の中には、どこに何が隠れているか判らんのじゃないかな？　どうせ判らんのなら、やり始めたこのルートで、すべての方法を尽くしてみるのが、科学的な考え方じゃないのかね？」

「はあ、たしかにその通りです」

「さてそうなると、他の科学的方法という問題だが……」

太田垣は、ぐるりと一座の顔ぶれを見回したが、また芳賀に目をとめて、

「芳賀君、どんな方法が残っているのかね？」

「はあ、方法は二、三ありますが……まず関門海底鉄道トンネルでやった『シールド工法』が残っています。しかし、シールドは高価な機械ですし、果たして使うことになるかどうかも判りませんし、それに……ここが終わってしまえば、他に転用の予定もないので……」

控えめに、芳賀は答えた。

「遠慮しちゃいかんよ」

太田垣は、再びきびしくいった。

「金は幾らかかっても、それは僕に任せてくれる約束じゃないか。シールドなら見込があるというのなら、さっそく注文しなければいけない。仮に不要になったところで、それならなおさら結構じゃないか」

「はあ――」

芳賀も列席の一同も、何がなし、心が急速に明るくなって来るのを覚えた。太田垣の

話は極めて理屈にかなっていて、その上に、何かどっしりした信念に裏付けられている感じである。

――たとえ太田垣がどんな話をしたところで、現実の破砕帯には何の変わりもないはずである。しかし、物事は心の持ちようで明るくも進み、暗くも進む。金を幾ら使ってもいいといわれても、そういわれればいいわれるほど、当事者は無駄はすまいと思い、節約に心を用いることになる――。

だから太田垣によって与えられたものは、結局は『勇気』と『自信』にほかならなかった。実際に、シールドはすぐ後日に発注されたけれど、むしろ収穫は、機械ではなかった。――それは全員の、心の持ちようであった。シールドでも何でも、必要なものはすべて与えられるという、安心感であった。

「それに……水抜きボーリングは、もっと大規模にやらなくちゃいけない」

顧問の斎藤孝二郎がいった。例の黒三の難工事を仕上げた、あの斎藤である。

「はあ、それは十分計画しておりますが……」

芳賀と船生が答えた。

「いや、計画などと悠長なことはいっておれないよ。普通の程度の口径のボーリングじゃなくて、超大型のボーリングを何百本でもやるんだ。破砕帯の上部に、傘型に、開けられるだけ沢山の穴をあけて、水をどんどん流し出すんだ」

「そのつもりです。はい。そうやります」

「うん、急いでやるんだ。大規模にやるんだ」

斎藤は、激烈な口調で、大型水抜きボーリングを力説する。計画はすでに出来ていることだし、それも即刻実施ということに決めた。


太田垣は、その夜はクラブハウスで一泊した。

翌朝は九時から、建設事務所に社員たちを集めて訓示した。

訓示は太田垣のいつもの所論《しょろん》の通り、電力はどうしても要るということに尽きた。そのために、黒四は是が非でも完成しなければならないし、自分はいかなる犠牲をもいとわない覚悟だ、といった。日本の土木技術の名誉のために、諸君は全力を尽くしてもらいたいと、要望した。日本の、といって、関西電力の、とはいわなかった。

訓示は十分間ほどの短いものであったけれど、太田垣の明るい、勇気と信念に満ちた態度は、社員たち全員に感激を与えた。

（社長は、ご自分のすべてをこの仕事に賭けておられる！）

誰もがそう、直截《ちょくせつ》に感得した。

――事実太田垣は、このころ黒四に、つまり破砕帯に、自分のすべてを賭けていたのだ。

後になって、関西電力が発行している『ひらけゆく電気』という雑誌の対談で、太田垣は関西の或る女流評論家に、次のように語っている。

「私は戦争直後に、一ヵ月の間に長男と長女に先立たれました。破砕帯の時に、いつも思ったのはそれでした。私個人にのみ即していえば、私は、失って最も惜しいものは、既に失っている。この上何を失っても、それ以上に惜しいものではない……」

なくなったのは、長男の力と長女の陽子だった。力は旧制の大阪高等学校に在学していたが、戦時中の工場での勤労奉仕から、栄養失調と過労で倒れ、ついに昭和二十二年の八月五日に、二十二歳で他界した。弟の死にショックを受けて、これも戦時中から病んでいた姉の陽子が、一月後の九月八日に逝った。

まだ後に二女と三女は健在であったが、太田垣の悲しみは深かった。

自分自身も、あの少年の日の『鋲』が尾をひいて、六十歳近くまで病気がちであった。鋲のあとには気管拡張があり、また機能的な欠陥も出来ているようであった。

そのために、太田垣は、必ずといっていいくらい春と秋には喀血し、その都度病床にふせり続けていた。精密検査を何回くり返しても、結核菌は出ないところを見ると、原因はすべて、鋲の予後にあるもののようであった。

「その二人の子供は、世の中から受けるものだけを受けて、返すことはなく逝ってしまったのです。子供たちの代わりとしても、私は世の中にお返しをしなければならない

のです」

太田垣は、いつもそう考えていると、その対談で語っている。太田垣が金銭や地位や名誉に、何の欲望もなかったといえば嘘になるだろう。がしかし、現実に彼個人は、その地位の高さに比べると、貧しかったといえるし、その欲望は極めて薄かったというのが、定説である。

『心中無尽の境《きょう》あり、境上《きょうじょう》無礙《むげ》の心あり』

宗鏡録《そうきょうろく》の一節であるが、太田垣はそれを座右の銘としていた。——心の中に、広い広い、大宇宙のような広い境地がある。そしてその広い世界を何物にもとらわれない心が、ゆったりと遊び、思考する。——一切の我執《がしゅう》がなく、主観と客観とが渾然《こんぜん》ととけ合った世界とは、まさに聖者のものであろう。——太田垣がそんな境地をめざして、どこまで近よっていたかは断定することは出来ない。しかし少なくとも、自己の利益よりは、広く国民全般の利益をと考えていた、きわめて類例の少ない実業人であったことは確かである。

前から見る太田垣の顔は、合理主義を看板にかけた、冷徹な企業家だけれど、その後ろ側にある本体は、むしろ東洋的な、仏教的な、一種禅僧のような風格を湛《たた》えた存在だったというべきではなかろうか。

——社員たちへの訓示を終わってから、太田垣は自動車で長野に出て、白山号で東京に去って行った。

11　一枚の紙も黒四へ！

東京での所用を済ませて帰阪した太田垣は、八月の関電幹部会議で、大町の現場で見て来た破砕帯の難工事について、一切包み隠すことなくぶちまけた上で、社員大衆の全面的協力を結集するようにと、幹部たちに要請した。

同時に森副社長に命じて、大町会議の線にもとづく科学的対策の一切について、具体的に検討するよう、関電技術陣と熊谷組に指令を出させた。

指令を受けた熊谷組では、大塚本夫を中心に検討を始めた。何回もの討議のすえに、残ったのは次ぎの三つの方法であった。

（一）シールド工法によって破砕帯を突破する。

（二）トンネルの切羽周辺を全部厚いコンクリートで塗りつぶして、そのコンクリートの鏡を掘進し、また塗り固めて、また掘進する。それをくり返して破砕帯を通り抜ける。

（三）切羽一帯の破砕帯を、強力な冷凍方法によって冷凍して、氷壁を掘進する。

これまでにやっているパイロット・トンネルとボーリングによって水抜きをする作業と併進させるのは勿論《もちろん》であった。

この三つの方法について、熊谷組ではそれぞれ具体的な研究を進めた。しかし、（二）

のコンクリート工法は時間と経費をやたらに食うし、(三)の冷凍方法については、技術的に確信が摑めなかった。研究を進めるのはもちろんとして、重点は(一)のシールド工法に置かれた。

シールド(shield)とは、本来、楯《たて》、防禦《ぼうぎょ》物といった意味である。工学上では『鎧《がい》装《そう》』と訳されている。

トンネル工学における『シールド』とは、人間が中で何人か作業出来る程度の、相当大きい、頑丈な鋼鉄の筒である。この筒をトンネルの切羽《きりは》に押し入れる。破砕地帯であっても、上下左右からの地圧は、鋼鉄の筒自体が支えてくれる。前方からの地圧は、ジャッキで板などで支えたり、また強力な圧搾空気を送って、これを防ぐ。

その中で坑夫たちは、特殊な削岩機を用い、またツルハシをふるって、前方の破砕岩や泥土などの掘削に挑む。掘り取った岩石などは、筒の中を先端まで伸びているコンベアに載せて後部に送り、そこからトロッコで坑外に運び出される。

シールドの後方は、シールドの進行に従って、それと同じ大きさのトンネルとして、すでにセグメントによって、びっしり隙間なく巻き立てられている。セグメントは『環《かん》片《ぺん》』と訳される長方形の特殊な鋼鉄製の板で、これをつなぐと、帯で円い輪をこしらえたような円形になる。

シールドの後ろの部分には、幾つかの強力なジャッキがあって、そのジャッキが組立機に動かされて、セグメントを順次はめこんで行く。ジャッキが強烈な力でセグメントを圧入するに従って、シールド全体は前方に推進される。

関電トンネルで計画されたシールドは、長さが約五・五メートル、外径が三・三メートル、鋼板の厚さが五十七ミリという、かなり巨大なものであった。前部に地圧を防ぐためのフェース・ジャッキが四本、後部にセグメントを巻き立てるメイン・ジャッキが十二本あり、中央部には、これを駆動させるための大きな機械類があるので、人間はやっと二、三人からせいぜいで四人ほどしか入れない。従って坑夫たちは、自分で削岩して自分でズリ出しをし、また自分で機械を操作して、セグメントを巻くのである。

そもそもシールドが最初に着想されたきっかけは、木造船の大敵である船食虫《ふなくいむし》の生態からであるといわれる。船食虫は、貝の部分の退化した、まるで虫みたいな形をした海産の二枚貝で、船の木造部分に食い入って行くとき、自分の身体から石灰質の体汁を分泌して、周囲を塗り固めて管をつくって行くのである。だから、それから発想されたシールドもよく似た性能を持っているわけで、人間を土砂の崩壊から守りながら破砕帯を掘る、鎧装削岩装置《がいそうさくがん》であると同時に、一種の支保工自動組立機であり、かつトンネル自動巻立て機でもあるといえよう。

日本では、それまでにシールドが使用された実例は、関門海底鉄道トンネルの工事だけしかなかった。丹那の破砕帯でもシールドはつくられたが、機械がまだ不備だったために、実際には使用されていない。掘削進行は一日に一メートル八十程度が予想されるので、仮りに関電トンネルの破砕帯の幅が五十メートルだとすると、一ヵ月ほどで貫通出来る計算になる。もちろんシールドが掘ったトンネルは小さいので、あとから切り広げの必要はあるが、それにしても一応貫通さえすれば、工事は比較的容易になる。

熊谷組にとって幸いだったのは、その日本に一例しかない関門海底鉄道トンネルの建設所長が、いまは自社の取締役である加納倹二だったということであろう。また実際の工事を指揮している大塚本夫も、学生の勤労奉仕だったとはいっても、ともかくその現場を踏んでいる。シールドに対して、未知の不安はないのだった。

そのうえ、大塚は、数年前の千葉県の両総用水の工事の時に、トンネルが水で進行を阻まれて、突破工事用のシールドを設計したことがある。その時には圧気工法で片がつき、シールドは結局はつくられずに終わったが、それにしても大塚が実際に設計の実績を持っているということは、心強いことであった。

「いつからでもシールド工法に移れるように、心づもりをしておけ」

牧田専務からの命令を受けた大塚は、自分の経験から、さっそく木製の実物大のシールド模型をつくって、その中で坑夫が働けるかどうか、また働きよくするためには機械類の配置をどうすればよいか、笹島信義と協力して、実際に坑夫を中に入れて実験を始めた。

その同じころ、関電北支店長（大阪）の和田昌博は、例の幹部会議で太田垣から呼びかけられた『社員総協力』を、実際にどのようにして具体化すればよいか、頭をひねっていた。

その説示で、太田垣はいっている。――

「黒四は、世間で危機だといわれているが、私自身も大町トンネルの奥深くまで、ずぶ濡《ぬ》れになって見て回って、たしかに危機に違いないことを確認して来た」

太田垣は、滝のような水が溢《あふ》れ出ているトンネルの状況と、その中で、寒さにも危険にもめげずに、懸命に持ち場を守っている社員や労働者たちの仕事ぶりを、具体的に物語ったのである。そして、

「しかし私は、どんなことがあっても黒四は完遂する覚悟だし、また現場で十分検討してみて、『それは出来る』との確信も得て来た。私は関係者一同に、心配せずにやってくれと激励して来た。そこで皆さんにお願いだが、何とかして黒四の戦士たちを、励まし、勇気づけてやってもらいたい。また具体的に、援《たす》けてもやってもらいたい。全社が一体になって、鉛筆一本、紙一枚も、黒部の仲間に送るようにしてもらいたい」

太田垣は、情熱をこめてそう語ったのだった。

和田昌博は考えるのである。

（社長のおっしゃる通り、全社一本になって支援しなければならないが……それにはどうすればいいだろう？）

（そうだ。第一歩はまず、知る、ということだ。黒四と破砕帯の実情を、私たちはまず全社員に、よく知ってもらわねばならないのだ！）

考えが決まると、和田はすぐに行動に移った。

どの支店にもあることだが、北支店には幹部と労組代表との協議会があった。その席上で、和田は関電労組の大阪地区本部の副議長でもあり、扇町支部の執行委員長でもある中務《なかつかさ》弥太郎などに、太田垣から聞いて来た破砕帯の実情を、包み隠さずに取り次いだ。

「――そんなわけで、黒四の危機は関電の危機だし、それはとりも直さず、全社員、すなわち労組員全体の危機にもつながるだろう。――幸いに、現在のうちの労組は、電産時代とは違って電源開発そのものには反対していない。いや、むしろ、電源開発は必要だと推進してくれているし、黒四に対しても、これを支援すると約束してくれている。――全社、全社員の危機を切り抜けるために、君たちも一丸になって協力して欲しいのだ」

和田は、太田垣と同じように真心を現わして説いた。

中務やその他の組合幹部たちの間から、いろんな質問が出た。それに対しても、和田は、知っている限りのことはすべて正直に話した。

「支店長のおっしゃる通り、それはもちろん、われわれは黒四を支持しています。納得出来ることなら、全支店をあげての支援運動に、やぶさかではありません」

中務が答えた。——和田の話にもある通り、いま冷水のほとばしり出る坑内で、合羽《かっぱ》をかぶった全身をびしょ濡れにして、寒さにふるえながら危険と戦っている技術者たちは、すべて同じ関電労組の仲間なのだ。和田の報告で、その仲間たちの苦難の戦いは目に見るように判るのだし、その冷たい、暗い、狭い坑内を、背を屈《かが》めて激励して回る老社長の情熱も、膚《はだ》に触れるように感じられるのだ。

関電が潰れてしまっては、関電労組もないのだし、労組員とても結局は全員が関電職員に違いないのだ。——意思の疏通《そつう》は早かった。

——太田垣にとって、というか、関電にとって、というか、或《ある》いはまた、黒四という大工事にとって、というか、——ともかく幸運だったのは、この時には関電労組は、政治闘争を主目的とする電産とは、既に全く別のものに育ち上がっていたことであった。

関電労組は、昭和二十八年に、電産とは率先して訣別《けつべつ》していた。それまでの電産傘下

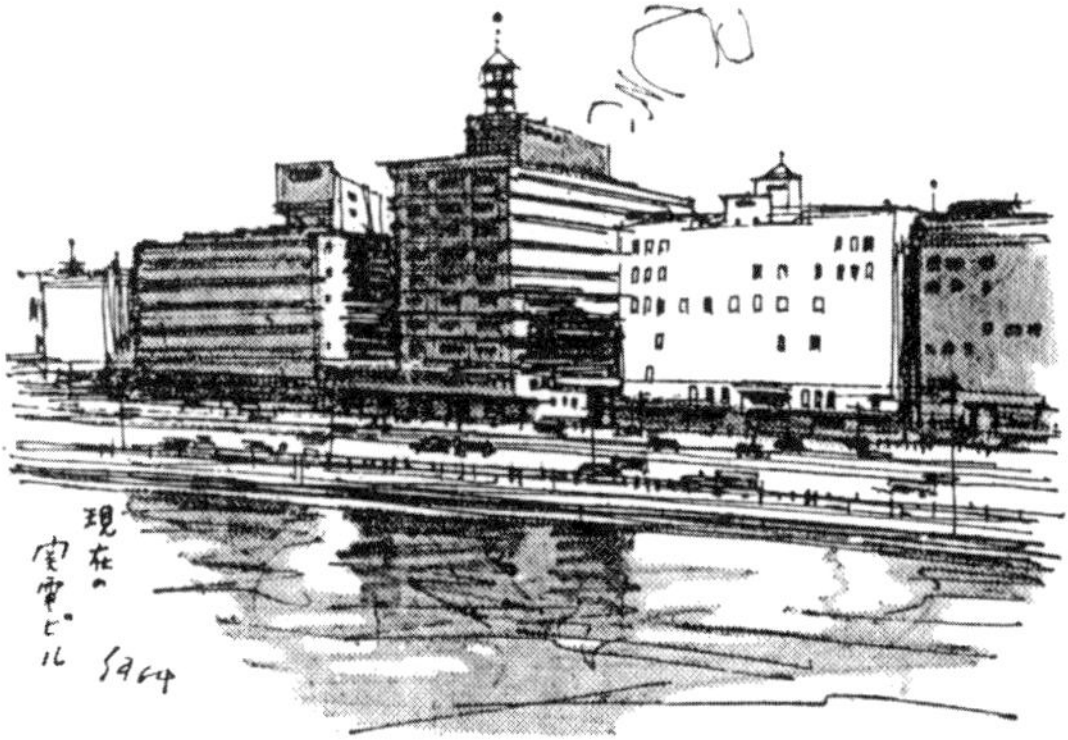

の時代には、『電源開発は再軍備に通じる。

それは戦争に通じる』という、極めて観念的な、偏向した政治スローガンのもとに戦わされていた。

しかし、電産時代は一方では電力飢饉《ききん》の谷底で、終始停電があった。いやむしろ停電が常態で、時たま電気がつくという方が早判りであったかも知れない。

戦後の国民生活の再建も、産業の立ち直りも、そんなことでは不可能であった。

停電の責任は、すべてが一人々々の労働者の上にかぶさって来た。世論はこぞって、『闘争激発主義』の電産に反対であった。むしろ、反感と憎悪さえが持たれていた。

それらの、世間一般からの反感と憎しみまでが、一人々々の労働者の上にまでのしかかって来るのは、耐えられないことであった。

同時に、一方的な、独善的な電産の支配に、いつまでも盲従《もうじゅう》することが反省された。

こうして昭和二十七年の電産大争議を機に、電産は割れた。電力開発反対で、闘争激発主義の電産に代わって、「電力開発反対」には反対、産業復興支持を路線とする、電労連――全国電力労働組合連合会が生まれたのだ。

関電労組は、むしろその誕生の先頭に立っていたといえよう。そして経営者としては太田垣士郎が、対電産闘争の先頭にいたのは周知の事実である。

が、それはもう、五年も昔の話である。この物語の時点では、関電労組は既に、揺るぎなく健全な民主的地盤を確立していた。

会社に対しても闘うべきは闘い、支援すべきは支援するのである。黒四建設についても、それは同じだった。

すでに黒四の計画がスタートしたばかりの三十一年五月二十九日に、会社と組合は諒解《りょうかい》に達していた。黒部説明会が開かれて、芦原常務からの説明に、組合側は、

一、黒四開発には反対しない。

二、黒四施工を理由に、組合員への経済的な、また労働条件の上での皺《しわ》よせをしない。

三、犠牲者を出さないよう、厳に注意する。

以上三つの条項を基本に、これを承認していた。

こうして基本路線はすでに敷かれていたのだから、和田支店長の熱意の溢《あふ》れる説得に、『停電のない日本』を旗印にして来た組合側が、同調を取り決めるのは早かった。

角ばっていえば経営側対組合幹部だが、話が判ってしまえば同じ関電社員である。

「スローガンは、『黒四に手を貸そう！』それ一本にしようじゃないか」

「いいですなあ。『紙一枚も、鉛筆一本も黒四に送ろう』――太田垣さんのお言葉じゃないが、これで行きましょうや」

和田と中務たちとは固い握手を交わした。

すぐにポスターが、支店に貼られた。同時に和田は、傘下の各営業所の職場回りを始めた。

手はじめは三国営業所だった。ちょうど組合の職場集会があったので、和田は時間前に駈《か》けつけて、組合行事とは別に、開会までの時間を借りた。

和田は関電が作成した、黒四の建設記録映画の第一集『黒部渓谷』を持って行った。集まった社員たちに、まずそれを上映した。

『黒部渓谷』は黒四建設のうち、初期の調査隊の活躍から着工までをおさめたもので、出来上がって支店に配られたばかりだった。第一集だから、黒部の奥深さや、険しさが克明に描かれている。

垂直な断崖の百メートルもの中腹に刻まれた小径《こみち》を、大きな荷物を背負ったボッカたちが通って行くシーンがある。見ているだけで足がふるえるような、スリルに満ちたシーンだ。背負っている荷物は、すべて黒四建設の資材である。

映画では、ボッカたちは無事に断崖を通り過ぎて行くのだが、実はその中の一人の少年は、写されたすぐ後で断崖を何十メートルか転落して、殉職しているのだ。

和田は、映写が終わってから、そんな内幕話まで披露する。

「危険な、困難な工事です。でも黒四の出力だけで、滋賀、奈良両県の全需要をまかなうほどの力があるのです。皆さんのご努力で、停電のない日本はどうやら実現しましたが、まだまだ電力は足りません。黒四の成功は、黒四そのものだけではなく、下流の黒三、黒二、柳河原など、冬は渇水で非常に能力を落としているすべての既存の発電所まで、黒四の『水』を利用することによって、四季を通じたフル運転を可能にするのです」

和田は大きな身体を折り曲げ、豊かな頬を真ッ赤にして話す。

「その黒四のために、私たち、皆さんたちの仲間は、この真夏を寒さにふるえながら、破砕帯の水と戦っているのです。皆さん、――どうか黒四に手を貸して下さい。全社員の結束した力で、黒四の兄弟たちを守りましょう！」

目の前に黒部の実態を見せてからの、和田の説得は力強かった。それはまるで、今しがたの映画の続篇をでも見るように、社員たちの心の銀幕に、くっきりと破砕帯の映像を写し出したに違いない。――黒四に手を貸さなければいけない。破砕帯の兄弟たちと、自分も一しょに戦わなければいけない。――そんな感銘が、ひしひしと聞く者の心に迫ったに違いない。

三国営業所を皮切りに、和田は傘下のすべての営業所を回った。『黒四に手を貸そう！』のポスターが、それらの営業所の壁という壁に、次から次に貼られて行った。それはむしろ、営業所員の心という心のすべてにまで、一枚一枚貼られて行ったというべきであったろう。

或いは人々は、建設的なロマンを欲していたのかも知れない。昭和二十六年の創立から七年近くを経て、関西電力はすでに揺るがぬ会社にまで育っていた。初めは寄せ集めだった人間と人間のあいだにも同志感が育ち、前身の一つの配電会社などは赤字会社として有名だったのに、すでに関電は、優秀な黒字経営を確立していた。

――でも、まだ何かが欲しかったのかも知れない。

「これが、関西電力だ！」

「これが俺の会社だ！」

胸を張って高らかにいえる何かを、――それは高貴なロマンを、壮大なドラマを、壮麗な記念碑《モニュメント》を、人々は自らの会社の誇りにかけて、欲していたのかも知れない。

もう一段高い会社に会社自身が高まり、もう一そう深い同志愛に相互の結合が強まり――、それを果たすために、何かみんなが全身全力をあげてぶつかるものが、彼らは欲しかったのかも知れない。

「黒四に手を貸そう！」

人跡未踏の黒部での悪戦苦闘は、彼らにとって、手を貸し甲斐のある戦いであったのに違いない。


黒四に手を貸そうの運動が、北支店の枠を越えて、関電全社に燃え広がろうとしているころ、現地の大町市周辺でも、市民たちの間から、関電の破砕帯突破に手を貸そうとする、自発的な精神運動が起こっていた。

九月初めの或る日だった。大町市内の若一王子《にゃくいちおうじ》神社の氏子総代会長である金原元留《きんばらもとめ》が、日向山の関電事務所に来て、岸田幸一に面会を求めた。

「岸田さん、大町トンネルに、何か変な水が出て困っとるようじゃが……市民もみな心配しています」

「そうですか、ご心配かけて相済みませんが……実際困っています。どうしても水が止まらなくてねえ」

「それで、工事を中止するという噂《うわさ》もあるんじゃが……、われわれ市民にしても、縁あって関電さんと仲間になったのですから、そんなつまらん水なんかで、中止させるようなことがあっては申し訳ない。補償の要求ばかり出すのが能じゃなかろう、何とか皆で協力して、危機を乗り切ってもらおうと、寄り寄り相談を重ねとるところです」

金原は、顔は笑顔だったが、表情には真情が滲《にじ》み出ていた。岸田は嬉しかった。市民が破砕帯を心配してくれるとは、補償々々で明け暮れた去年の夏のことを思い起こすと、隔世の感があった。具体的に何をしてくれないでも、その気持だけで嬉しいと思った。

「それで……北安曇《きたあずみ》郡市神社総代会の者が集まって、市内の若一王子神社で、各神社合同のトンネル工事完遂祈願祭をやりたいということになったのじゃが、受けてもらえるでしょうねえ」

金原はいった。

「受けるも受けないも……それは何より有難い話です。どうかよろしくお願いします」

岸田は心から礼をいって、かつて信州入りの初日にアメリカ人と間違われた大きな身体を、丁重に二つに折った。

――祈願祭の期日は、十月三日と定められた。

こうして明るい話題が、難航を極めた破砕帯をめぐって起こり始めた。

水は相変わらずどうどうと湧き出ているし、切羽の崩落は、あとを断ったわけではなかった。八月は七月よりも一そう状況が悪く、九月になっても、具体的に何一つ好転してはいなかった。

しかし、気持だけは、何がなし明るい方向へと動いていたのだ。

そんな気持の明るさに輪をかけるように、芳賀公介《はがきみすけ》には或る日、一通の明るい便りが届けられた。トンネルで午後中を送って、合宿に帰ってみると、机の上に、長女の由江からの手紙が載せられていたのだった。

（また——順子《よりこ》の容態でも悪くなったのだろうか？）

破砕帯への心労で疲れ果てた芳賀は、眉間《みけん》に深い縦皺《たてじわ》をつくって、恐る恐る、手紙の封を切った。

「お父さま。難工事の連続だそうで、さぞ御心痛のことと存じます。でもすっかり涼しくなりまして……」

由江の手紙は、そんな変哲もない書き出しだったが、読み進むうちに、芳賀の額の縦皺がゆるんだ。

「ほほう、それはいい！」

何日ぶりか、何ヵ月ぶりかの会心の微笑を、芳賀は痩せた頬に浮かべた。

——由江が、結婚を決意したというのであった。長いあいだ宙ぶらりになっていた間組の技師、中野幸雄との縁談に、由江は踏み切ることに決心したというのであった。

「気持がきまりました上は、お父さまやお母さまに安心していただくためにも、日取りは早い方がよいと存じます」

由江の便りは、そんな風に芳賀の嬉しいことばかり書いてあった。順子の容態には、別に触れてなかった。

（ずいぶん気をもませよったが、――よっちゃんもとうとう決心してくれたのか――）

芳賀は、ほっと肩を落とした。

芳賀が、三十年にも近いあいだ、電力会社のダム屋として、山から山へと転々する生活だったので、子供の学校の関係もあって、名古屋に残っている夫人のすぎ枝は、淋しくもあれば苦労もあったろうことは察するに難くない。

もっとも芳賀自身の側からいえば、電力は太田垣の言葉の通り「どうしても要る」のであって、そのための電力ダムを造る芳賀の仕事は、国民生活全般からいっても、極めて重要な仕事であることは疑いの余地がない。山住まいは、芳賀自身にも不自由だし、なろうことなら都会に帰って、家族と一しょに暮らしたいのは山々だったろう。――だが、それだからといって、これからまだ、五年も六年も続くかも知れない黒四の仕事を捨てて、名古屋に帰ろうとは、芳賀は思ってはいないのだ。

しかしまた、由江は長女なので、眼前に見る母の苦労を哀れと思い、自分は決して

「トンネル屋やダム屋の妻にはなるまい」と、かねて考えたのも無理ではなかった。

「中野さん自身はいい方だけど……でもやはり、ダム屋だもの、あたし決心がつかない」

ダム屋である父を前にして、その苦労を知っていてさえ、由江は苦笑しながらも、そうはっきり語っていた。

(それが、……よっちゃんは、どうして急に気が変わったのだろう?)

芳賀はふと、いぶかしさを感じたが、

(やはり、蛙《かえる》の子は蛙なのか――、それとも中野君の熱意にほだされたのか――)

何にしても嬉しさが先に立って、由江の突然の決心の真の動機について、深く考えるまでの余裕はなかった。

(急げというなら、式は年内にも、正月早々にも挙げていい。しかし、由江が結婚を承知したのは……これはきっと、順子も順調だからに違いない!)

芳賀は、ひとり合点にうなずいた。

(そうだ、早く破砕帯を突破しよう! それが突破出来れば、順子の病気も癒《なお》るのだ!)

いつもの悲願だったが、いまはかなり明るく、芳賀はそれを心にくり返すことが出来た。

芳賀は由江への喜びの返信のペンを取った。

そんな芳賀の悲願に歩調を合わせるかのように、太田垣社長の指令として、九月二十六日に破砕帯突破の具体的方法についての関電・熊谷組の合同会議を行うから、先に指令した研究の結果を持って、関電本社に参集せよとの連絡があった。

それまでに、もう二週間ほどしかなかった。湧水は相変らず激しく、後になって記録を調べると、九月の二十八日が最高で、秒間六五九・六リッターにも達するのだが、九月は初めからそれに近く、具体的には好転の兆しは何もなかった。

関電にしても、熊谷組にしても、この会議に臨む心境は悲痛であった。いまはどのような非常手段を用いても、破砕帯は強行突破しなければならない。

大塚本夫は本社の命令で、東京に帰ってシールドの設計にかかった。先に触れた両総用水の時の経験があるし、また先の太田垣の指令で準備は整えていたので、本来なら何ヵ月かを要する設計を、加納の指揮を受けながら、数人の部下の協力で僅《わず》か十日ほどで仕上げた。

大塚はその設計書を持って、牧田専務と田辺常務、加納取締役のお供をして、大阪に行った。

二十六日の会議は、現地からは平井所長、芳賀次長らが来ていたし、関電本社の技術幹部も総出で、一日中激論が続いた。熊谷側で矢面に立たされたのは主として大塚で、例の三つの工法を説明した。コンクリート法、冷凍法は、やはり技術的、経済的に無理があって、見送られた。残るはシールド工法で、関電側は急いでシールドをつくり上げて、十二月四日までに現地稼働が可能なようにせよと要求した。

期日は僅か二ヵ月と数日しかない。シールドの製作などは滅多《めった》に行なわれるものではないので、どの機械製作所に発注しても、数ヵ月はかかるだろう。二ヵ月ではとても無理だと熊谷側は首をひねったが、関電側は承知しなかった。多少の減水の予想される冬のあいだに掘っておかないと、また春になれば増水で処置がなくなるという理由からであった。

結論の出ないままに、昼の会議は終わりとなった。

その夜、牧田と田辺、加納は、太田垣に或る料亭に招かれた。太田垣の傍《そば》には、黒四建設事務所長の平井寛一郎がいた。

太田垣は、辞退する三人の手を取って無理矢理に上座に坐《すわ》らせると、自分は末座に下がって、丁重に畳に手をついて頭を下げた。

「破砕帯がどんなに困難な仕事かは、あなた方が一番よくご存じです。しかし、あれが駄目になれば、黒四全体が駄目になります。シールドさえあれば、何とか貫通する、ということですから、頼みます、経費は幾らかかってもかまいませんから、ぜひ森や平井が無理をいっている期日で、なんとかシールドをつくり上げて下さい」

真情こもる口調で懇請《こんせい》するのであった。

「お手をお上げ下さい、太田垣さん」

牧田は恐縮し、かつ感動した。急いで座を立って太田垣のそばに寄ると、抱きかかえるように立たせて、自分の隣りに坐ってもらった。

「太田垣さん、私どもは、決して経費のことをいっているのではありません。シールドで、ビタ一文儲けようなどというケチな根性を、私どもは持っているのではございません。私どもも、破砕帯の突破に真剣なんです。熊谷組の面目と信用の問題でもあります。――しかし、日本の現在の工業力が、もしあの期日を受け入れてくれないとしますと……」

「むつかしいのですか？」

「それが……」

暗然と、牧田は目を伏せた。

と、その時、

「出来ないというのか、君は！」

怒りに燃えた大声が、牧田たち三人の耳元で鳴った。驚いて振り返ると、声の主は平井寛一郎であった。あの温厚で冷静な、生涯に一度も怒った顔を他人に見せたことがないといわれる平井が、顔を真ッ赤にし、目を怒らせて、三人を睨《にら》みつけていた。

「出来ないといっているのではありません。これから一生懸命に研究させましょう。しかし……出来ない期日を安請合《やすうけあい》するわけには行きませんし……確かに困難だということは明らかなのです」

牧田は静かに答えた。

「お黙りなさい！」

平井は怒りに眉をつり上げて、激しくテーブルを叩いた。

「いま、我々は、あんた方をも含めて、生きるか死ぬかの関頭《かんとう》にいるんだ。やれる、やれないではない。是が非でも、やるよりほかに仕方がないんだ。やる、絶対にやりとげますと――太田垣さんに返事して下さい！」

牧田は、じっと平井の顔を見つめた。平井は牧田を睨み返している。太田垣は端然と膝に手を置いて身じろぎもせずに坐っている。

——心の中で、牧田は、涙がこぼれるほどに、嬉しいのだった。牧田はやがて七十歳に手の届く高齢だが、若い時から兄弟同然だった熊谷組の先代社長と手を結んで、ちっぽけだった熊谷組を、今日の大建設会社にまで育てて来ている。自分自身にしても、いまでは熊谷組の天皇とかワンマンとか呼ばれ、日本土建界の最大実力者の一人、などといわれているが、しかし、その間には、どんなことだってあったし、どんな困難も、破滅の淵にどっぷり首までひたる思いの日だってあった。

しかし、男が、男を賭けて男の仕事をやる以上は、不可能をも可能にするのほかない時があるのだった。土建業とは、本質的には辛棒《しんぼう》をする商売で、じっと耐えていれば、自然に出口の判って来るものなのだが、だがまたその出口へは、身を捨てて、必死で走らねばならぬ瞬間もある。牧田はそんなにして、この五十年間、一途《いちず》に土建の仕事を重ねて来たのだ。

いま、目の前には太田垣と平井がいる。太田垣は単に関西電力の社長というだけでなく、いまでは日本財界最大の実力者と見られている人物なのだ。平井にしても、普通なら、微笑と温顔だけを売り物にしていれば事の済む、マンモス安定会社の重役なのだ。

それが、太田垣は本気で自分の前に頭を下げ、平井はマスクをかなぐり捨てて詰め寄って来ている。——牧田は、それらのすべてが、自分に向けられたものとは思わなかった。太田垣も平井も、牧田に対してではなく、『破砕帯突破』という大きな仕事に対して頭を下げ、また腕をまくらんばかりに詰め寄っているのである。つまり彼らは、仕事に対して、なりふり構わず男の一切を賭けているのだということが、牧田には、切々と、胸に沁《し》みて理解出来るのだ。

牧田は静かに、二人の顔をかわるがわるに見て、

「やりましょう、ともかく。――『やけくそ』で引き受けましょう」

老いた頬の肉を微笑させて、穏《おだや》かに答えた。

「有難う。願いますよ。まず一献《いっこん》――」

太田垣はもう何事もなかった風情で、牧田と同じ穏かさで銚子を牧田に向けた。

熊谷組名古屋工場長の牧田荘次郎に、専務の牧田甚一から電話のかかったのは、その夜ふけのことであった。

「シールドをこしらえて、十二月四日までに大町の現場で動かせるということを、太田垣さんに約束したぞ。お前の工場でその通りにつくれ！」

のっけから押し付けけで、電話の声はガンガン鳴った。

「しかし専務、お言葉ですが、それは少し無茶じゃないですか。二ヵ月では――とても出来ませんよ」

牧田荘次郎は専務の女婿《じょせい》だが、気が強く、正邪がはっきりしていて、さっぱり養子ら

しくない養子である。つけつけと遠慮なく、自分の意見を答える。

「うん。無茶だ。しかし引き受けてしまったのだから、仕方がないじゃないか。わしは、『やけくそで引き受ける』といった。だからお前も『やけくそ』ででも、必ずつくり上げねばならん！」

「そうですか、引き受けてしまったのですか。じゃア仕方ないですなア、やりましょう」

「うん、やけくそで、必ずつくり上げろ。出来るなア？」

「やけくそなら、得意です。まかしといて下さい」

「そうか、よかろう、ハハハ……」

そういって、この乱暴な命令電話は、切れた。

熊谷組の名古屋工場は、半分は研究、半分は製作といった、特殊の工場であった。製作の方は、市販や輸出もあるが、自社が請負った工事に適する、特別の土木機械をつくることを最大の眼目にしている。（後日、豊川の旧海軍工廠《こうしょう》跡地に移転した）

牧田工場長は、翌朝すぐ、同じ工場の技師である実弟の松下邦次郎や、その他の幹部を集めて、検討を始めた。

数ヵ月はかかるシールドの製作を、どこの工場に頼んでも、二ヵ月の突貫製作は無理であった。だからシールド本体とセグメントは、自社工場の総力をあげて製作することにした。

何しろ、一センチ平方当たり四十何キロといった水圧を受けるのだから、顕微鏡で見るような傷があっても、忽《たちま》ちその裂け目から水がふき込んで、全体がやられてしまう。厚い鋼鉄板を円筒状に曲げて、熔接にもその他の工程にも、慎重きわまる注意がいった。何度おしゃかを出しても、挫《くじ》けずに続けた。

問題は『ジャッキ』であった。物凄い破砕帯の地圧と水圧の中を、強引にセグメントを打ち込んではシールドを推進して行くのだから、容易ではない強靱《きょうじん》さが要求された。これを鍛造でつくるとすれば、日鋼室蘭工場の、かつて大砲の砲身を鍛造していた一万トン・プレスでも使うしかない。しかし、そんな時間の余裕はなかった。

「よし、やけくそだ、鋳物でやってみよう！」

牧田荘次郎は、決心した。牧田は名古屋大学の工学部金属学科の出身で、鋳物には自信があった。

「クロームモリブデン鋳鋼《ちゅうこう》でやるんだ。ねばりがあり、強靱で、必ず必要な強度が出せるぞ」

すぐに日本車輛の名古屋工場に発注して、大塚の設計にもとづいて、鋳物の製作を始めたが、それこそおしゃかの山であった。しかし、いくらおしゃかが出ても屈せずに、『やけくそ』の頑張りでつくり続けた。

黒四の現場とは遠く離れた名古屋の工場でまで、こうして黒四のための突貫作業は、夜も昼も、休みなく続けられたのであった。

ちょうどそのころのことである。関電の北支店では定年退職者があると、その月の人を集めて和田支店長から「長いあいだご苦労さまでした」とねぎらいの言葉を述べて、昼食を共にする会を開くのが例だったが、会のあとで、一人の定年退職者が、和田に申し出た。

「私は今月で退職するわけですから、黒四に手を貸したくても、来月からは貸すことが出来ません。それで、私の代わりに……僅かでお恥かしいですが、黒四の、ほんの一本の釘《くぎ》にでもして下さい」

そういって彼は、一包みの紙幣を差し出したのだった。

会社側の押しつけでなく、定年退職者の中からまで、こうして黒四支援の声が上がったことは、『黒四に手を貸そう！』運動が、いかに全社的に燃えていたものであったかを物語るものであろう。

これまでは、士気の決定的な喪失を防いで、関係者全員を目的に向かって綴《つづ》り合わせ、結束させていたものは、太田垣士郎という一本の鋲《びょう》であっただろう。

彼は彼自身が言明したように、一億円もするシールドは既に製作させているし、大口径のボーリング機械も、惜しみなく買い求めさせている。

しかし、次第に鋲は、太田垣一本ではなくなったのだ。太田垣士郎という太い鋲を中心に、それは関電社員ならびに建設各社という、無数の鋲の集まりに転化したのだ。

――いま、想像を逞《たくま》しくすることが許されるなら、これらの盛り上がる運動の報告を聞いて、太田垣士郎は、関電社長室の大きな椅子に埋まって、むしろにやにやと、会心の笑みを頰に浮かべていたかも知れない。

（破砕帯が存在していてくれて、よかった！）

太田垣は、むしろそう考えていたのではなかっただろうか。

戦争中、日発という国策会社によって統合されるまでは、電力界は『伏魔殿』といわれたものであった。大小会社が無数に分立していて、水利が政治的な利権とからみ合って、収拾のつかない泥沼だった。

太田垣は関電社長に就任する時、国家・社会における電力の重要性を考えて、「これを受けたのだ」と語っているが、そのためには、太田垣の考えでは、電力会社は何よりも清潔な会社でなければならなかっただろう。

しかし、国策会社時代を経過してはいても、いまも派閥はあったろうし、因習もあっただろう。

そんな一切のものを揚棄《ようき》して、一つの『関西電力』として、大きく、逞しく、清らかに伸びて行くためには、困難が来ることは、彼にはむしろ望むところだったのではなかろうか。

そのために、一人の腹心の部下も連れずに、単身で社長として乗り込んだ太田垣であった。破砕帯は、——まさに格好の試練なのだった。困難は組織に闘志と団結を生むし、困難の克服は、また高い自信をも植えつけるのである。悲しむことでも、くやむことでもなかった。

——そして、やがて或る日、水はどかんと、一日のうちに激減を始めた。

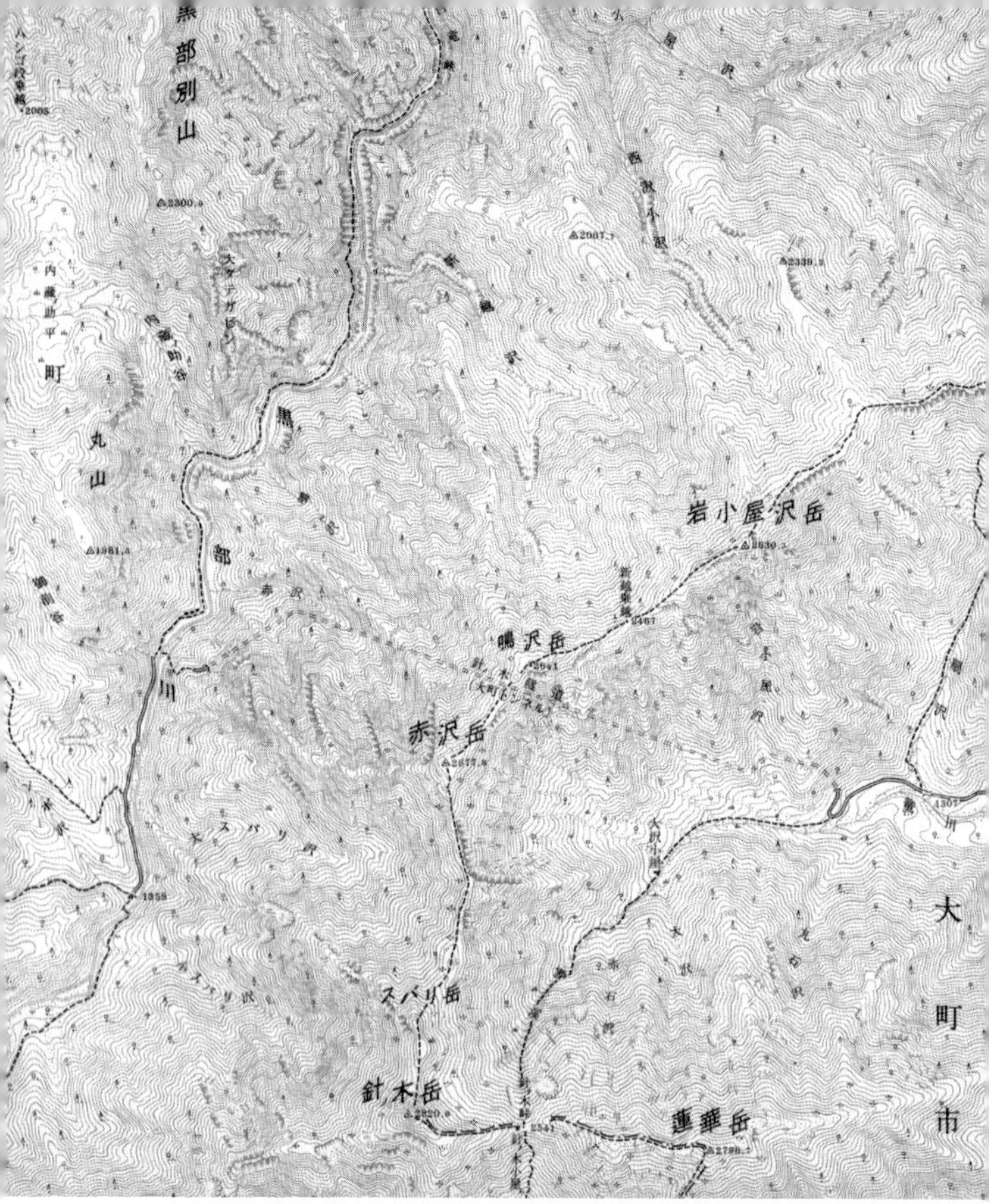

黒部ダム建設のための資材を輸送する針ノ木隧道（大町トンネル＝現関電トンネル）が完成したばかりの頃。1:50,000「立山」昭和32年（1957）要部修正

12 光あまねき陰に

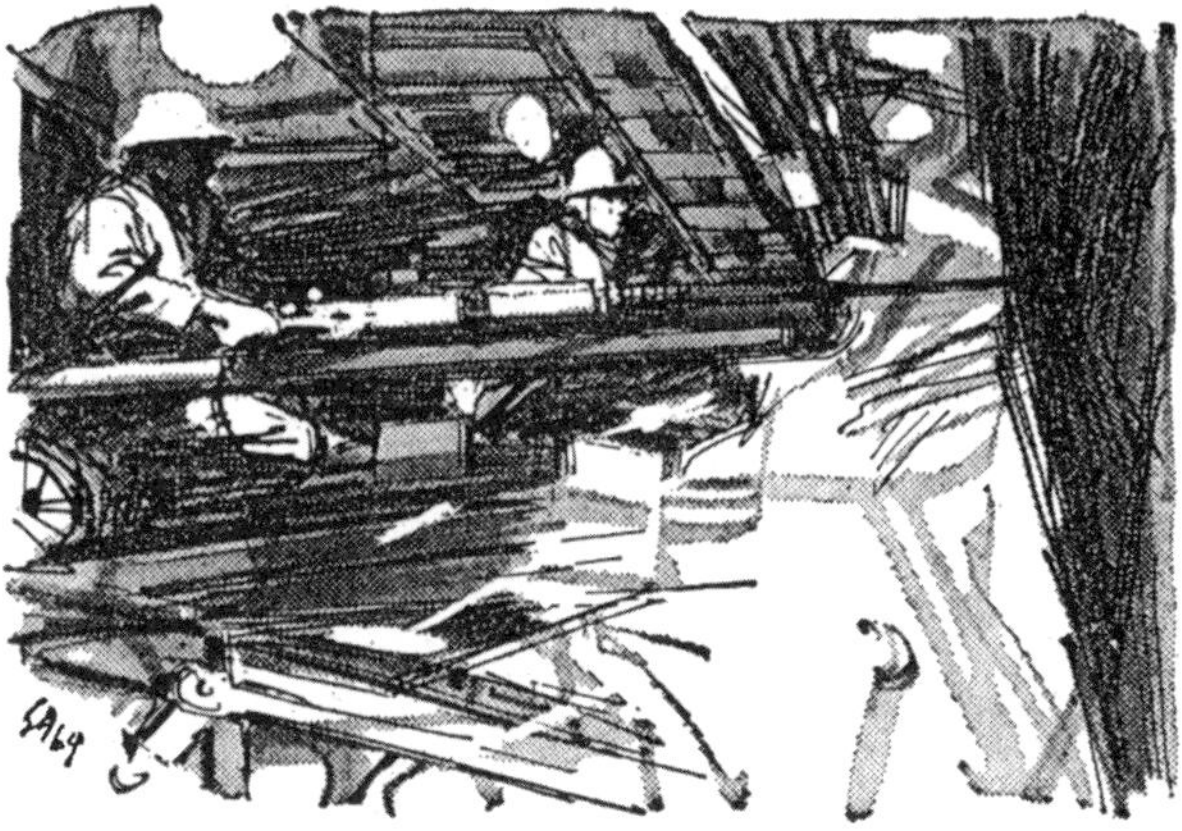

破砕帯の湧水が激減したのは、十月初めの数日間にわたってであった。それは大町市民の有志たちが企画した、トンネル完遂祈願祭に恐れをなしたかのように、お祭りの日も待たないで減り始めた。

湧水量が最高に達した九月二十八日には、本坑と各枝坑とを合わせて秒間六五九・六リッターもあったのが、十月最初の一週間では、早くも四百リッターそこそこにまで減ってしまった。

「しめたッ、とうとう山を越えたぞ!」

現場にも関電事務所にも、歓声があがったのはいうまでもない。

思えば五ヵ月に余る、長い忍苦の日々だった。

減水の原因には、一つには五月から九月にかけての雪どけや降雨による夏の出水期が終わって、すでに北アルプスの山々が、冬の渇水期の構えに入ったという、季節的な理由もあっただろう。しかしその一面、延長五百メートルに及ぶ十本のパイロット・トンネルや、百二十四本、二千九百メートルもの大口径ボーリングや、それに二百二十六トンのセメントや、十三万リッターの薬液を注入した地盤固めなどの成果であることも、疑問の余地がなかった。

しかし、歓声はあがっても、それだからといって誰一人、引き締めた気持を緩めたわけではなかった。例えばシールド製作に昼夜を忘れている牧田荘次郎は、大塚から弾んだ声で減水の電話報告を聞いても、シールド製作の手をゆるめようとはしなかった。

（この水は、引き始めればきっと早いだろう。なぜかなら、破砕帯の水のたまり方は、きっと逆円錐型《えんすい》――つまり漏斗型《じょうご》になっていて、上部は広く、下部は狭いに違いない。だから、半分以上引けば、あとは一息なのだ――）

牧田はそう判断したが、

（それでも――シールドは、つくるのだ！）

と、考えを変えなかった。

それこそ黒四精神ではないか――と、牧田荘次郎は思うのだ。減水は、そうはいっても一時的な現象かも知れないし、また、下流の四、五工区で、発電所の空洞が出来上がってしまえば不要になってしまう無数の横坑を、大成建設と佐藤工業の従業員たちが、何年もの青春を賭けて掘り続けているように、破砕帯突破には、たとえ結果的には不要になることがあっても、必要と思われる手段は、一つ残らず完全に遂行しておかねばならないのだ。

地元の有志が企画したトンネル工事完遂祈願祭は、その減水の最中の十月三日に行なわれた。大町市内の若一王子神社で祭典があったのちに、完遂祈願のお札が現場に運ばれて来て、岩小屋沢のトンネル入口正面の上部に掲げられた。

それは大きな木のお札で、墨も黒々と、『関西電力黒部川第四発所大町隧道《ずいどう》完遂祈願符』（注・傍点は筆者）と書かれてあった。

誰かが、それを見上げていたが、

「あッ、いけない！　第四発電所の電の字が落ちている！」

頓狂《とんきょう》な大声で叫んだ。

なるほど、一同が見上げると、確かに発電所の電がない、発電所に電の字がないのでは、折も折とてすこぶる縁起が悪い。——運んで来た神官も驚いて顔色を変えた時、

「しめたッ、抜けたぞッ、トンネルが抜けたんだ！」

これはまた驚くほどの大声が、うしろから起こった。振り向くと、声の主は岸田だった。

「縁起がいいぞ、抜けた抜けたッ！　これで大丈夫だッ！」

岸田はまた大声で叫んだ。そうか、抜けたのか、なるほど縁起がいいぞ、——そんなささやきがそここに起こって、やがて明るい爆笑の渦になって行った。

字が落ちているのも、抜けているのも同じことで、いわば言葉の綾《あや》にすぎないのだが、そんなことさえもが士気を鼓舞するのには効果があった。

「さア、一気に抜いてしまえッ！」

作業員たちは口々に叫び合って、減水し始めている坑内に雪崩《なだ》れ込んで行った。

それからは、水はさらに減り続けた。十月下旬には秒間四百リッターを大きく割り、十一月下旬には二百リッターを切った。

五月から九月まで、長い長い停滞で抑えに抑えられていた笹島信義以下、現場の作業員たちの闘志が、堰《せき》を切って、工事が一気に押し進められたことはいうまでもない。

筆者はさきに、破砕帯の期間の進行は「ゼロに等しい」と述べた。しかし、それは大局についてであって、虫眼鏡を当てるように細かい数字について見ると、一寸刻みの掘削は、あの大停滞の最中にも続いていたのである。

さすがに崩壊の始まった五月と、湧水が最高に達していた八月、九月だけは全く無進行にとどまっているが、六月と七月には、少しでも湧水の少ない日には、サンドルを押し分けて、一センチでもの掘進が続いていたのだ。

数字をあげると、六月には七・三〇メートルを進めている。一日平均にすると、〇・二四三メートルである。

七月はもっとひどくて、一ヵ月で僅《わず》か二・四〇メートルだが、ともかくも、無理矢理にでも進めている。この場合、日進平均などを計算するのは無駄なのだが、せめての心やりまでに示すと、〇・〇七七メートルとなる。

間歇《かんけつ》的に湧水が多少増減するその減水の日をねらって、厳重に鏡を封鎖した厚い板をはずして、湧水に身をぬらし、崩落の危険を冒しながら、何日がかりかで五十センチなり一メートルなりを掘り進めるのである。するとやがて次の増水が来て、折角掘った芋虫の歩みのようなトンネルは、すぐに潰《つぶ》され、押し戻されてしまう。それをまた必死で板付けにしてくい止め、五センチでも、八センチでもの前進区域を守るのである。そして次の減水の日に、また二十センチでも五十センチでもの前進を試みたのである。

こうした不屈の闘魂が、右にあげた『顕微鏡的』な前進の記録として残されたのであって、これを合計すると、五月から九月まで五ヵ月、百五十三日間の進行は九・七〇メートルで、それは順調な時の一日分にも足りない。しかし、一日平均にして『六・三センチ』というこの微々たる進行こそ、笹島以下現場の連中の不撓《ふとう》不屈の戦いの記録として、むしろ銘記さるべき数字でもあるだろう。

さて、その減水の十月である。しかしそれも、減水であって絶えたのではない。そして、一時的減水なのか、本格的減水なのかも、判っていない。九月末には毎秒六百六十リッター近かったのが、十月中旬には四百リッターとなり、下旬にもなお毎秒三百七十リッターほどが湧き出ていた。表現を逆にすれば、毎秒四百リッター近い、ひどい水が湧き出ていたともいえるのだ。

もっともその水は、ボーリングを通じて各枝坑に流されていた。ボーリングは各枝坑の端末から本坑の破砕帯の上方に向かって、先にもいった通り傘状に突き刺されている。つまり本坑の上に、日本家屋の屋根を葺《ふ》くように、ボーリングの穴が無数に差し出されたのである。

従って、本坑に湧き出る水は、その分量だけは減っているのだが、やはり、随分の量ともいえるのだ。

その湧水をおかして、十月からの本トンネルの掘削は、『抜掘《ぬきぼり》式』という工法で行なわれることになった。

抜掘工法というのは、まず鏡の上端に、一・五メートル角ほどの『頂設導坑《ちょうせつどうこう》』というのを掘る。それが二メートルほど掘れると、鉄材で上部を崩れないように固める。それからその左右へ、同じくらいの大きさの坑を続けて掘って、それもまた上部を鉄材で固める。それからまた左右へと、トンネルの型に従って下の方へ、同じような部分掘りを続けるのだ。すると最後には、中央部の岩石は残したままで、トンネルの周囲の部分だけが、幅一・五メートル、深さ二メートルほどでくり抜かれた状態になる。

そのくり抜いた穴へ、特製のH型鋼という、大型の支保工を建て込むのだ。

H型鋼というのは、断面がHの字型になった特殊の大型の支保工で、日本ではそれまでには一部の鉱山などで小型のものが使われているだけで、トンネルの掘削には用いたことがなかった。またそれほどの大型のものは市販品もなかった。それで、これもまた熊谷組の名古屋工場に注文して、突貫工事で製作させ、きょうの貨車には二本、あすの貨車には一本と、出来上がる片ッぱしから急送させた。

トンネルの壁面の型に従って建て込むのだから、半月型にカーヴした、長さは十二メートルほどの大きなものである。それを二本、両側に建て込むと、トンネルの天井と両壁面とは、しっかりと支えられたことになる。その上、盤ぶくれの個所、或《あ》るいはその恐れのある個所では、敷《しき》（地面）にも同様に鉄の支保工を敷く、するとトンネル全体は、頑丈な鉄の輪でぐるりと巻かれた状態になって、堅牢《けんろう》に安定する。

以上の作業を終わってから、真ん中に残してあった岩石——現場では通称『あんこ』と称している部分を掘り除くと、トンネルは約一・五メートルほど前進するのである。真ん中になぜ『あんこ』を残しておくかというと、全体が崩れ落ちないため、ないし崩れても、あんこに支えられて一部分の崩れで済むからである。——このような工法を、抜掘工法というのだ。

十月一日に抜掘工法に着手して、H型鋼による大型支保工の最初の一本目を建て込むことの出来たのは、十月五日であった。それからは湧水を冒して、一日または二日に一基ほどの割合で進み、そのピッチは、減水とともに日ごとに早くなって行った。

抜掘工法に先だって、またそれに併行して、本坑前面の破砕帯には、ハイドロック工法が施されていた。

ハイドロック工法というのは、地盤固めのための、特殊の薬液を軟弱な地盤に注入する工法である。その薬液というのは、硅酸《けいさん》ソーダを主成分に、凝結時間の調整用の、工業用重曹に酸性塩類を混ぜた或る薬品と、強度の調整のための硅弗化《けいふっか》ソーダ等から成っている。それをボーリングによって破砕帯に注入すると、破砕岩石や岩泥を抱き込んで、薬液は凝固するのである。

水量や水圧が余り大き過ぎると、薬液は流されてしまって効果が薄いが、既に減水が始まっていたし、また水抜き坑によって、水はトンネル前面の破砕帯から、他の方向に導かれてもいた。

従ってハイドロックは、相当の効果を収めることが出来た。凝固は薬液の調合の割合によって、注入して瞬時に固めることも出来れば、一分間または二分間で凝固させることも自由であった。

やがて本トンネルの掘削前面では、かつては滝のようであった湧水が、例えば目薬をたらす点滴のようなものに減って行った。

こうして十月中には、一ヵ月で三十四基の特殊H型鋼を建て込んで、二六・一〇メートル、一日平均にして〇・八四二メートルが進み、十一月には二四・六〇メートル、日進〇・八二〇メートルが進行した。

牧田荘次郎たちが心血を注いだシールドは、頑張った甲斐があって期日内に完成し、組立を終わって笹島貨物駅で貨物列車に積まれたが、

「いやあ、ご苦労さんでしたが、もうシールドはいりませんよ。本当にどうもご心配をかけて……」

明るい芳賀公介の電話の声がいって、も一度熊谷組の工場に持ち帰られて雨ざらしにされた。

十一月が暮れたころには、破砕帯の残部はもはや十何メートルか、それとも十メートルにも満たないかに過ぎなかった。

抜掘工法で掘り進んだあとは、すぐにコンクリートで頑丈に巻き立ててある。破砕帯を突破して、待望のジャンボー工法に復帰するのも、いまはもう時間の問題であった。

そしてその日は、とうとうやって来た。

十二月一日、湧水も既に殆《ほとん》どない本トンネルで、飛ぶように工事を進めていると、地盤はそれまでの細かく砕けた花崗岩ではなくて、次第に固い、大きな岩石に変わって来た。

「もう一息だッ、頑張れよ！」

船生も大塚も笹島も、現場に付きっ切りで、徹夜で作業員たちを激励する。

「いま一息で突破です！」

報告が関電の事務所に届いたので、二日には早朝から、平井も芳賀もその他の幹部たちも、本坑の見張りに詰めていた。朝十時半ごろには、既に破砕帯の様相は全く消えて、事実上突破したのと同じまでになった。正式の突破宣言を聞こうと、新聞記者やカメラマンたちも大勢、平井を取り囲んで見張りまで来て、固唾《かたず》を呑んでいる。

そして——十二月二日午後二時半ごろ。

掘進はついに一枚岩盤に到達した。湧水も、今は一滴だにない。

「早く来て下さいッ、とうとう破砕帯は終わりましたよッ！」

笹島が、切羽から見張りに飛んで来て、涙声で叫んで報告した。平井も芳賀も、新聞記者たちもどっと切羽に駈けよった。

「なるほど——、大丈夫です。これで突破です！」

芳賀が確認して、平井にいった。平井は五、六歩引き返して、

「ただいま、ついに破砕帯を、完全突破いたしました！」

鏡から十メートルも離れていない現場で、新聞記者団に公式発表する平井の声は、苦難の七ヵ月への回想で、感激にうるんでいた。時に午後二時三十五分だった。

突破は岩小屋沢坑口から一、八六三・六メートル地点だった。一、七八一メートル地点で破砕帯に遭遇してから、八二・六メートルを経過していた。（もっとも、破砕帯の始点については、既に二十一三十メートル手前から徴候があり、判然としないわけで、その幅を九四・六メートルとする記録もある）

破砕帯から湧出した水の総量は、四百七十三万立方メートルと記録されており、それは大町郊外、木崎湖の総貯水量の約六分の一に当たるという。

そして、この八十メートルを突破するために、当時の金で実に八億円の巨費が費やされている。単純に算術計算すると、一千万円で一メートルを刻む、血の滲《にじ》む工事だったわけである。しかも、超インフレの平成の現代と比べると、貨幣価値がずっと高かった当時だから、八億円にしても一千万円にしても、今のそれとは比べものにならない高額だ。そんな目もくらむ大金を、僅か八十メートルの工事に注ぎ込んだわけだが、それがまた、その八億円が、絶大な価値を発揮したのである。

この、僅か八十メートルの区間さえ突破出来れば、黒部の谷底に運び込む莫大《ばくだい》な量の鉄材も、セメントも、骨材も、その他一切の器具や資材が、苦もなく運び込める目算が立つのである。

それは黒四の工事全体の成功を、予告するものであった。表面に現われたかたちだけをいえば、やっとアプローチが出来ただけなのだけれど、黒部ではそのアプローチこそが、最大の重点だったのだ。

各工区とも、工事は一《ひと》しおピッチを上げたが、中でも真新しい意気込みで仕事の始まったのは、鹿島建設による第二工区だった。

第二工区は、先にも述べたように大ダム建設のための骨材製造と運搬が任務で、六月二十日から高瀬川のほとりに骨材プラントの建設が続いている。

関電トンネルが貫通すれば、その運搬は間もなく始まる。

ダムおよび諸設備のコンクリートの総量は、約百六十万立方メートルなので、そのための骨材は、砂や砂利が四百九十万トンほど必要である。

その砂利は、高瀬川と鹿島川の合流点から下流約二キロにわたって採取されるのだが、採取設備も、篩分《ふるいわけ》装置（骨材プラント）も、運搬設備も、すこぶる大がかりなものであった。

採取だけでも、大型のマリオン・パワーショベルが五台、ブルドーザーが二台、ダンプトラックが三十トン積み三台、二十トン五台、その他七台の計十五台が、早くも勢ぞろいしようとしていた。

破砕帯を完全に越えた十二月中旬ともなると、アルプスの高みはすっぽりと雪化粧をし、大町でも雪が舞い、雪の降らぬ日は冷たい氷雨《ひさめ》が降り続いて、雲は厚く暗く、空を蔽《おお》っていた。

三段構えの黒部渓谷の紅葉を賞《め》でるいとまもないうちに、早くも二度目の冬が訪れたのだ。

しかし……黒四の工事場は、どこでも燦々《さんさん》たる太陽が降り注いでいる感じであった。例の四、五工区の鉄筋コンクリート五階建の宿舎は、すでにそれぞれ竣工《しゅんこう》して、黒部の原始林に瀟洒《しょうしゃ》な白堊《はくあ》の姿を誇っているし、関電トンネルの掘進も、破砕帯突破の翌々日の十二月四日からは、早くもジャンボーによる全断面掘削に移って、日進八メートルを超える快スピードで飛ばしている。

赤沢口からの間組《はざま》の迎え掘りは、破砕帯突破の見通しが立ったので安心したのと、大量越冬は出来ないのとで、九百二十三メートルを掘って既に十一月二十七日には引き揚げていたが、その成果を合わせて、残りはもはや幾らもなかった。

光はあまねかった。黒四工事の前途には、今は光明のみが照り映えているかのようで

あった。

二つの破砕帯に悩み続けて来た芳賀公介にしても、心は以前よりは遥かに明るかった。

由江と中野との婚約は、中野の方では待ちかねていた返事だったし、由江の決心がついた以上は、すらすらと進んだ。式の日取りも、明春三月二十三日と、すでに決定を見ている。

順子《よりこ》の病状についても、明るい方へ進んでいるものと、芳賀は解釈していた。由江は夏以来、順子の病状についてはぷっつり知らせて来なくなったが、妻からは便りが度々あった。

それによると順子は、このごろは顔もふっくらと丸味を帯びて来て、太ったようだということであった。気分のよい時には、土曜日曜は一泊で帰宅させてくれることもあるし、このあいだは西山女医と看護婦に連れられて、広小路へ映画を見に行って来たという。映画の帰りに品のいい喫茶店でアイスクリームをごちそうしてもらったのが、とても嬉しかったと、見舞いの母に順子ははしゃいで報告したという。

(関電トンネルの進行も、やがて日進十メートルを超えよう。工事は何も心配はないし、クリスマスにはゆっくり帰って、久しぶりに順子の看病をしてやろう――)

芳賀は、心楽しく思った。

そのクリスマスに、芳賀はイヴの夕方に名古屋に帰りつくと、まっすぐ名大病院を訪れた。

「お父さま、お帰りなさいッ!」

順子は元気そうにして、ベッドの上に坐《すわ》っていた。姉たちは順子の病室で開くクリスマス・パーティの買物にでも出ているのか、病室には付き添いのおばさんがいるばかりだった。

「なんだ、順ちゃん――ずいぶん元気そうじゃないか。それにずいぶん太ったじゃないか」

芳賀は、顔中を笑いに崩していった。

「うん、とても元気。そのうちに退院できるわ」

順子は笑って答えたが、丸々と太った顔つきの割には皮膚の色は冴《さ》えず、それは見方では、むくんでいるようにも見えるのだった。笑顔にしても、強いて作った笑顔であって、眉のあたりには限りない悲しみが漂っているのを、不覚にも芳賀は気づかなかった。

「お嬢さんはなも、けさからお父さまが帰るお父さまが帰るとおっしゃってなも、にこにこして廊下に出て、一日中、中央線の駅の方ばかり見てらしたぞなも」

付き添いのおばさんがいった。

「ほほう、順ちゃんそうだったの？　でも疲れなかったかい？」

「うん、疲れなかった。でも途中で柴田先生に見つかって、無理をしてはいかんと叱られて、お部屋に帰されてしまったわ」

順子は父を見て、ぺろりと赤い舌を出して、また笑ってみせた。

「ははあ、柴田先生にねえ。――でもこのあいだ、西山先生に映画見せてもらったっていうじゃないか」

「うん、面白かった。炎の人ゴッホ――色彩がすばらしかった。西山先生にゴッホの絵の色彩のこと話して上げたら、先生、順ちゃんよく知ってるねって、感心してほめて下さったわ」

「それはよかったねえ。お父さまは山奥の暮らしで、そんないい映画は見られなかったよ」

「残念ね。ご一しょに見られたらよかったのに——」

順子は笑いを消して、心から淋しそうにいった。芳賀はその順子を見て、ふと涙ぐんだ。遠い黒部の山にいて、こんなに長く病み疲れた愛児にさえ、ろくに看病もしてやれない自分の仕事を、悲しいと思った。が、それはそれで仕方のないことだと、自分自身にいって聞かせて、そっとハンケチを出して目を拭った。

その時、由江が婚約者の中野幸雄と二人で、仲よく病室に入って来た。

「あら、お父さまお帰りなさい。まっすぐこちらへ？」

「うん、駅からそのまま来たよ」

「あら、じゃあ、おうちでお母さまが、待ちぼうけかも知れないわよ。——あなた、お電話して上げて下さらない」

由江の仕合《しあわ》せそうな声だった。

「ああ、いいですよ」

中野はいって、芳賀に挨拶すると、手にしていた洋蘭の花束を順子に差し出してから、部屋を出て行った。

「あら、素晴らしいわ、ロマンチックだわ」

順子は受け取った花の香いをかぎながら、

「お姉さま、お似合いよ。順子とても嬉しい！」

姉と未来のその夫を、祝福するように、身体をよじっていった。

「駄目よ、順子ちゃん、無理をしては——」

そんな順子を見て、由江はあわてて毛布を着せた。

そのうちに祥子と雅子が来た。主治医の柴田と、女医の西山も来た。中野の電話で、すぎ枝も急いでタクシーで来た。こうして芳賀一家と二人の医者は、楽しいイヴの集いを持った。

一家はかなり夜がふけるまで、トランプをしたりお茶を飲んだり雑談をしたりして時を過ごしたが、柴田と西山だけは、頃合《ころあい》を見て帰って行った。帰る時に、

「よっちゃん、ちょっと——」

西山が由江を廊下に呼んだ。

「お父さまに——順ちゃんのこと話したの？」

「いいえ、まだなの」

「でも……もうぼつぼつ、お話しておかなくていいのかしら。もし万一の場合に……」

「そうだけど……父は順子が元気だといって、とても喜んでるんだし、映画見せていただいたのにも感謝しているんだし……、あたし、とてもいえない」

「じゃあ、そのうちに私がいうわ。でもね、映画見せたのが具合がいいからだなんて、そんなこと思ってもらっては困るのよ」

「ええ。——判ってます」

「じゃあいいわ。またね」

西山はさっぱりと手を振って、自動エレベーターで降《くだ》って行った。

クリスマスから正月にかけて、久しぶりで長い休暇をとってから、芳賀はまた黒部に帰って行った。

休暇のあいだ、東海支社や知人を訪ねる用件もあったけれど、芳賀は殆どの時間を順子の病室につめていた。

途中で、こんなことがあった。順子の容態が余りはかばかしくないので、芳賀はいっそ他の科でも診てもらおうかと思って、山田教授を訪れたことがあった。教授は芳賀の話を聞いてから、

「それは気が済むなら、よその科で診てもらうのもいいですよ。しかし順子さんは白血病ですからねえ。なかなかむつかしい病気ですよ」

「ああ、白血病ですか」

芳賀は軽くいった。白血病というのは難病だとは知っていたが、迂闊《うかつ》にも芳賀は、それが不治の病気とは知らなかったという。

「S大学の学長も、いま白血病でうちの科に入院していられますよ。あの方は老人だし、

慢性ですがねえ」

　山田教授はいった。芳賀は思った。大学の学長がこの科に入院しているくらいなら、この科はその方面では権威なのだろう。それでは他の医者に診てもらう必要はあるまい。——それに、芳賀はその国立S大学の学長という人を廊下で見かけることもあったのだが、落ち着いて、悠々と病院暮らしを楽しんでいるようであった。

　その学長という人は、学者だけに自分の病気についても、すべてを読み切ることが出来ていたのだろう。人生体験も深く、教養も高い人だったに違いない。自分の生命に対する諦観《ていかん》がすでに出来ていて、それが彼の生活を悠々と、生きる限りの日々を楽しませていたのに相違ない。

　それが芳賀の目には、不治の難病に苦しむ人とは写らなかったのだろう。その人の態度が、芳賀が順子の容態を推し測る、一つの尺度にもなったのだろう。

　芳賀が知ってしまった以上は、由江も西山も柴田も、もはや芳賀にいう必要はなかった。

「白血病だってねえ」

　むしろ軽くいう父に、由江は悲しいとまどいを感じた。

　だから芳賀の悲願には、名古屋から帰ってからも、変化はなかった。

（このトンネルが貫通したら、順子は全快するだろう！）

かねて願っていた破砕帯突破の日には、全快は間に合わなかったけれど、貫通までには大丈夫だろうと、なおも芳賀は祈っていた。

工事は年を越してからは、一そう順調に進んだ。日進十メートルはもちろん、二月二十一日には日進二〇・二メートルという、驚くべき記録さえ生まれた。

岩小屋沢坑口から二、〇〇一メートルの個所で長野、富山の県境を越え、二、六〇四・一七六メートルで、間組が黒部側から掘ってあった導坑と結ぶことが出来た。

――二月二十五日午後七時四十分、ついに困難を極めた関電トンネルは、貫通をみたのである。

貫通が時間の問題になっていたとはいっても、それはやはり、歴史的な意義から考えても大変なことだった。――アルプスの横っ腹を貫いて、信州から黒部谷に資材を運ぶ、――その長かった夢が、いま実現の第一歩を印するのだ。

貫通は最初二十二日の予定で、笹島信義は祝賀会の用意まで整えていた。岩小屋沢の坑口の見張りには、新聞、ラジオ、テレビなどの特派員が詰めかけていた。

しかし、貫通はその日は出来なかった。翌日も、二十四日にも出来なかった。

予定の距離は既に掘り上げているし、計測に誤りはないのだが、間組の掘った最後の部分が小破砕帯で、それには木の支保工を十分に入れて保全してあったのだが、間組が引き揚げてしまったあとで十メートル近く崩れて、トンネルがすっかり塞《ふさ》がれてしまっていたのだ。

準備した祝賀会の料理は傷むおそれがあるし、笹島は気が気でなかった。

それが……二十五日の夕方、きょうも駄目と諦めて、引き揚げようとした時に、笹島がふと刺し込んだノミに、黒部側の木材が当たったのだった。

「坑木があるッ、いよいよ迎え掘りの坑《あな》に達したのだ！」

意気込んで坑夫たちは掘り続けた。ポッカリ穴があいて、その瞬間、冷たい風が吹き抜けて通った。信州側から初めて触れる、それは黒部の風だった。そしてその穴から矢板の頭が見えた時には、思わず歓声が、坑内にとどろいた。


しかし……トンネルが貫通しても、芳賀の悲願である順子の全快の報は来なかった。

その代わり、その一ヵ月後の三月二十三日には、待ちかねた由江の結婚式があった。

「うわッ、お姉さま綺麗！　あたし、こんなお綺麗な花嫁姿のお姉さまが見たかったのよ！」

病院から、医者と看護婦付き添いで式場に来た順子は、目をうるませて、さも満足そうに感激の言葉を述べた。

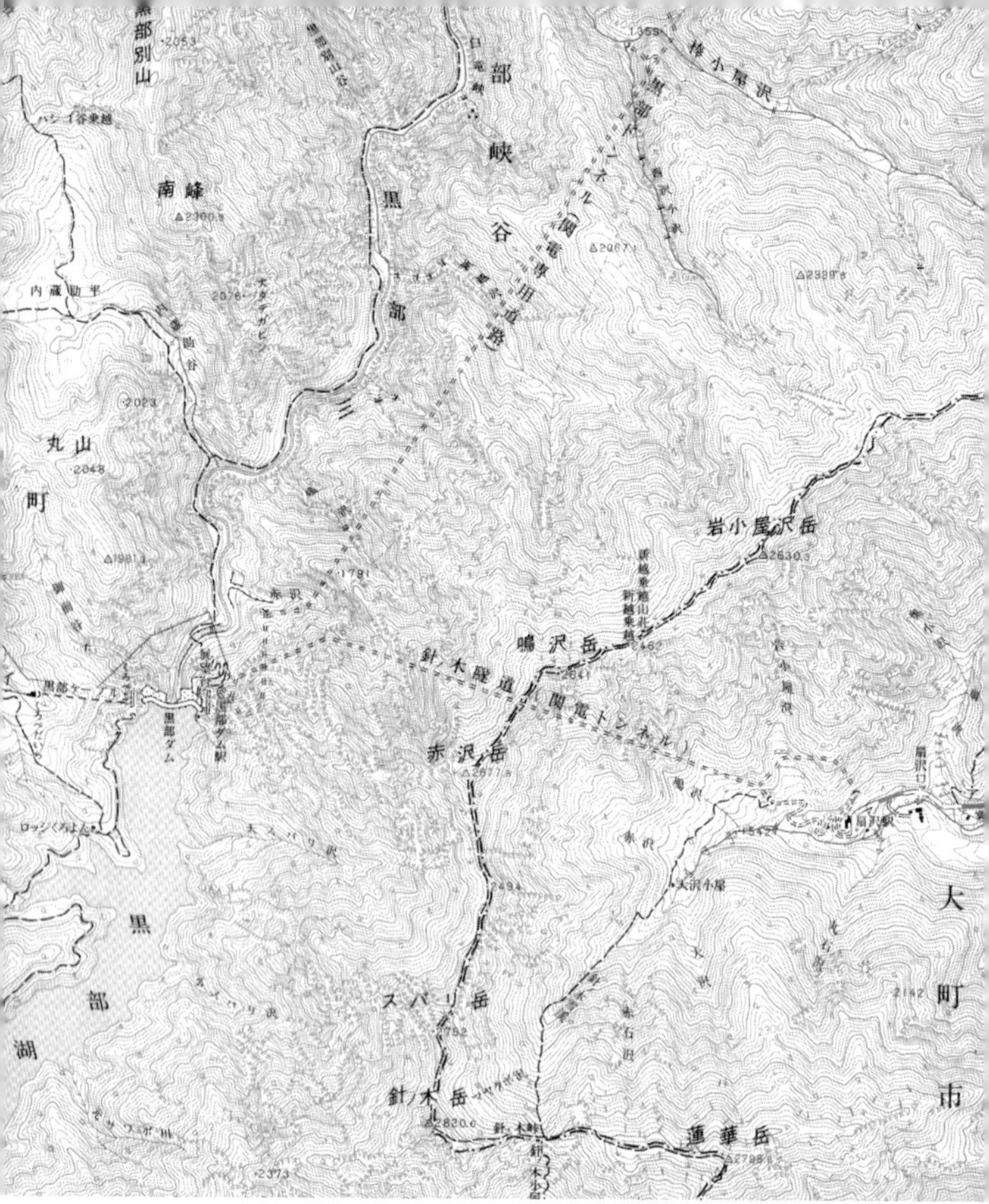

昭和38年(1963)に黒部ダムが完成、同46年に立山黒部アルペンルートが全通した後。湛水した黒部川の水が黒部湖となった。1:50,000「立山」平成20年(2008)要部修正

13 神話の中、人は流れる

それから……悪夢のような二ヵ月が、芳賀公介《はがきみすけ》の上には過ぎている。

昭和三十三年五月二十一日、――切り広げも済んで、関電トンネル開通の日であった。

その日芳賀は、親しくしている年配の運転手に頼んで、早朝に一人きりでトンネルをくぐり抜けた。赤沢の坑口で車を降りると、険しい谷ぞいの道を、黒部川の岸まで下りた。

大町側では、トンネルに入る時には既に朝日が昇っていたが、アルプスの高い山々に囲まれた黒部谷は朝が遅く、あたりはなお暁闇《ぎょうあん》の中にあった。朝霧が深く濃く、一面に渓谷に立ちこめていた。

芳賀は、川のほとりの大きな丸い石に、腰をおろした。

(トンネルはやっと開通したが……、まだこれから、ダムや発電所の長い工事の日々がある!)

芳賀は思った。そのダムサイトは、ここからは目と鼻の上流だが、霧に遮られて、いまは山影も見えない。

(そして、あんなにトンネル開通に賭けたのに……、順子《よりこ》は、結局よくなってはくれなかった――)

思い出すまいとしても、やはり思い出されるのはそれだった。順子は姉の結婚式に出席したのを最後に、次第に悪くなって、五月三日ごろからは危篤状態におちいり、とうとう十日の明け方に世を去ったのだ。

ゴールデン・ウィークで帰省したのをそのままに、せめて最後までみとってやれたのが、芳賀には僅《わず》かな慰めだった。

芳賀は黒部の丸石に腰かけたままで、回想に沈んだ。

──順子の葬《とむら》いが盛大に終わった夜、応接間で父と二人きりになった時に、由江がいった言葉を、芳賀は忘れない。

「お父さま、ごめんなさい。順ちゃんが駄目だってこと、あたし去年の夏から知ってたのよ」

「そうだろうなあ。却《かえ》ってお前には気の毒だった──」

「でも……破砕帯で苦しんでらっしゃるお父さまに、あたし、そんなことといえなかった……」

芳賀は黙ってうなずいた。

「クリスマスの時にも、お父さまは順子が太ったといって、喜んでられたけど、あれは満月状顔貌《がんぼう》といって、お薬の副作用であんなになるんだって。──とても危険な前兆なんだって」

「…………」

「西山先生が、映画に連れて行って下さったのも、そうよ」

由江は、今はもう、すべてを父に語ってしまいたい気持だった。順子が死んでしまった今は、どちらでもよいことかは知れないけれど、いつまでも一人で耐えるのは苦し過ぎた。――由江はいつか西山女医に聞かされたことなど、すべてを物語った。

「判るよ、有難いと思うよ――」

芳賀はいった。その瞼《まぶた》からは、涙がにじみ出ていた。

「それから……順ちゃんが……」

突然由江は、すすり泣いた。

「あの……あたしが結婚を承知した……あの手紙を出した前の日に、順ちゃんがいったのよ。――お姉さま、いつ結婚するのかって。あたし、結婚なんかしないといったところ、順ちゃんはいやだというのよ。――早く中野さんにお嫁に行けというのよ。――順子の生きているたった一つの願いは、お姉さまの花嫁姿を見ることだって……。その日には、どんなに具合が悪くても、式には出るし……それを見るのが、生きている最大の願いだって……。あたし、それを聞いて愕然《がくぜん》としたの」

「何だって、よっちゃん！　じゃあ……」

「ええ、そうなの。――順ちゃんは……自分の病気が何なのかを……知っていたに違いないのよ。――でも、難工事で悩んでらっしゃるお父さまに、少しでも心配かけまいと……知らすまいと……小さな胸で……わざと明るく振る舞って……一生懸命に耐えて……」

由江は、声を放って泣き、むせんだ。

「あたし……その以前から……死んで行く順子のためになら、どんなことでもして上げようと覚悟していたんだし……、だから順子の願い通りに私の花嫁姿を見せて上げようと、すぐに決心したんだけど……、でもそう決心してみると、中野さんは立派な方だし、お父さまたちのダム造りのお仕事だって、とても大切な、立派なお仕事だってことが、ぴーんと来たのよ」

由江はハンケチで涙をおさえた。

「ごめんなさいね。——気易いものだから、いつも甘えて不服をいってたのよ。でもお父さまが黒四を造っていらっしゃることは、順子が死の床でまで守った通り、本当は、家族みんなの誇りだったのよ。身体は山の中にいらしても、心はいつも、あたしたちとご一しょにいたわ。——あたし、お父さまの子として、ダム屋の夫を持つことが、誇りに思えたわ。きっと中野を、お父さまみたいに立派なダム屋にして、黒四みたいな、偉大な仕事をしてもらおうと思うのよ。それが順子への、何よりの供養だと思うのよ」

「有難う、よっちゃん——」

「ねえ、あたしが順ちゃんの犠牲になったなんて、少しも思わないで下さいね。あたし今は、心から順ちゃんに感謝してるのよ。——だって私、結婚して幸福だもの。順ちゃんのおかげだもの——」

由江は、涙でくしゃくしゃになった目で、微笑《ほほえ》んだのだった——。

「順ちゃん、看病もろくにしてやれなくて、済まなかった。でもお父さんは……順ちゃんのおかげでトンネルが出来上がったんだよ。アルプスの山の真下を抜いてねえ……」

芳賀は上流を見上げて、黒部の霧に向かってつぶやいた。霧は空の方から次第に晴れて、今は谷底に、低くうずくまるばかりだった。それは物思いに耽《ふけ》る芳賀の涙の目には、いつか巨大な、白堊《はくあ》の大アーチダムの姿とも思えた。

「お父さま、おめでとう。それでよかったのよ。あたしだって……お父さまのいらっしゃらないのはちょっぴり淋しかったけれど……、でもみんなの人たちの親切に囲まれて、十分な養生をさせてもらったんだもの……、それでよかったのよ。——本当にトンネルは出来たし、やがてダムだって、きっと出来るわねえ——」

順子の声が、そのダムの中から呼びかけてくるようであった。

——霧が晴れれば、やがて黒部の谷々には、明るい初夏の太陽がさし昇ることであろう。たった今しがた、大町の高原で見て来たあの同じ太陽が……。そしてダムサイトを削る間組《はざま》の発破が、その太陽にこだまして轟《とどろ》くことだろう。

「さあ順ちゃん、これからはいよいよそのダムだよ！」

芳賀は丸い石から腰を上げて、ズボンの砂を払って上流へ歩き始めた。

◇

それからあと、黒四の工事はまだ五年間も続いた。

芳賀公介は三十六年五月に定年を迎えたが、建設途中のため、副支配人に昇格して、延長された。やがて建設事務所長代理となり、黒四の工事全体を監督した。

そして黒四が完成して、建設事務所が解散された同じ昭和三十八年十二月に、延期されていた定年が適用されて、関西電力を退いた。

「まことに芳賀君という人は、まるで黒四を造るために生まれて来たような人だよ」

既に関電会長になっていた太田垣がそう評

したのは、芳賀には感慨無量の言葉だったろう。

その後の工事を略記すると、次のような運びになる。

昭和三十三年六月二十日、ダム右岸に八十トンの大発破。八月六日、ダム坑道の掘削開始。九月十一日、仮排水路一号の締め切り完了、黒部の流れを変える。

三十四年二月八日、黒部トンネル貫通。——すでに三十一年の秋から、佐藤工業が作《さく》廊《ろう》から片押しに掘っていたトンネルが、関電トンネルを終わって熊谷組が御前沢《ごぜんさわ》側から掘って行ったトンネルと、深いアルプスの山腹で出会ったのだ。計算でこそぴったり出会うことにはなっているものの、闇の中の手さぐりよりも頼りない深い地底の二つのトンネルが、ぴったりと狂いもなく合った時には、関係者は感激に手放しで泣いたという。

やがて十月一日のインクライン運転開始で、——殆《ほとん》ど地下ばかりに潜《もぐ》りながらも、時時は地上にも顔をのぞかせていた、大町・宇奈月間の一貫輸送ルートは、完成した。

これより先、九月十八日ダム定礎式。それから高さ百八十六メートル、幅四百七十五メートルの日本一の大アーチダムは、昼夜兼行で本格的なコンクリート打設を急いだのだ。そして翌三十五年十一月には、ダムは上部の完工を見ぬうちに、早くも一部の湛水《たんすい》を開始した。

この間、地下発電所建設の工事も進捗、水路トンネルも完成していたので、十一月十九日通水を開始した。

三十六年一月十五日——待望の一部発電開始。出力十五万四千キロワット。続いて三十七年八月一日には、出力は二十四万キロワットに増強された。

三十八年六月五日、白堊の大ダムも見事に完工して、黒四工事全体の竣工式が行なわれた。やがてダムが満水になれば、その面積は『甲子園球場の二百三十七倍』で、二億立方メートルの貯水は、東京都二十三区の住民の約七十日分、大阪市民では五ヵ月分の水道使用量に当たるという。その水から、二十五万八千キロワットの電力が生まれる。

——こうして現代の神話、二十世紀の偉業といわれる黒四は、七年余の歳月と、当時の金で五百十三億円の巨費と、延べ九百九十万人の労働力と、そして百七十一人の尊い殉職者の血とでついに成ったのだが、その間にも黒部川の水が流れるように、人も物も流れてとどまっていない。

まず黒四建設の大役を果たした巨大な車輌・機械類は、マリオン・パワーショベル五台、二十二トン積ダンプトラック四十台その他の車輌群や、コンプレッサーや骨材プラント設備などが、一括して大阪のブルドーザー工事KKに払い下げられて黒部を去り、土木工事のみでなく新しい技術による鉱山の露天掘りなどのために、全国各地に散って行った。

初代建設事務所長の平井寛一郎は、関電トンネル開通の直後に常務となって大阪に去り、やがて副社長、電源開発副総裁を経て、いま東北電力社長に在任している。

「嫁に来た者が、実家《さと》の話をするのはよくないことですし、それに第一、ずいぶん古いことなので、すっかり忘れてしまいましたよ」

黒四のことを聞かれるたびに、平井はあの穏《おだや》かな微笑でそういって、容易に語ろうとはしないそうだ。

五つの建設会社の人々も、みな元気に働いている。中でも例の作廊で宙吊りになって重傷した大熊惇が、やがて大成建設の取締役として、工事の安全という面を担当して活躍したのは適役だったろうし、破砕帯で闘った大塚本夫や笹島信義が、有名な香港地区の水不足解消のための大水道工事に、部下の黒四の闘士たちを率いて、遠い九竜《きゆうりゆう》半島で奮闘したのは異彩といえよう。

芳賀公介は、関電退職に際して、二、三の建設会社から好条件で招かれたが、工事で関係した会社の重役などに自分が就任しては、大事な黒四の神聖さに傷がついては申し訳ないといって、固辞して受けなかった。そして太田垣に身柄を一任して、子会社である関電興業の副社長に就任した。

「中小企業は忙《せわ》して、えらていかんですわ。毎日ふらふらですわ」

特徴のある例の名古屋弁の甲高《かんだか》い声で、そんなことをいって、彼はいそがしそうに、毎日、大阪の街を走り歩いている。

偉大な指導者だった太田垣士郎は、三十九年三月十六日未明に、脳軟化症で満七十歳で惜しまれつつ世を去った。

死の三日ほど前からは、関西の名だたる名医たちが集まって、太田垣の身体に注射やら吸入やら唾液ポンプやらと、近代医学、医術の手立てを尽くしてその回復を図ったが、それははた目には、むしろ痛ましいほどであったという。

そのころ太田垣は、既に意識はなかったが、もしあったとしても、彼は自分の苦痛には耐えて、人々の厚意は感謝して受けたに違いない。そしてまた、死そのものさえもが、それが天命である以上は、太田垣は楽しんで待ったに違いないだろう。

太田垣の咽喉《のど》から出た例の一本の鋲は、『気管から排出された異物の例』として、いまも京大附属病院にあるという。

（完）

紙碑への志
――あとがき――

本書は昭和三十九年五月二十七日から九月十九日まで、百十六回にわたって毎日新聞に連載された同名の記録小説に、数十枚の加筆を行なったものである。

昨年（昭和三十八年）の十月中旬、取材の第一歩として当時関西電力会長だった故太田垣士郎さんに初めてお目にかかった時、私は次のようなことをいった。

「黒四建設の技術の歴史を書くのは全く私の任ではありませんが、私は黒四で苦労した大勢の人たちの、人間の記録を書きたい。またこの工事で殉職した百七十一人の人々のために、紙碑《しひ》を建てたいと思うのです」

それに対して、太田垣さんは次のように答えられた。

「それはぜひ、私からお願いしてでもやっていただきたいことです。私は黒四の工事で一人でも殉職者の出た時には、身を切られるようにつらかった。私は悪筆ですが、慰霊碑の文字だけは必ず自分で書くことにしています。しかし私の建てるのは、冷たい石か金属の碑です。ぜひあなたが、生きた、血の通った文学の碑を立てて下さい。殉職者に限らず、黒四で苦労した人たちのために、どうか人間の記録を残しましょう」

そのために私は、私で出来ることなら取材上どんなお手伝いでもしましょう」

いま思い起こしてみると、私は私の不遜な発言が恥ずかしい。私が、紙碑などといい出したのには、わけがあった。それよりちょうど四ヵ月前の六月十一日に、恩師長谷川伸先生が世を去られたのだが、私はその数日前に、先生の絶筆となった『死のうか生きようか』という文章を、口述筆記する役目を仰せつかったのであった。

その時先生は、重病の苦しい呼吸の中で、「私の文学の目的は、埋ずもれた人、誤解された人、悲境に死んだ人などのために、紙碑を建てることだ」という意味の話をされた。

私の頭には、その時の感銘が強く残っていた。文学の目的は、そのような紙碑を立てることのみとは限らないだろうけれど、それは確かにその大きな目的の一つであるに違いない。私もまた、いつかは全力をあげて、そのような仕事に取り組んでみたいと志したのだ。

ところが、取材に黒部の谷にはいってすぐ、私は私の意気込みが、たいへん思い上がったものであったことに気がついた。黒部は大きくて、直接の黒四の工事の場だけでも延々何十キロかにわたっていた。ダムの建設一つ、関電トンネルの掘削一つを例に取っても、そのごく概要を呑み込むことだけでも、私の貧弱な理解力では容易な仕事ではなかった。

私はあせった。私は発電所の地下ビルの外に出て、その外側でアルプスの地下二百メートルの空洞を巻き立てているコンクリートの荒壁にさわったり、作廊の廃坑の外に出て、背丈ほどもあるいたどりやよもぎの急斜面を歩き回ったりした。ダムは外から見ると白いコンクリートの一かたまりだが、内部は普通のビルのように階段があり部屋がある。私はその一番下の部屋まで降りて、ダムの底に湧く温泉に手をひたした。また、いまは蛍光燈の輝く関電トンネルを破砕帯の跡まで歩いて、金網でふさいだかつてのパイロット・トンネルから流れ出る冷水にも、しびれてしまうまで手を入れ続けてみたりもした。

これらの場所の多くは、直接の工事担当者以外は殆《ほとん》ど足跡を印しない場所だった。しかし、それも、所詮《しょせん》は旅人の気まぐれと選ぶところがなかったろう。その上に積み重なる、七ヵ年の歳月の重さと、延べ一千万人の労働の実態は、私にはついに捉え難いものであっただろう。

一口に延べ一千万人というけれど、それは東京都の全人口と同じ数字である。東京都の全人口を、老婆も赤ん坊も壮年に置きかえて、その一人々々が一日ずつ、黒部の谷底に散って働いたことになるのである。その想像を絶する巨大な集団の人間像を、私はどうすれば取材し、血の通う文字にすることが出来ただろうか。

私は可能な限り多くの人に接し、可能な限り黒部を歩いた。しかし、結局は建設史のパターンに、私のいささかの感傷を塗り重ねるにしか過ぎなかったであろうことを恐れる。太田垣さんとご一しょに黒四の人々の紙碑を建てようと語ったのが、ついに太田垣さん自身への紙碑の如くになってしまったのも、思えば何かの因縁であろうか。

しかし、そんな私の作品にも、連載中実に多くの未知の方々が、激励やら感謝の便りを寄せられて、私を勇気づけて下さった。思うに私の作品が、何らかの感動をその人たちにもたらすことが出来たとすれば、それは作品自身のせいではなくて、事実そのものが余りにも逞《たくま》しく、壮大であったからにほかならないだろう。

終わりに、取材にご協力下さった関西電力をはじめ施工の各社の方々、その他多くの方々と、私のぶしつけなアンケートに快くお返事を下さった殉職者の遺族の方々に、心からのお礼を申したい。また挿絵担当の土井栄画伯には、最初の黒部取材以来たえず行動を共にして、新聞連載中重厚な画風で拙作に花を飾っていただいた。感謝にたえない。

なお資料の提供、取材の手配など、終始ご助力下さった関西電力の中谷正三秘書役、同室の山本正三、山崎寛の両氏と、東京支社の岩井清氏、故太田垣会長秘書の市橋良吉氏、および黒部の歴史について豊富な史料を示された富山県立図書館の広瀬誠の諸氏に、深謝の意を表したい。

なお、作中すべて実名であるにもかかわらず、敬称を略しましたことをお断わりいたします。

昭和三十九年十月

木本正次

黒部ダム建設のあらまし

黒部川電源開発と黒部ダム工事の経過

1917(大正6) 高峰譲吉博士、産業用アルミ生産に向け黒部川電源開発の調査開始
1918(大正7) 水利権申請(東洋アルミナム・高峰博士ほか)
1919(大正8)12月 日本電力(株)発足
1928(昭和3) 第四発電所建設地点調査開始
1929(昭和4) 日電歩道─水平歩道完成(現在の欅平─黒部ダム間)
1937(昭和12)6月 資材運搬用専用鉄道が欅平まで開通(現在の黒部峡谷鉄道)
この間 第三発電所工事で高熱地帯に遭遇(岩盤温度最高165度)。大表層雪崩発生
1940(昭和15)11月 第三発電所運転開始
1949(昭和24) 第四発電所開発構想発表
1951(昭和26)5月 電力再編で関西電力(株)発足。第四発電所計画を承継
1956(昭和31)7月 着工。長野県大町市に建設事務所本部、富山県宇奈月町に支所を開設
8月 大町ルート道路建設、各トンネル掘削開始
12月 仙人谷、作廊谷やダム地点で厳しい冬営作業に入る
1957(昭和32)5月 関電トンネル破砕帯に遭遇
9月 地下発電所掘削開始
12月 関電トンネル破砕帯(80m)突破
1958(昭和33)2月 関電トンネル貫通(5・4km、貫通誤差水平31・6cm)
5月 関電トンネル全面開通
1959(昭和34)2月 黒部トンネル貫通(10・2km、貫通誤差水平2・3cm)
9月 ダムコンクリート打設開始、ダム定礎式

1960（昭和35）11月　発電所上棟式
1960（昭和35）10月　黒部ダム湛水開始
1960（昭和35）11月　地下発電所、変電所、開閉所完成
1961（昭和36）1月　1、2号発電機運転開始（ダム建設並行）
1962（昭和37）8月　3号発電機運転開始（同上）
1963（昭和38）5月　黒部ダム完成
1963（昭和38）6月　黒四関連工事全て完了
1964（昭和39）8月　関電トンネルトロリーバス運行開始
1971（昭和46）6月　立山黒部アルペンルート全線開通（扇沢駅—立山駅）

黒部ダム工事の担当工区と作業内容

第1工区　（株）間組　黒部ダム、取水口、関電トンネルのダム側からの迎え掘り［現（株）安藤・間］
第2工区　鹿島建設（株）　ダム用骨材（砂利）の採取、製造、運搬
第3工区　（株）熊谷組　関電トンネルの掘削、黒部トンネル・水路トンネルの上流側からの掘削
第4工区　佐藤工業（株）　黒部トンネル・水路トンネルの下流側からの掘削、調圧水槽
第5工区　大成建設（株）　発電所、変電所、開閉所、インクライン水圧管路、放水路（全て地下設備）

黒部ダムの概要

所在地　富山県中新川郡立山町ブナ坂外11国有林御前沢（黒部川河口から55㎞の地点）
型　式　アーチ式ドーム越流型コンクリート造
高　さ　186m（国内1位）／長さ　492m
堤頂幅　8.1m／堤体積　158万㎥／総貯水量　約2億㎥

木本正次（きもと・しょうじ）
1912年、徳島県生まれ。35年、毎日新聞社入社、報道部長、ラジオ報道部長、整理部顧問、編集委員、出版局参与などを歴任。在職中から綿密な取材に基づいたノンフィクション小説を執筆し、60年『刀塚』で直木賞候補。『黒部の太陽』は1968年、三船敏郎、石原裕次郎の共演で映画化（監督熊井啓）。主な著書に『反逆の走路　小説豊田喜一郎』『砂の十字架　鹿島人工港ノート』『小説出光佐三　燃える男の肖像』など。95年死去。

土井　栄（どい・さかえ）
1916年、山形県生まれ。38年、菊池寛の小説『男子の愛』の挿絵でデビュー以来、新聞・雑誌小説の挿絵画家として活躍し、松本清張『ゼロの焦点』のほか江戸川乱歩、石川達三などの小説も担当。洋画家としては自由美術家協会、主体美術協会で創作を続けた。76年死去。

『日本人の記録　黒部の太陽』は毎日新聞夕刊で1964年5月27日～9月19日、116回連載。毎日新聞社、講談社での単行本化の後、1992年から信濃毎日新聞社が文庫版を発行しています。

編集　内山郁夫
装丁　髙﨑伸也
挿絵提供　土井葉子
地形図提供　今尾恵介

黒部の太陽（文庫新版）

1992年7月10日　文 庫 版　初版発行
2022年8月31日　第24刷発行
2024年7月10日　文庫新版　初版発行

著者　木本正次
発行　信濃毎日新聞社
〒380-8546 長野市南県町657番地
電話026-236-3377（出版部）
印刷　大日本法令印刷株式会社

©Masaki Kimoto 2024 Printed in Japan
ISBN978-4-7840-7436-5 C0193